守望无声

〔美〕瑞秋·赛蒙 著
谢静雯 译

The Story of Beautiful Girl

Rachel Simon

山東文藝出版社

图书在版编目(CIP)数据

守望无声/(美)赛蒙著;谢静雯译. —济南:
山东文艺出版社,2014. 7
ISBN 978-7-5329-4733-1

Ⅰ. ①守…　Ⅱ. ①赛…　②谢…　Ⅲ. ①长篇小说-美国-现代　Ⅳ. ①I712. 45

中国版本图书馆 CIP 数据核字(2014)第 137058 号

图字:15-2013-178

守望无声

[美]瑞秋·赛蒙　著　谢静雯　译

主管部门　山东出版传媒股份有限公司
出版发行　山东文艺出版社
社　　址　山东省济南市英雄山路 189 号
邮　　编　250002
网　　址　www. sdwypress. com

读者服务　0531-82098776(总编室)
　　　　　　0531-82098775(发行部)
电子邮箱　sdwy@sdpress. com. cn

印　　刷　宁波市大港印务有限公司
开　　本　890mm×1240mm　1/32
印　　张　10. 5
字　　数　220 千字
版　　次　2014 年 10 月第 1 版
印　　次　2014 年 10 月第 1 次印刷
书　　号　ISBN 978-7-5329-4733-1
定　　价　36. 00 元

献给那些受到隔离的人

第一部

躲藏

新娘的请求

寡妇

一九六八年

即将改变一切的那夜就要结束时，寡妇站在前廊上，眼睁睁望着年轻女子被迫穿越前侧车道，进了轿车。女孩虽然受到束缚与捆绑，却没有加以反抗，也没对着秋天的寒雨高声哭喊；医生与随行人员肯定认为自己是赢家。然而他们有所不知，就在车门砰然甩上、引擎轰然发动、驾驶员载着一行人驶下泥泞的山坡，朝远路奔驰时，寡妇与后座的女孩早已公然违抗了他们。寡妇等到车尾灯抵达车道的尽头，才转身走进屋内。她站在楼梯底端，一面盼望他们会仁慈地对待年轻女子，一面担忧着逃跑男子的去向，此时却听到医生刚才并未搜寻的声音。这个声音会让她与那女孩永远相系相连，也会使她永远将那个男人铭记在心。那是藏匿起来的甜美深沉的呼吸声。一位沉睡的陌生人。一名婴孩。

十一月的那一日平凡无奇，有如寡妇七十年岁月里的任何一天。邮务人员来送过信，鸟群往南飞越她的田地，暴雨云翻腾滚越宾州的天际。农场动物已喂食完毕，餐盘用过也已洗净，新的信件已经放进了路边邮箱。黄昏降临，寡妇把壁炉里的柴木点燃，在阅读椅里坐定。她读了大约三十页后，云朵裂开，释放狂急大雨，声势震耳，让她不禁从玳瑁镜框上方往客厅窗户瞥去。令她诧异的是，重重倾洒的雨让窗玻璃一片朦胧晦暗。在这片农场住了半世纪的她，从未见识过这番景象；明天写信的时候，她会提起这件事。她把立灯往自己拉近，朝书本垂下目光。

几个钟头以来，她将喧闹声响隔绝在外，全神贯注于书页上(金恩博士的传记，几个月前他刚过世)，此时却意识到敲门声。她转过身。婚后不久，为了给妻子多点空间，她丈夫在原本的单房小屋上加建，这时她才意识到他从未对屋外的景致发表过意见。屋外有连绵的田野与浓密的树林，远处则有层峦叠嶂，全都笼罩于多彩的穹苍之下。他住在这里只是因为农场向来属于他的家族，而且距离最近的城镇威尔斯巴顿只有一个小时的车程，沿着郡道驶过坡度和缓的三十英里路即可抵达。威尔斯巴顿就是她任教的地方。她眼看着屋墙一一搭建起来，注意到他在墙上开了极少的窗户，也注意到每扇窗的尺寸有多么窄小，于是体认到自己只能满足于少许的风景。比方说，前门的材料只用木头而不用玻璃，门左侧的墙上只安了一扇窗。不过，连那么有限的视野都被今晚的暴雨弄得模糊不明。于是寡妇穿越客厅，转动门把。

起初她以为总共有两人，是一男一女。站在前廊屋檐下的男人是个黑仔，以惊恐的眼神望着她，仿佛没意识到自己刚刚敲响的门被拉开了。他身旁的女人并未抬头，肌肤苍白的她正紧咬着嘴唇，脸庞瘦骨嶙峋，每个凸起与凹陷都布满了阴影。女人真的有如表面看来那么消瘦吗？因为她用灰毯裹住自己，所以无法判断。不，是好几条毯子。这些毛料就像战时发送的寝具，往下披垂成层层叠叠的兜帽与斗篷。男人的手臂保护似的围绕女人的肩膀。

寡妇再次转向男人。他身上也披着东西，但跟女人的不同，其中，一块布上印着**二手车**，另一块写着**营业到九点**。寡妇认出那是威尔斯巴顿镇上的大型店招。雨水顺着湿透的毛料从他们身上倾泻而下，她的前廊现在积了一摊水。

恐惧掐紧寡妇的胸膛。退休五年的她，早已过了需要认识威尔斯巴顿所有居民脸孔的时期，而她不认得这两个面孔。她应该重重甩上门，然后报警。她丈夫的步枪就在楼上，她的敏捷度足以让她快步奔进楼上的卧房吗？可是男人的惊恐神情现在正渐渐化为走投无路的模样，于是她知道他们正在逃避某种事情。寡妇沉重地吐了一口气。她真希望自己不是孤身一人，可是他们也孤零零的，寒冷又恐惧。

“你们是谁?”寡妇问。

女人缓缓抬起目光，寡妇察觉对方有了动静，但是才把视线往上移（寡妇身形细瘦，身高五英尺一，而面前的女人还算高挑，虽说不比男人），女人却又猛然低下头。

跟女人不同，男人对寡妇的声音没有任何反应，可是他注意到同伴迅速的动作与退缩，于是轻柔地搓搓她的肩膀作为回应。那是充满柔情的碰触，即使阅读灯照向前廊时只剩昏暗的光线，寡妇也知道那是关怀的神情。可是她有所不知，在看到自己早已遗忘但过往感受过的事而出神时，自己脸上也流露出许多没说出口的感受。

男人又往窗户望去，眼神透露出恳求，并抬起空闲的那只手。寡妇瑟缩了一下，以为他准备出手打她。他却撑开手指，朝着屋内轻挥，好似快翻书里画的飞翔的鸟儿。

那时，寡妇才意识到男人听不见。

“噢，”她说，吐息驱走了她的无知，“请进。”

她侧步让开。男人在女人面前摆动双手，女人点点头并紧抓他的一只手，两人相偕跨过门槛。

“你们一定……你们是……请进。”寡妇支支吾吾，最后关起门时，做过教师的她终于用细薄的嗓音稳稳吐出适当的话语：“我们一起把你们身上湿答答的东西弄下来吧。"她马上自觉愚蠢:男人听不见,女人的注意力又集中在立灯上,况且他们还背对着她。他们一同悄悄越过客厅,临时凑合的雨衣频频滴水,可是寡妇就是狠不下心表示什么。能进室内让他们大大松了口气,心思只放在两人之间的紧密相依上。

男人走着,结实的双腿从过大的店招布块下突伸出来。他的身体显然惯于劳动,虽然寡妇无法想象他为何会在十一月天裸露着双腿。至于女人,低垂的毯子挡住了视线,仅仅露出鞋子(尺码看来过大的鞋子)。女人的步伐并不平稳,弯垂着身子,几绺黄色卷发从毛料兜帽之下散溢出来。寡妇心想:**她简直像个孩子**。

壁炉的火势逐渐转弱,寡妇此刻将壁炉防护门拉开,添进一根木柴。她听到背后的女人发出咕哝声,于是转过身。女人凝望着火堆,寡妇瞅着满脸好奇的她。男人用手臂把她的肩膀揽得更紧。

火堆旁边只有两张椅子:她的阅读椅,细薄棉布盖住了磨损的扶手;还有她丈夫以前读运动杂志跟西部小说时坐的木椅。沙发在远远的后方。**我应该请他们去那边坐的**,她心想。但她还来不及开口,他们就已经低身往椅子里坐定。

寡妇往后退开,好好端详他们。她丈夫在过世前失去了一耳的听力,除此之外,她不认识任何听障人士,也不曾认识像女孩这样的人。**我应该要感到害怕**,她告诉自己。可是她想起《马太福音》的某个段落,她已经有好多年没上教堂去聆听这样的教义:"我作客旅,你们留我住。"

她走向厨房,越过饭厅时回头望去,他们俩仍然依偎在一起。男人抬高双手,比画着自己的话。女人再次发出咕哝,声音放轻得仿佛赞同。

给他们一点私密空间，寡妇告诉自己。人人都需要隐私；如果你站在孩子们的肩膀后方，大部分人连十三加二十九都算不出来。不过，隐私有可能发展到过分的地步，看看她丈夫就知道了，团团沉默围绕着他的心。看看现在的她，除了每个月到市场一趟，一年有三百六十四天都是形单影只，只差一度就拥有完整无缺的隐私圈了。不过，还剩那么一度，就是圣诞节当天，她的学生们会像被风吹散到全国各地的种子，带着儿孙搭机飞回威尔斯巴顿来探亲，然后便会顺道来寡妇那天对外开放的房子走一遭。她的隐私是如此完整，几乎等于零。可是，**几近于零**，她的学生约翰·麦克说，**跟"零"还是有天壤之别**。

寡妇踱进厨房，把水壶放上炉子。即使忙着将做饼干的面粉、糖与燕麦从柜子上一一取下，她还是不停思索着更大的问题。**他们是谁**？**都起暴风雨了，为什么他们还在外头逗留**？这份思绪让她再度意识到重重落下的雨水。郡与郡之间的河流一定会泛滥暴涨。她已听不见搅打面糊的汤匙声。

天气晴朗时，她在屋里就能听见众多纷杂的声响。鸟儿啼鸣，远处河流的汩汩作响，还有老酪农路上难得的车辆声，这条马路与她的车道坡路相隔半英里。连邮务员卡车的声音，以及调幅广播都会飘上她的田野。可是最棒的声音，是邮务员在她的围栏外任由引擎空转，把邮箱的旗子从直立（前一晚把新写给学生的信件稳稳放进邮箱的时候，她就将旗子竖直）扳成平行，并将她的问候信件带走。她不一定会听到邮箱旗子的声音。后来蓝顿，就是当初喜欢制作透视立体景、长大后成为艺术家的那位学生，亲手做了一个金属小灯塔，某年圣诞送给她当礼物，接着用铜铰链将它固定在邮箱上。它不是一个普通的灯塔。灯塔平躺时，表示没有邮件要寄出；灯塔的窗户是黑暗的，不过直立时，窗户就会亮起，而且露出男人头形的灯塔顶端。她的灯塔人，她在心里这么想。她多么喜欢听到铜铰链的铿锵尖响啊。

她把饼干面团推进烤箱，然后把门开了条细缝，往外瞥望。

女人面对火焰。男人从椅子里站起来，把湿漉漉的店招剥下。寡妇原本以为他会随手把每块布扔在地上，结果他却把它们当大床单一样折好，放在壁炉前方。拿开掩护、露出身子的他，只穿着短衫与松垮的短裤。要不是他近来减了体重，就是衣服不属于他。

他们想逃开的是什么？我应该追问吗？还是说我只需要给他们慰藉就行了？

她向后退回厨房。

冰箱里有充足的食物。她今早才替牛挤过奶，上星期才摘过苹果，还做了苹果酱。她把这些东西都放在朴素的托盘上。她不需要用花哨的物品。自从丈夫过世以后，她就不再讲究装饰，虽然有些学生还是会送她华美的东西：四件式茶具组、银制托盘等。她现在犯不着把那些东西拿出来。可是，就在水壶响起、计时器的铃儿当啷作响时，她改变了主意。

她在银制托盘上摆满饼干、面包、水果与乳酪，然后将厨房的门推开。

客厅里，男人坐着，女人忙着褪掉毛料毯子，在椅子旁边将其积成一堆。寡妇一时有些心烦气躁——她原本以为男人会替女人把湿透的衣物打理整齐。接着，身上剩下一条毯子的女人停下动作，开始发出轻柔的声响。不过，这次的声音不是咕哝，语调比之前更为轻盈高亢。

寡妇先把托盘搁在饭厅桌上，然后踏入客厅。她绕过椅子，凑近湿透的布匹，想着要拿到哪儿晾干。声音持续传来。寡妇转身背向火堆，望着两个陌生人。

塞在女人最后一张毯子的折缝里的，是个小婴孩。

女人（寡妇顿时明白，她刚成为母亲）抱着孩子，毯子披覆在臂膀上。男人往孩子倾身，他手里拿着一片湿布——就是原本掩住椅子扶手破洞的细薄棉布。他正用那片布把婴孩脸上的血迹拭去，婴孩发出寡妇当初误以为是女人发出的抽噎声。

男人的碰触相当轻柔。他先前就把饭桌的一壶水拿来，现在正把棉布往里面探，再次将它沾湿。然后他把毯子往后推，清理踢动不停的身体。寡妇看出是个小女孩，也看出婴儿是白皮肤的。男人的动作里带着为人父者的谨慎，但他并非孩子的父亲。不知为何，他与这女人却结伴行动，也许还是他负责接生的呢。可是，他这么做不是因为血浓于水，而是出自另一种责任感。

“噢，我的天啊。”寡妇说。

年轻女子抬起头。“不！”她喊道，“不、不、不、不！”

男人把脸转向那位母亲，随着她的目光望向寡妇。他狠狠瞪着寡妇，但眼神里蕴含的不是恐惧，而是另一种形式的恳求。

“没事的。”寡妇说，却知道不管如何，**情况**一点都不好。有个婴儿。一对亡命鸳鸯。而且他们**非比寻常**。他们**不大对劲**。

她应该打电话报警。她应该逃出屋外，开车到安全的地方。可是她的心思快速奔驰，甚至超越了那些思绪如此之远，以至于撞上弯处而直接朝着自己折返回来，继而往过去的时光飞驰。

她捞起湿透的毯子，冲出前门并踏上前廊。

她站在那里向外凝望雨势，捧着湿透的毯子，想起了他。那是她唯一的孩子，从未长成到拥有名字的儿子。脑海里浮现医生大步跨进病房的情景，丈夫厄尔就坐在她身旁的椅子上。医生深呼吸，厄尔站起来。“上帝才知道什么对这样的孩子最好，”医生说，“他会带走有缺陷的那些。”她当时说：“你说有缺陷是什么意思？”医生回答：“他走了。你可以忘了这整件事，当作没发生过。”她丈夫的脸庞皱成一团，往椅子里颓然坐下。那晚月亮升起，他俩坐进车里，陷入新的沉默。他坚持不在墓碑上安放名字。

可是，在她屋里的婴儿还活着。

她把毯子披挂在栏杆上风干，然后返回屋内。

客厅里空无人影，厨房也是。她出声呼唤：“你们到哪儿去了？”他们一定就在屋里；她刚刚没听见后门开启的声音。她走进地下室，到洗衣机、低温储藏室跟水泵四周查看。回到一楼，打开楼梯下方的橱柜；然后，登上二楼。

浴室门仍然开着，如同她原本保持的状态，毛巾原样未动。她转动卧房门把，床罩依然整齐有序，两座橱柜（左边是她的，右边是厄尔的）里没有人影，步枪也没动过。另一间卧房是她的书房，她的书、写字桌与圣诞饰品都放在那里，看起来也一模一样。

不，不一样了。

她旋开台灯，她的桌垫（曾经挂在她教室里的美国地图）歪了。

她望向天花板，他们一定在她的书桌上方找到通往阁楼的夹板，三十年来的学生报告与遗忘许久的女红用品都存放在那里。男人跟女人一定找到了连她自己都鲜少涉足的隐秘空间，爬了进去，并关起夹板。

这些人习惯躲藏。

她踩着椅子登上书桌。到现在已有好几年，她时时感到关节炎给身体带来的负担。她仍然会处理农场的杂务，虽说剩下的动物寥寥无儿，也任由大部分的园子荒废，可是耗费的时间却远胜以往。不过，现在不是考虑病痛的时候，她扯动折叠梯的拉绳，将它展开，直到梯脚触及地板为止。她把手搭在梯级上，向上攀爬。

她眨眨眼睛，以适应窄小阁楼的惨淡光线。然后，她看到他们双膝落地，倾身伏在女红篮子上方。她听出婴儿就在篮子里。

她看着他们把关爱的目光投向篮子，女人带着明显的疲惫倚在男人身上，手臂环绕他的腰部；他的胳膊揽住她的肩膀。他们将爱倾洒在孩子身上，两人（一黑一白）显然对这孩子还有彼此都怀抱着同样的盼望与感情，因此深深打动了寡妇。肤色对他俩来说似乎无足轻重，女人孩子般的神态或男人的失聪也无关紧要。虽然她从未看到过这样的伴侣，却也断定对她来说这些无足轻重。她只是伫立在阴影里，欣赏他们奔放无羁的关爱。

然后，她意识到自己需要做的事情，于是回头爬下梯子。

卧房里，她打开丈夫的橱柜。许久以来她一直想把丈夫的衣服送走，可是她愈来愈习惯转动门把后看到衬衫时，内心所充满的感受。这时，对他的回忆不会受到未为人母的痛苦所影响，而会引领她回到两人早期的婚姻生活，当时他尚未压抑自己的温柔，而她也还未抑制内心的深情。现在她拉出一件衬衫，把它放在床上。她在衬衫底部搁上一条长裤，也把一件夹克的扣子打开。她想起他第一次开车载她来农场时，穿的就是这件夹克，那时她才刚从奥尔托纳转来这里的学校任职。当时穿着夹克的他，看来好时髦。

她打开自己的橱柜。那个女人急需衣物；女人走样的衣服褴褛不堪，就像阅读过度的书一样破烂。寡妇摆出一件昔日上教堂用的白洋装，还找到一双白拖鞋、一条披肩，以及内衣裤。她想起生产过后的状况，于是从浴室里挖出一块遗忘多时的卫生棉垫。

然后她听见他们走出阁楼，将梯子收起来。她踏入走廊——终于能够完全看清他们的模样。男人可能比年轻母亲大上二十岁，而她天生是个美人坯子。她的头发虽然纠结成条、凌乱不堪，但是骨架纤细，并非寡妇原本以为的骨瘦如柴。女人的五官简直可说优雅。

寡妇催他们进卧房。

“给你们的。”她说。从女人脸上的惊愕表情看来，对方听懂了她的话。女人向男人比比手势。两人往前移动，完全没表现出自认有权独处的样子，便大剌剌地把衣服从背上直接剥掉。

寡妇走下楼去。她往壁炉里添加柴火，在饭厅桌上摆好餐具。不管他们可能是什么来历，都会穿着体面的衣服好好做客，享受美好的一餐。

事后，距离此地许多英里时，她思忖自己原本为何毫不知情。但也许就是没人知道，她的农舍距离那里有两个小时——足足相隔两个郡，她怎么可以拿她不曾见过的事物来责怪自己呢？

她听见他们离开卧房。等到她走到楼梯底端时，男人与年轻女子已经朝她步下阶梯。两人的装扮焕然一新、双手紧握，看来让人屏息。夹克衬托出男人的俊美，他看来就像去做礼拜的农人一样端庄，穿着得体、神态得意。他还自作主张戴了她丈夫的一顶帽子，就是她深爱的棕色羊毛扁帽，在他身上看来真顺眼。洋装与披肩衬托出那位母亲的可人。两人的脸庞都散发着光辉。

他们走向寡妇时，寡妇抚着自己的胸口。“你们看起来就像梦一样啊。”

咚轰、咚轰。

年轻母亲距离楼梯底部还有一阶，她凝住不动，制止男人往前。

寡妇连忙转身。**咚轰**，是前门传来的重击声。

她倒抽一口气。即使大雨滂沱，那个声响仍然压倒了整个房间。她回头望向那对男女，他们的脸庞尽是惊骇。

“不、不、不、不！”女人说。

男人一语不发，他一定透过地板感觉到那股力量了。

这一切都在瞬间发生，如此快速。在车头灯亮起、照穿前侧窗户之前，寡妇只有转头的时间。

“警察。”前廊有人说道，语气听来比较像是疲惫，而非威吓。

寡妇回头再看那对男女，他们一副想拔腿逃跑却完全不晓得该往哪儿去的模样。她再次转身面对前门。

“你们有何贵干？”寡妇问道，勉强让自己的音量高过雨声。

“麻烦你开个门。”

“如果能告诉我你们来这里的原因，我会很感激。”她把手臂伸到背后，以手势要他俩留在原地。

“玛莎·齐门？”

“没错。”

“你还好吗，齐门太太？”

“为什么我会不好？”

“你就行行好，开个门吧。”

“我倒想听听你们的解释。”

“别为难我们嘛。我们在外头待了好几个钟头，现在只想把工作完成，然后回家。”

“我相信要是我说我有权知道你们为什么用强灯猛照我家的门口，

宪法会支持我的。”

“有两个人失踪了，齐门太太。我们担心他们的安危。”

“**他们的**安危？”

“是的。”

“也许我刚刚误会了，我还以为你们担心的是我的安危呢。”

“嗯，我们不想用蛮力把门撞开，你就自己开门吧……”

“那些会危害到自己**跟**我的安危的人，是从哪里失踪的？”

“一所学校。”

“威尔斯巴顿的学校，除了高中以外，我全都教过。从什么时候开始，高中会派警察而不是训导员出来——还在这么晚的时间？”

一阵停顿。她听得到脚步拖行的声音。透过楼梯旁边的窗户，她看到有人影绕过前廊，往后门走去。

“我刚才问了，”她说，“是什么学校？”

“是州立学校，齐门太太。”

这些字眼好似一股强风朝她袭来。她晓得了。她一直都知道。她现在就能看到披挂于前廊栏杆的毛毯，印于其上的粗体字校名被车前灯照亮：**给不治之症者与弱智者的宾州州立学校**。

她连忙转回身子，那对男女已经不在阶梯上了。她还来不及走到那里，前门就已经猛然开启；她听到后门也是如此。警察走进屋内（其中两位她在威尔斯巴顿见过，另外四名她不曾见过），另有一位她未曾谋面的高瘦男人穿得一身白，就像医院里的护理人员。他一定是州立学校来的看护，那个地方就藏在高墙后面，是供给有缺陷者居住的地方，是他们的婴儿（他们**有缺陷的**儿子）出生并过世以后，她丈夫就再也不肯开车经过的所在。

她的四周一片混乱不安。他们成群闯入她的房子，毫不顾虑隐私问题。当她尾随他们团团转，频频说着“拜托，文明一点”，也得不到任何回应。他们查遍楼梯下面的橱柜、客厅与饭厅。当他们涌进地下室时，她转向门口往外眺望。借由大放光明的车头灯，她的视线可以直达田野斜坡的一半处，不过她看不到逃亡者的踪迹，只有三辆警车与一辆轿车。有个男人踏出轿车，八字胡修剪整齐，身披昂贵的雨衣，一头中分的灰发。他打开雨伞，穿越车道而来。

“抓住那女人。”她听到厨房有人说。

“那个小伙子呢？”另一人喊道。

“不在一楼。”

“到二楼看看。”

脚步声在她背后扩散开来，穿雨衣的男人正好走到她家门口。

“我是柯林斯医师。”他说，嗓音低沉安静，正符合她对医生的期望。“在夜间造成这番混乱，我向你道歉。”他伸出手。

她与他握手，听到脚步声越过二楼，和橱柜打开的声响。她感觉背后有动静，于是转过身去。年轻母亲正被人押着走出厨房，进入客厅。对付她的人是个干瘦的看护，这个秃头男人戴着眼镜，蓄有山羊胡。年轻母亲的神情就跟初抵达时一样丧气、恐惧。

“这是怎么回事？”玛莎放开医师的手说。

“既然我们都找到他们了，”医生说，“你就没什么好操心的了。”

“他们做错什么事了吗？”

“他们明明知道规则，未经许可就擅自离开，会扰乱我们机构里的秩序。”

玛莎转向女人，看护正伸手探进白制服的口袋，拿出来的东西看似是袖子特长的约束衣。

“那是什么?”玛莎说。

“长袖紧身衣是为了他们好。”柯林斯医师说。

看护现在正把长袖紧身衣的袖子套上女人的手臂,将袖子在她胸前交叉起来,然后把袖口拉到她背后。

年轻母亲瞥瞥玛莎,眼中带有怒意。可是,即使看护把紧身衣的长袖紧紧拉到她背后,把搭扣扣起,她也没有出力抗拒。

玛莎微微退缩。看护注意到她的反应,于是说:“非得这样做不可。他们什么也学不会,什么也不懂。只有这样才能让他们乖乖守规矩。”

“可是一定很痛。”

“他们感觉不到痛苦,他们又不是——哼,如果她知道怎么分辨对错,就不会偷你的衣服了。”

“衣服是我给她的。”

“这种慷慨行为很好心,但没有必要。”柯林斯医师说。

“我很乐意让她保留这些衣服。”

“所以,”看护说,绕着年轻女子走动,最后与她面对面,“你给她这件洋装时,她跟你说了什么?”

年轻女子垂下头。

玛莎知道,年轻女子的词汇里只有一个字。玛莎绷紧嘴唇,就像她常对厄尔做的那样。

“他不在上面。”她听到有人这样说,接着警察嘈杂地朝一楼走来。

她望向天花板——不再听到脚步声的天花板。**阁楼**!她心想。**他们漏掉阁楼了**!**而且他们从没说过要找婴儿**!

“也许你们应该到外头搜搜看,”柯林斯医师说,“毕竟他是走路带她来这里的。他不怕自然世界，去查查屋外。”

他们赶忙走到屋外。医生踏进门口通道，放眼眺望。

玛莎转头寻找被逮的母亲，在饭厅找到她跟看护。真想做点……什么。不过，做什么好呢？百种思绪落在脑海里，继而四散纷飞，最后只留下一个。“你叫什么？”她问女人。

年轻母亲与她四目相接，眨眨眼又垂下目光。

“她是白痴，”看护说，“低能。她只会说‘不’这个字。她的小脑袋顶多只有这点能力。”

“够了，克莱伦斯。”柯林斯医师说，却并没走进饭厅。

“我只是实话实说，”克莱伦斯说，“这位女士都开口问了，就应该让她知道啊。”

玛莎往年轻母亲凑近：“你叫什么？”

女人有些畏怯，但没正眼看她。

“医生，我不能现在就带她上车吗？”

“她叫琳妮。”医生回答，还是没离开门口通道。

“琳妮。”玛莎说。琳妮一听到，就抬起眼皮望去。的确，对方的目光显现玛莎认为所有迟缓儿都有的呆滞无神。她之前为什么没注意到呢？因为琳妮长得那么美丽，而且那时眼神里饱含情感。

“还有那个男人呢？他叫什么？”玛莎说。

克莱伦斯扑哧一笑：“他没名字。他叫四十二号。”

玛莎挪动身子，望向医师寻求解释，可是他踏上前廊，正与一位朝着车道指去的警官谈话。

玛莎又转向琳妮，两人眼神交会。玛莎认为自己看到了不同的感情，那是她之前没见过也无法辨识的。

也许克莱伦斯注意到了这一点，于是继续这个话题。“她听到你说的了。”他一面揶揄一面挪动身子，直到站在琳妮身边面对玛莎，“她这人就是不懂礼貌。——有人给你衣服的时候，你要说什么?”他把琳妮推向玛莎。

琳妮的目光从玛莎那里斜开。玛莎原本以为对方是出于害羞或温顺，可是有什么告诉玛莎，这个动作的含意多过语言所能传达。她追随琳妮的目光，正对着客厅远端墙壁的小窗，就是暴风雨开始时玛莎努力想看透的那一扇。

窗子敞开，男人(四十二号)的身影正死命冲刺，奔越东侧田野，手臂弯折成直角，双腿迅捷又强健。他潜入了树林。

玛莎转头面向琳妮，对方这次表现出来的情绪很清楚，就是玛莎自己感觉得到、却从未在脸上表现过的:挑衅。

“你没在听哦。”克莱伦斯对琳妮说，动手把她推向玛莎，“快跟女士道谢啊，发出你最有教养的咕哝声啊。”

琳妮此时如此贴近，玛莎感觉得到她的呼吸。可是这次琳妮没把目光转向窗户，反而倾身过来，把嘴唇贴在玛莎耳畔。

玛莎感觉到琳妮的呼吸把她的脖子烘得暖乎乎的。她准备要听琳妮会说的唯一字眼，也就是玛莎已经听过的、表示挑衅的那个字。

“藏住。”琳妮细声低语。

玛莎往后一退，望着琳妮。那张脸一片空白。

玛莎再次往前靠去。“藏住，”琳妮再次说，然后补充道，“她。”

“她跟你说了什么?”克莱伦斯说，“她有没有听话啊?”

琳妮先是动也不动，然后把脸转向玛莎。

玛莎望进她的眼眸，它们并不呆滞。碧绿、漂亮，没错，的确不同，可是也懂得强忍泪水，而现在它们正在这么做。

“我们要走了。”柯林斯医师说。

“他们逮到他了吗?”克莱伦斯问。

“还没，可是今天晚上他哪里都去不了的。天色太暗了，河流又暴涨，而且他一定累坏了。他们明天会继续追踪他。”

“那就是四十二号的幸运日了。”克莱伦斯说。

他把琳妮拉走，玛莎感觉呼吸离开自己的脸颊。她伫立不动，眼睛紧锁琳妮的目光。年轻母亲被拉过房间、转向门口。一时间，玛莎暗想自己是否真的听到了那些字眼，但它们在她脑海里高声作响，她晓得自己并没弄错。最后，玛莎振作起来，赶忙走到门口通道。屋门仍然大大敞开，她向外望去，柯林斯医师正要坐进轿车，警车正在回转。纷纷落雨之中，琳妮在没撑雨伞的状况下，被押着走下前廊阶梯。

玛莎把视线转向屋内楼梯，继而举目仰望二楼，又转回来面向门口。“琳妮。”她呼喊。前廊底部阶梯那个脆弱的身影停下脚步，回头望来。她的双手越过胸前受缚，一身白洋装早已遭雨浸透。

记住这一切，玛莎告诉自己。碧绿眼眸，金色卷发，她偏着脑袋的模样。

接着，玛莎踏上前廊，以前所未有的肯定态度说:“琳妮，我会的。”

学　　校

琳妮

一九六八年

琳妮从老妇人的声音中转开身，步下雨水泛滥的农舍车道，脚踝在积水里跋涉；克莱伦斯紧随在后。她的身体依然因为产后而疼痛。可是，比起厕所堵塞时在地板积成一摊而必须踩过的恐怖液体，这种水感觉起来更加纯洁。在这么多年的恐怖事情之后，她终于有了属于自己的东西：她从中找到力量的一个脉搏，和她给予生命的另一个脉搏。接着，克莱伦斯又推她一把，然后一切全都回来了。享有三天的自由之后，她落得一无所有，连脚要往哪里踩都无法自己做主。

她的手臂受到束缚，克莱伦斯正在督促她守规矩，不久之后学校就会处罚她。**学校**。他们在老妇人面前就是这么叫那个地方的。有能力说话的院民会用更诚实的说法，叫它"垃圾堆"或是"苦牢"。许久以来，在琳妮的脑海里，文字的形状四处飘移，有时找得到形状，有时找不到，她只是单纯把它想成"鬼地方"。然后，当她学会巴弟用来表示"学校"的手语(**巴弟**，她对自己说，兴奋地默念她替他取的名字)，她觉得真是完美："猛然咬住动物的陷阱。"琳妮知道自己的双腿正被逼着走回那个陷阱，顿时涌起一阵恶心，觉得很想咬什么人。可是她不能咬人，因为那会让情况更加糟糕。

轿车后门已经打开，坐在驾驶座上的是艾德格先生，就是替柯林斯医师工作的壮汉。通常琳妮只会在忙着把衣服堆进滚轮大桶时，从洗衣间的窗户看到正往行政区走去的他。琳妮的朋友朵玲说，那里的人讲话都“满口高调”。现在，朝轿车愈走愈近，琳妮看得到艾德格先生的头发。抹了百利牌发胶的头发滑不溜丢，上头留下了梳子的齿痕，有如泥地上残留的犁痕。坐他旁边的是柯林斯医师，他正弯身伏在琳妮的病历上，一手握着钢笔，另一手夹着香烟。琳妮把这些全看在眼里，虽然她不晓得“百利牌发胶”、“病历”或“钢笔”这些字眼。她确实知道“柯林斯医师”这些字，可是大家都要院民称呼他为“路加叔叔”。不过，琳妮没用任何方式叫他——来到“鬼地方”之后不久，她就不再说话了。路加叔叔从来没注意到这一点。对他来说，她只是三千院民里的其中一个，而且就像朵玲说过的，当他在走道上轻快游走、带领装扮光鲜的人士参观院所时，“要是厕所的水龙头不是干净得可以照出他的脸，他才不会经过那里咧”，他就是那种人。

她经过路加叔叔的车窗，他连这时候也没注意到她——他全神贯注在她的病历上，正往上头添加几笔。她对他吐吐舌头，他还来不及朝她看去，克莱伦斯的手就使劲扣住她的肩。“来吧。”他说，为路加叔叔着想而把语调放客气些，然后将琳妮推进后座，猛力甩上车门。

琳妮努力想让视线穿过挡风板，望向农舍。车前灯照到的距离有限，只能看到门口洒出的长方形光线，还有答应会照着她的要求去做的女士的剪影。琳妮使尽力气讲出那些字来（**藏住她**），而她听到老妇人的回答时，心跟着雀跃起来。可是琳妮看不到阁楼的小窗，更别说树林的边缘了。

克莱伦斯从另一边车门滑坐进来；琳妮往自己那侧的车窗挤贴过去。她必须逃出去。她必须找到巴弟。可是，放眼望去无路可逃，而大口咽下空气是她唯一能做的事。这可不好了——要是让他们知道你害怕，他们会更粗暴。她尽量去想凯特，那位顶着红发、性情甜美的看护，但她的心思却牢牢集中在史墨克斯上，就是随身带着狗的看护，而她吞咽的速度也随着加快了。于是她重拾一个老习惯。小时候浑身软趴趴时，她很喜欢乱转脑袋的感觉，因为这样能让四周的色彩像缎带一样缤纷飘荡。等她拥有医生所说的肌肉张力，还是会乱转脑袋，连带把眼睛合上，因为她发现脑袋转完一圈停下，自己就能抵达另一个时空，就跟洗衣机一样：等到快转过后，就会找到遗失的袜子。所以，轿车开下车道斜坡的时候，她胡乱转动脑袋，直到自己降落在当下以外的时空。

“在这个垃圾堆里，你不能拥有任何东西，”琳妮的第一个朋友东妮特低声说，“除了脑袋里头的东西以外。所以把它留在里面就好。”东妮特指着她的脑袋，那是琳妮入院后在医院区的第一晚。东妮特身材高挑、棕色皮肤，瘦得皮包骨，发丝就像圆珠笔里的弹簧。她把一碗果冻递给琳妮：“我跟你说，是希望你有好的开始。”琳妮接过果冻，却弄不懂对方的意思。“要是你把事情好好放在自己心里，生活过起来会比较容易。”一直到后来东妮特出了事，琳妮才决定保持缄默。

克莱伦斯晃着身子凑近琳妮。“看来她在冒险旅程上掉了些体重。”他说。路加叔叔与艾德格先生都不予理会。“我跟你们说，”克莱伦斯补充，把音量放大，好让他们听到，“只是想说可以写进档案。”他人的外在反应，琳妮都不见得能够理解，更别提内在动机了；不过她确实明白克莱伦斯并不是真心想帮他们。他只是希望别人会对他的老搭档美言几句，就是人人称为史墨克斯的看护。

琳妮差点想要把脚甩向旁边，将他猛踢出去，但是她控制住自己，心知到时他会把她的脚踝捆起来。她反倒望出车窗。如果巴弟躲在树林之间，她就不用跟克莱伦斯缠斗——巴弟会跑到车子这里，把门拽开，然后救她出去。轿车开到连接乡间道路的转弯处，突然有个景象从黑暗中浮现，是她今晚稍早看到的小灯塔人。那时他俩正绕过这条道路的转弯处，几近绝望地寻找歇脚的地方。那时她碰碰巴弟的手臂，跟好久以前与姐姐一起去过的灯塔好像啊，当时那个地方很安全。她以前画给巴弟看过：海边一个高耸坚固的地方。她原本想解释给巴弟听，说这个灯塔人就是她晓得他俩会受到保护的原因，可是当时她的双手正搂着婴儿。

克莱伦斯尾随她的视线，也望向灯塔人。然后他转身向前，手臂横伸过座椅，碰了碰她的肩膀。一感受到他的存在，她便想起许多不想重温的回忆：桶子、嗥叫的狗儿、布的味道。她缩开身子，而他只是把手臂伸得更近。轿车驶过树林与其他房子时，她心里纳闷，巴弟在那个院子里吗？在那棵树后面吗？什么时候他们才能再一起逃走？什么时候她才能再把婴儿拥进怀里？

琳妮想用双脚痛踢克莱伦斯，想要猛咬、扭动与尖叫。可是她没办法。她**必须**留在原来的小屋，等巴弟来救她出去。要是他们把她丢进单独禁闭的地方，她就没办法留在原地。所以她把双脚定定踩在地上，紧咬牙关，然后望出挡风玻璃，看向长长的乡间道路，盼望巴弟会在他们越过河流之前现身。

她在轿车放慢速度时清醒过来。此时仍是黑夜，他们身边就是学校的高耸石墙。她错过河上的大桥了。她错过了可能瞥见巴弟的机会。她的胸膛因为失望而觉得空洞。在石墙上方，她看出雨势已经停歇，可是积云堆得太厚，连一颗星子也看不见。她的喉头因为忧伤而酸涩。整个夏天，巴弟教她星辰如何在夜里缓缓地旋越天际。现在，什么星星也看不见，她无法衡量离白天有多近或多远。

接着钟塔进入眼帘，从山丘上浮升起来。墙壁把大门之外的东西一概掩住，人们从马路上就只看得见那座时钟。可是，这番景象对琳妮来说没什么好处；她看不懂时钟。但就在艾德格先生跟着广播哼歌、克莱伦斯吸着烟斗、路加叔叔鼾声连连时，她就牢牢盯着时钟。时钟像月亮一样发出黄色的微光，雨水打在钟面上，让它露出正在哭泣的模样。

这幅景象她以前只见过两次。三个晚上以前，她跟巴弟准备逃走的时候，她曾经回头张望，时钟就在那里，照亮所有小屋的窗户。巴弟当时拉拉她的手臂，比出逃走的手势。她握住他的手，对他满怀信任。接着两人拔腿就跑。

不过还有另一次，是在认识巴弟、凯特、朵玲——甚至是东妮特之前。琳妮当时还小，那个小我仍然藏在她心里，像是藏在大碗里的小碗。她现在垂下目光，往内望向那个更小的自我，望向她头一次看到这个景象以前的岁月，看着她还不懂得什么是石墙的时光。

在那个时候，她认识的世界就是厨房，她会跟姐姐在底柜里玩耍。她们会打开木门，把自己拉进充满锅子的王国，把蛋糕烤盘当成帽子戴在头上。她姐姐认识很多字，还知道怎么把那些字上下移动，变成一首歌曲。琳妮会拉住姐姐的手臂，对着她的手腕发出咕哝声，感受传来的震动。有首歌是她们俩的最爱：**啊——提思克特，啊——泰思克特。绿色跟黄色的篮子。写了封信给我的爱，却在路上弄丢了。**

琳妮那时还不晓得用餐小屋，她只晓得饭厅跟桌子底下。她跟姐姐会把贝茜威茜洋娃娃放在桌子底下，盯着妈妈和爸爸的鞋子。妈妈和爸爸会坐在桌旁，用严肃的语气说“接受这个悲剧”“她的未来没有希望”“我们又没做什么坏事，不该得到迟缓儿”这类的话，姐姐在一边玩抛接玩具，琳妮则挑着爸爸牛津鞋的鞋带结。姐姐会问琳妮知不知道厨房正在煮什么菜肴，接着把味道说出来，“马铃薯饼”“热可可”……琳妮很爱味道。她很喜欢把脸贴进床铺下面的羊毛外套堆。直到今天，她仍然闻得到姐姐口香糖的甜美香气。她依旧记得妈妈一面把她从桌子底下抱上来、一面说着“我办不到”时，她的脸颊贴上了妈妈喷过香水的胸膛。

虽然从那之后过了这么多年(多年来睡的是四十张床铺的房间，全是铁框床架)，琳妮还是记得自己的卧房。里头有两片粉红的床头板，一片是她的床，另一片是姐姐的床。“娜娜”是琳妮第一次说出口的字。(汉娜把妈妈叫进房里时，妈妈兴高采烈地紧握双手、脸庞发亮地说：“终于……”)还有挂着布帘的窗户。琳妮也记得浴室，可是有好久的时间，她都坐在尿布更换台上，爸爸会说：“都五岁了还穿尿布，还会发出婴儿的声音。”“拜托别提了。”妈妈说，一面拿走嘴里咬着的安全别针。

琳妮也能在心中唤起客厅的模样。那里铺了地毯，还放了水族箱和书。书本没有鱼儿好玩。娜娜会坐在沙发上看书，琳妮会用手臂在地板拖着自己往前，去看色彩鲜亮的鱼儿。“她还不会爬啊?”这位阿姨会在背后说：“都六岁了呀。”那位阿姨说：“这几年来看也知道，费须巴哈医生当初说得对。”妈妈说：“她以后会爬的。她以后会走路的。”这位阿姨说：“她永远没办法去上学。”那位阿姨说：“想想她姐姐，一旦了解状况(在这里她压低声音)，会觉得多丢脸。”

妈妈哭了。别人的哭声会对琳妮产生某种影响，会像暴风雨一样朝她袭来，继而在脑袋里爆开，轰隆作响，最后逼得她不得不把它推出胸膛。于是她会翻身仰躺在地，边猛踢边尖叫。这种做法总是有效，因为哭声很快就会停下。有时娜娜会来到她身边说：“她不明白啦。”问题是，琳妮**的确**明白。除掉哭声的方式，就是把悲伤踢进空气里。

琳妮仍然想得出某家餐厅的模样。那时她已经会走路了，他们一家走进去，坐在包厢里。爸妈问她想要什么。“堡包!”她尖声喊道，那是她到了那时知道的几个大字之一，而客人直往这里瞧。当食物没有全部送进嘴巴，而像手指绘画颜料一样从她的脸上滴下时，大家又朝这里猛盯。女侍带着更多纸巾过来，她没有瞪大双眼，也没有刻意去看。爸爸说:“我真希望你讲讲理。”妈妈又快哭了，娜娜突然说:“我们手牵手去坐车吧。”她们俩就在车子后座高唱猫王的歌曲。

还有那个叫作犹太会堂的地方，那里有彩绘玻璃与一间巨大的房间，她们越过房间走向办公桌前的拉比。妈妈坐着，把琳妮抱在膝上，抵着她大大硬硬的肚子说:“大家都有自己的选择，您也知道我先生的立场，所以我去找书来看。黛儿·艾文斯①说，她的迟缓女儿唯一的去处就是家里。她说那个女孩是个天使。可是琳妮，唉，老是让人很难为情。”她用力咽了咽口水。“赛珍珠也有个迟缓的女儿，她说他们待在自己的同类里会比较快乐。可是琳妮是我的小宝贝!”拉比双手交握说:“我想，要是把她送走，你终究会后悔的。感觉起来就像你把她放逐到荒野去。”“谢谢您，谢谢您。”妈妈说着说着开始啜泣，琳妮的胸膛跟着疼痛不堪，于是她把自己抛到地上，边踢边哀号。后来妈妈说声抱歉，就赶紧将琳妮抱走了。

她还想得起一个游戏场的模样。娜娜穿着布朗尼色的制服，跟朋友们玩跳绳，琳妮待在沙坑里用细棍画图(绕啊绕的像是弹簧玩具的圈圈)，最后有个男生走过来猛踩她的设计，她就压在他身上，频频赏他巴掌。妈妈马上推着载有双胞胎的娃娃车奔来，冲进沙坑把琳妮从男生

---

① Dale Evans(1912—2001)，美国影星、歌手与作家。

身上拉开，然后在回家的路上对汉娜大呼小叫，怪她没看好妹妹。“承认吧。”爸爸说。当时，琳妮坐在阶梯顶端，娜娜坐在一旁，哼着她俩最爱的歌，娜娜执起琳妮的手臂，头一次把**她的**嘴唇贴在琳妮的手腕上。可是琳妮还是听得到爸爸说话。“她都快八岁了。如果我们现在不把她安置好，以后每天都会像这样。我们的后半辈子都是。”

然后她坐了好久的车子。她在后座，把车门的烟灰缸盖反复翻上又翻下。“那就是琳妮的学校吗？”娜娜突然说。

琳妮抬头看到那座塔，它在石墙后方高高升起，比犹太庙堂还要高大雄伟。琳妮满心得意，她要上学了，而且她的学校好大呢。

车子在墙壁的一个开口处转弯，然后往大门驶去。

“看起来它需要一条护城河。”娜娜压低嗓门说。

爸爸听到了。“记住我们昨晚谈过的。”他说。

妈妈说：“成熟点，汉娜。”

娜娜转向琳妮。琳妮在她的眼眸里看到自己从未在姐姐脸上看到过的神情。后来，当琳妮心里有了一批词汇与理解力之后，忆起这个时刻，并且懂得怎么解读这个神情的含意。在她第一次看到这座石墙以前，她曾经在别的脸孔上见过同情、恐惧、嘲弄或轻蔑。在娜娜的脸庞上，她只见过活泼、顽皮与深情，这一刻她看到的却是内疚。

然后守卫打开了大门，他们开车爬坡，朝建筑群驶去。爸妈用手东指西指，描述他们从简介手册与路加叔叔来信里得知的事：那些是院民居住的小屋，每间都有各自的分类。

“他们把那些叫作‘小屋’？”娜娜说，“每间都比**我的**学校大呢。”

“这个地方真让人刮目相看，”爸爸说，“占地有一千两百英亩呢。”

这片领地的中央还有个更大型的建筑物——“那一定是洗衣间、体育馆、教室跟医院。”爸爸说。“他们这里是自给自足的，”他补充道，从后视镜里往汉娜一瞥，“他们的食物还是自己耕种的呢。”

琳妮看了看。建筑物后方是种有谷物的田野、畜养牛只的牧草地，还有鸡舍，全都由穿着斜纹连身裤与灰色棉衫的男人——“劳务小子”，爸爸说别人都这样叫他们——来照料。在视线范围之外，爸爸说，就是负责服务学校的电厂。靠近电厂有个棒球场，再过去就是职员住的小舍，他们的薪水包含食宿。爸爸不晓得小舍再过去(也就是坡地的另一边)有什么，所以没有指出来。直到后来琳妮才知道那里是墓园，也就是在那天她下定决心不再开口说话。

这些全都由步道彼此相连，步道下方有个地下通道，妈妈说是为了“在冬天替你们保暖”。步道上除了两个穿白制服的男人，其中一人带着三只咆哮不停的狗，其余空无一人。“我想，是因为他们让大家很忙的关系吧。”妈妈说。

“忙着做功课吗?”娜娜说。

“当然啰。”妈妈说，虽然语气不大肯定。

“还有训练啊，”爸爸说，“学校会教他们怎么制作地毯、怎么修理鞋子。等他们长大，这些好技术就会派得上用场。”

他们往停车场开去时，的确看到了其他人:穿白衣的女人推着坐轮椅的男孩。“噢，这些大人一定是看护吧。”妈妈说。

“看护?”娜娜说，“我还以为这是学校。”

“这是不一样的学校，”爸爸说，语调短促无礼，“我跟你说过了啊。”

娜娜再次内疚地望着她。就在那时，琳妮害怕起来。

“还有你，琳妮，别再弄烟灰缸了。”爸爸说。

“也只剩一分钟了。”妈妈说起话来嘴巴像是灌满了水。

他们的车持续爬坡。琳妮再次望向钟楼，努力想要看懂指针。它们现在直立着，紧紧贴在一起，仿佛没人想读的书本封皮。

克莱伦斯使劲把琳妮拉出轿车。她站起身，因为旅途劳累而摇摇晃晃，路加叔叔跟克莱伦斯提到“会对你的加班做出适当的补偿”。她望向阴霾的天空。虽然还是看不到星辰，却想起有好久的时间，星辰对她来说只不过是闪闪发亮的小点。后来巴弟指着她图画里的夜空，把方糖放在纸张上压碎，推着糖粉变出图样，然后用手势教她星座的名称：杯子、羽毛。等到明天晚上，云朵就会散开，到时他们会再次结伴逃跑，一起仰望星星。

有克莱伦斯在她身边，路加叔叔在前面带头，他们登上通往高塔大楼的大理石阶梯。大楼与其他小屋区分开来，有栎木大门、铜制扶手、茂盛的树篱，以及没设铁杆的窗户。等待路加叔叔拿出钥匙的时候，穿着老妇洋装的琳妮浑身发抖。虽然她很讨厌被绑进长袖紧身衣，现在却很庆幸把它穿在身上，因为这能替她抵挡寒风。就在路加叔叔打开笨重的大门时，她也意识到自己需要上厕所，而且她从没用过这栋建筑里的厕所。

她的身体仍然因为生产而疼痛，不确定忍不忍得住。可是她没胆子透露上厕所的需要，于是捏了捏大腿的顶端。她在洋装下摸到老妇人给她的棉垫，这倒是提醒了她与巴弟共度的时光所学到的事：她的能耐远多于自己所相信的。

虽然琳妮从入院首日以来就没进过这间办公室，但它看来如同以往：给秘书茉德的办公桌、波斯地毯、温莎椅、落地式大摆钟，还有旁边通往路加叔叔办公室的木门。闻起来的味道也一样：皮革、烟草与书本。琳妮吸口气，享受那些气味，这时路加叔叔从银制盒子里取出一根烟，然后望着克莱伦斯，直到对方弄懂他的暗示。克莱伦斯咬着牙，拿自己的打火机替对方点烟。接着路加叔叔转身背对他们并拿起电话。琳妮听到铃声响遍院内，喉头愉快地弹跳了一下，明白那声音就在附近——甚至可能是 A-3。如果是的话，凯特可能就在那边，那么琳妮就会安全无虞。

有如大部分的职员，凯特也常加班。一位看护负责看管四十位院民，有太多事情要忙。也许那就是为何有些职员会心存恶意地对待院民与对方，还好有些职员不会这样。最棒的职员甚至会从家里带点心过来，分享孩子的相片，也不去理会难听的绰号——“左勾拳赖利”“脱线先生”“便便裤”，或是有人替琳妮取的“不—不”。他们甚至会努力开发某位院民的技能。

凯特就是这么做的。琳妮入院五年的时候——她入院时做过的智力测验，把她归类为高阶智障，院方却把她跟其他低能的院民塞在同一间小屋——凯特注意到琳妮在打扫(那是治疗的一部分)时，不是把拖把到处乱推，而是会用拖把在瓷砖上设计图案，光线映照下的肥皂泡像彩虹色的新月一样晶晶发亮。凯特转告一位心理学家，后者指示院方对琳妮施行别种智力测验，琳妮于是高升到轻度低能者的小屋去了。她就是在那里认识朵玲的。朵玲是个有双丹凤眼的矮小金发女孩，她的铁框床距离琳妮只有十二英寸远。不久之后，凯特违反规定把蜡笔带进交谊厅，观察到琳妮画的马匹——意气风发、飘扬着绿鬃毛的蓝马。“画得真好，小可爱。”凯特说，并安排让琳妮到她位于职员小屋的办公室。凯特跟大家说，这样琳妮就可以帮忙做点事，但其实是为了让琳妮坐在凯特的桌前画画。凯特在档案柜里存放了拍纸簿与彩色铅笔。琳妮一到，凯特就会锁上门，打开档案柜的锁；琳妮离开时，她就把琳妮的作品收进抽屉，转动锁孔的钥匙。

斜坡下方，有人接起铃铃作响的电话。

“我们到了，”路加叔叔说，“来接她吧。”

他搁下电话，然后打开通向他办公室的门，目不斜视地经过坐着的克莱伦斯，随手把门关上。

克莱伦斯紧抿嘴唇。要不是琳妮之前听说过克莱伦斯的朋友史墨克斯是路加叔叔的弟弟，她就会一头雾水。路加叔叔从来不让人看到他偏袒弟弟与克莱伦斯。可是，大家都晓得他会这样，因为史墨克斯跟克莱伦斯可以为所欲为。只有他们随身带着狗，只有他们浑身散发酒味，只有他们可以……

琳妮转向窗户，她有更好的事情要想：巴弟把婴儿高高抱起，开怀地笑着；琳妮把婴儿揽在怀里，感觉到一股新的温暖。

门打开了。她连忙转身。

是凯特！

琳妮发出欢喜的声音，可是忍住没冲过去拥抱。

凯特面露哀伤的笑容望着琳妮。她最初来到这里，是在另一个女人夺走她丈夫的时候。当时她身材玲珑有致，画着赏心悦目的彩妆，身穿蓬起的彩裙。久而久之，她开始增加体重，不仅不再上妆，还抽起烟来。她仍然会在自己的看护外套上刺绣，不过现在只穿灰色或棕色的裙子，挂着附有金十字架的项链。她也愈来愈疲惫，琳妮确定自己能在凯特的眼眸里，看见凯特的小小自我。

“仔细做个检查，”路加叔叔正在说，“我们不知道他对她做了什么。”

"四十二号很绅士,才不会乱来。"凯特说。

"要是他那么可靠,"路加叔叔回答,"就不会要这种花招了。"

路加叔叔滔滔不绝,指示凯特要怎么处理琳妮,凯特闷不吭声。琳妮转身,看到克莱伦斯紧盯着她。她合上眼睛,紧缩嘴唇。

接着琳妮感觉有手搭在她的臂膀上。她跟凯特正往前迈步,听到背后传来:"医生,要加平时工资的一倍半,感觉才够。"门一打开,她就在屋外了。

云朵已经散去,星座往下凝望她们。琳妮抬起头,忆起了那些名称。那边是小马,下面接近地平线的是杯子,右上方就是她最爱的:羽毛。

琳妮伸手握住凯特的手,两人一起漫步,陆续经过从未启用的教室,篮筐生锈、天花板发霉的体育馆。她们横越到下一条步道,男生的聚居区就在山坡下的左侧,女生的位于右侧。有时,她在夜里会听到受过教育的男生痛打对方,做下流的事情。今晚有如月亮一般宁静。

最后,凯特稍微用力地掐掐她的手。"我好担心你啊。"她说。

琳妮望着凯特的脸庞。她很想告诉凯特,**婴儿那时候快来了,我们偷偷溜走。很痛,可是感觉很棒**。她好想谈谈她对婴儿感受到的爱意;她在废弃防空洞的地板上生产,然后把婴儿高高抱起。她好想谈谈跟巴弟在老妇人卧房里的那一吻,就是他俩当初躲在茎秆高得足以藏身的玉米田里,才能共享的长吻。她好想谈谈走下妇人阶梯的过程,还有警察,以及巴弟狂奔冲入树林的情景。

可是除了与巴弟在玉米田里相处的时光之外,她那么少用嘴巴表达,几乎忘了怎么说话。她用画画来说话,虽然她无法随手拿到铅笔。要是她能跟巴弟一样用双手流利地说话就好了。可是只有她懂得他的手势，而她连那个都不是很拿手。

“只要跟我说你过得好不好。”凯特说。

琳妮点点头。

“感谢老天，我都担心到快生病了。”

她们走到医院的小屋，凯特爬上第一阶。“我刚问过，看你今晚能不能在这里过夜，在我的陪伴下过一个晚上，而且只有你而已。”

琳妮把她从阶梯上拉下来。

“怎么了？”

她指向 A-3。

“你真的想在今天晚上就回去？”

他会到那里找我，她想这么说，只是没说出口。她点点头。

“好吧，”凯特说，“我会有麻烦，可是惹上麻烦的最好是我，而不是你。”

她们继续走着，经过女生的头一间小屋 A-1，然后是 A-2，最后才是 A-3。一路上，琳妮想着第二次出逃的困难度会高很多。他们当初计划在最忙碌的时段逃走，那时职员正在督促每个人上床睡觉。她溜出门外，知道晚一点才会有人发现她不见了。他们甚至在她的床上塞了几颗枕头——朵玲当天也帮了忙，说着**替你把里面塞得跟木乃伊一样。**现在院方会好好监视了。

琳妮跟凯特爬了三阶，走到小屋门口，凯特必须用力扯起生锈的门把。门好不容易打了开来，她们踏进屋里。

那个气味啊，那个气味。琳妮头一次吸进那股气味时，曾经试图逃跑。看护抓住她，她就咬了他一口。那种气味会蹿进你的鼻孔、眼睛与牙齿下方。那种味道让人很难呼吸，有些看护抽烟就是为了尝尝别的气味。它逼得琳妮睡觉时不得不用毯子掩住脸庞。

凯特，要是你知道当我找到那个对的地方时，夜晚闻起来有多棒就好了。那时候我双手抱着孩子，没办法对巴弟比手势，于是我发出快乐的声音，然后把嘴唇贴到巴弟的嘴巴上。他发出高高又低低的声音，最后我们在同一种声音中相遇，然后就维持那个音符。婴儿夹在我们两人之间，我们的身体一起嗡嗡哼唱。

她们越过窄小的大厅。另一位夜班看护苏洁特正往后斜靠在桌上，翻开的书本盖住眼睛，下面的嘴巴张着。苏洁特制止打架的速度往往不够快，不过就琳妮看来，女生打架的频率没有男生高。唯一的麻烦是校内男生闯进女生这区来的时候。这种情形发生过一次，那天晚上苏洁特不在，凯特也不在，然后——**噢，不要回想了。**

她们走进交谊厅，板凳与塑胶椅空空如也，地板脏乱不堪，等着劳务女生在早餐时段上蜡。连电视都关着。琳妮记得，以前没有电视时糟糕多了。她们会坐在房间里，除了讲讲笑话、瞎编游戏，或者戏弄对方、想办法把某人从家人那里收到的几样东西偷走之外，根本闷得发慌。院民各自霸占座位，好几年来牢占着不放。

她们朝着琳妮睡房的方向走去时，凯特低声说："你怎么样都会受到惩罚，可是我会想办法让你轻松一点。"

走到交谊厅的尽头时，她们转向厕所。很好。

她们经过水槽。马桶，那里有十个马桶排成一列，就在看来像是各自独立的铁门后面，只是里面完全没有隔板。这样一来看护就可以同时看着十位院民"办事"。琳妮朝马桶伸手，可是凯特没注意到，她正好说："来替你洗个澡吧。我会跟他们说你很合作，也许他们处罚起来就不会那么严厉了。"

凯特在浴缸边缘停下脚步，走到琳妮后方，开始解开长袖紧身衣。“今天晚上我可以留在这边看着你，可是一到早上我就必须回家。”

长袖紧身衣松开，凯特把它抛到旁边。

“你去哪儿弄来这么好的衣服啊？你的头发披在这件洋装上，看起来就像童话里的长发公主。”

琳妮发出开心的咕哝声。

“很遗憾你不能继续穿这个。”她开始把上方的纽扣解开。

好多年前的头一夜，负责接待的护士说过琳妮可以保留自己的衣服，好在特殊场合穿用。结果特殊场合的意思是：路加叔叔带官员四处参观、吹嘘人民的纳税钱得到多么明智的运用时。琳妮还不知道，学校最初在一九〇五年开办时，一有外宾来访，院民就会穿上制服，男生穿得像军校生，女生打扮得像家庭帮佣。现在他们会穿从家里带来的衣服，那些衣服想必不错，因为平时就锁在院民没有钥匙可开的置物柜里。即使如此，衣物有时还是会凭空消失。“这里没人拥有自己的东西，”东妮特头一晚跟她说过，“连牙刷都要共用。”她说得没错。每天早上，他们都在厕所排成长长的队伍，等着轮流共用一支牙刷。

琳妮感觉洋装落到自己的脚踝。“老实说，”凯特说，“我真希望你成功逃走。”她解开老妇胸罩的钩子，欣赏了一下；这是琳妮穿过的头一件胸罩。州政府近来同意要提供资金修理谷仓屋顶的破洞，不过再次驳回购买胸罩的经费申请。是巴弟替她把这件扣紧的。

要是凯特发现的话，会怎么做？琳妮本来就穿着过大的衣服、吃着糊状的食物、在洗衣间里卖命工作，所以不用花太多心力，就藏住了日渐鼓起的肚子。这些年来，她对凯特从来没有藏过其他秘密。**她会生气吗？她会不会说出去？**

凯特往上伸手，拇指勾住内裤之后往下一拉。

琳妮赤裸裸地站在浴室，没说出口的事情显露无遗。

“老天啊。”凯特沙哑地说。她走到琳妮面前，将她一把揽入怀里。

那晚，琳妮躺在朵玲旁边的床上，视线越过一排排床铺，看到抽着烟的凯特来回踱步。她知道凯特整晚都会看守着她，让她得以自由自在地入睡、做梦与清醒。今晚会跟其他夜晚一样睡不安稳，可是她将不会害怕。

在头一场梦境里，她听到男孩那边传来的声音。那些声音一开始还不错，后来愈来愈教人恐惧。有个字的声音盖过所有的喊叫与呻吟，她将那个字挑了出来（就是“不”），在床上练习说着，不久之后这个字就变成她的了。

梦境就像她画图的拍纸簿一样翻了页，现在进入一个她只拥有一个字的梦。门打开了，她往后退开，桶子落下。“不、不、不、不。”

她骤然清醒。**哪里——什么**——噢，对了，事情一股脑儿倒灌回心里。她仿佛需要证明似的，睁眼确认凯特是否还在原地。凯特正坐在门口的椅子上，瞪着自己的香烟。

回到梦境中，琳妮就在洗衣间里，干衣机故障了，她把一大滚轮桶的衣服推出去。她站在晒衣绳前面，吸进青草、树木以及田野刚犁过的气味。春季微风挑起她的衬衫，让她想起身体正在发生某种状况，就是那晚她说“不”也抵挡不了的东西进入她身体，而她也逐渐明白。她把洗过的衣服夹在绳上时，听到引擎噗噗作响，还有盖过引擎的啪啪掌声。她环顾四周，有辆拖拉机逐渐驶近，驾驶座上有一位戴草帽的黑人。她看过他打理杂务、负责把玉米拿进厨房的样子。有一次她看到他在挖坟。现在他高高坐着，边笑边拍拍身旁的座位。

女生跟男生在学校里不应该接近对方，至少有人在看的时候不行。她东张西望。没人在看。

男人用双手比画手势，她明白他的意思是：**上来这边**。她把装了衣夹的碗放在地上，他往下伸手拉她上来。她坐在他身边，他往口袋里捞了捞，拉出一根、两根、三根白羽毛。他把它们收拢成束，递过去给她。她暗想，如果把嘴唇贴在他的手腕上，感觉起来不知如何。

她清醒过来。凯特又站起身了，这次苏洁特就在附近。

"可是你要把它写进病历里吗？"苏洁特低声说着。

"当然要啊，她生下了一个**婴儿**呢。"

"要是我就不写。"

"**婴儿**，就在外头。这里有人得负起责任。"

"那就是我的重点。你想把事情闹大吗？"

凯特一语不发。

"你知道院方会怎样对付你吗？"

"那**她**又怎么办？"

"他们都会释怀的，这种事情老是在发生啊。"

"弄到**怀孕**的地步？"

"你知道哈里斯堡那个医生会帮忙堕胎吧。"苏洁特说。

"可是这个没人注意到，结果搞到木已成舟的地步。"

"我打赌一定是四十二号干的。"

"并不是。"

"你怎么知道？他又没结扎。我告诉你，以前那些有结扎计划的地方啊，他们的想法才是对的，会让人少操很多心。可惜现在都不这么做了。”

“我知道他们是什么时候开始来往的，算算时间也知道不是他。”

“哼，有什么关系。”

“有什么关系？这里面有人干了这件事，那就是重点。然后——我的天，那两个竟然靠自己的力量替婴儿接生。”

“我的意思是，谁是父亲有什么关系？不是四十二号，是另一位院民，那又如何？你也知道让他们找到那个婴儿会发生什么事。”

“我知道。”凯特的语气非常悲伤。

“所以干吗呈报上去？况且，要是话传了出去，说有个院民不只**逃走**还**生下了婴儿**？他们会拿柯林斯跟其他每个人开刀的，到时我们要上哪儿工作？高中都没念完的人还有什么样的工作可做？或者像你那样，前夫不付孩子的养育费该怎么办？整个镇都会垮掉的，你想成为罪魁祸首吗？”

“我谈的不是经济问题，而是道德问题。我们不能把一个婴儿丢在外头。”

“就把它忘了吧。”

“你神经错乱了吗？”

接着琳妮再次沉入梦乡，梦见逃走的景况。她跟巴弟狂奔越过学校的田野。这里是靠在后墙上的梯子，这里是墙壁另一边的梯子，而这里是他事先打包好的小背囊，就等在下方。她最后一次转身。

然后在前面：树林、河谷与田野。进入城镇。进入后院。巴弟抬起隐藏地窖的门，那里有小床、发电机、台灯、罐头跟水罐。巴弟全都了解，那就是院方倚赖他的原因。他们叫他聋哑人、智障，可是他们只是不懂他的手势罢了。他把一张毯子抖开。**躺下吧**，他的双手说。

她再次意识到自己独自在睡房里，凯特的声音穿透回忆生产过程的梦境传来："圣母玛丽，请给我一个征兆，告诉我该怎么办吧。"

阳光将琳妮惊醒，她听到院民从床上起身。

夜里，巴弟没来救她。婴儿一定还在老妇人那里。

"你回来了啊！"她听到声音便转过头去。朵玲正坐起身子。

琳妮准备转身侧躺，却发现有了状况。她无法转身。

"他们竟然把你绑起来了！"朵玲突然注意到了之后说。

琳妮瞧了瞧：皮制束缚带把她的手腕跟脚踝都扣在床架上。她努力挣扎、来回扭动，发出苦恼的咕哝声，但束缚还是动也不动。

"我猜他们是怕你再溜走。"朵玲说。

琳妮把头扭向门口，怒意锁紧她的喉头。凯特已经不在原地，苏洁特的值班时间也结束了。琳妮听到有脚步接近，不是来拆床单的劳务女生的松垮鞋子，也不是白天班看护的软鞋。是两双靴子的重重闷响，还有许多双脚掌的扒抓声。

她明白是谁来了，于是合上双眼。

人迹较稀的小径

玛莎

一九六八年

玛莎坐在小小的阁楼窗前，等候黎明的来到。每天的这个时辰，就是在捡拾鸡蛋之后，替厄尔做早餐、开着他们家的别克轿车去学校之前，她总会感到某种令人发颤的喜悦。即使在他俩的孩子过世以后，他们的房屋静了下来，她仍会望出厨房窗外，看着厄尔戴着羊毛扁帽，结实的身影衬着逐渐亮起的天际，在忙完清早的农务之后大步跨越田野返家。那时，她会对朝阳的始终如一满怀感激，对于自己失去事物的渴望之情也就缓和了下来。现在，独力处理农务的她，在这个时段回到屋里，情绪有时会激动起来，而很想往二楼直直走去，打开其中一扇过小的窗户爬到外头，将自己拉上屋顶，然后整个早晨坐在屋顶尖端，仰头凝望天空。虽然她向来鼓励学生们要勇敢无畏，自己却不习惯鲁莽行事。不过昨晚，她坐在阴暗的阁楼里保护篮子里的婴儿，心思一直放在无预警就来到、没有任何指示也不晓得为期多久的庞大任务上；除了天空之外，她想不到有更好的地方可以投注目光。也许单是凝望天空无止无尽的深度，明白不管夜晚多黑，地球的运转总是会把白日带来，就能找到如何藏起这婴孩的解答。

玛莎跟婴儿不能一直待在阁楼里。里面空气很闷，一片昏暗，也无法阻挡婴儿的哭声传到马路上。况且，隔离对小孩毫无用处。玛莎记得有些老师会把爱在班上耍宝的学生跟难以管教的聪明学生关到大衣储放室里当作惩罚，不过对她来说，驱逐的做法只会贬损每个人。被驱逐的孩子无法从他人身上学习，而这也剥夺了全班体验求知、增长智慧的机会。所以，一等黎明透出头几道色彩，玛莎就已经做好决定：一定要藏起这个婴儿，不让当局知道。可是如果婴儿在今天（或者，天晓得，过了这星期）之后仍然留在玛莎身边，婴儿一定要能在社会上露脸；不仅能够看到天空，也要被天空看见。

那辆轿车消失在山坡底下，玛莎关起前门之后几分钟，想起更加紧急的事：**我独自一人跟婴儿在屋里**，还有只放了牛奶的冰柜、对于尿布相当陌生的架子，以及放眼不见婴儿衣物的阁楼。她的胃开始震晃起来。**我完全不晓得自己在干什么。**她以前帮忙厄尔处理过新生动物，也抱过学生的婴儿与学步儿，可是替小孩喂食、换尿布、穿衣服，还真是让人却步的工作啊。**万一我应付不来呢？他们为什么要来我家？我当初怎么可以让自己错过为人母的机会？我当初为何任由厄尔的哀伤把这么关键的事情从我这里剥夺？**

别再想下去了，她告诉自己。**比起无知，自怜是更恶劣的敌人。**现在她不需要这些问题的答案，她只需要一些必需品。

所以昨晚她深吸一口气，自我振作，唤回身为农夫妻子所熟稔的足智多谋。在厨房里，玛莎想起去年圣诞节带先生与三个孩子从波士顿来访的学生，当时对方把婴儿奶粉留了下来。玛莎一直留着，想在今年归还。她从橱柜里找出来，读一读使用方法。上面提醒：加奶粉之前必须先把奶瓶煮沸。她在橱柜里东翻西找，差点就要用储存食物的玻璃罐，这时才想起厄尔以前有几个用来喂食孤儿牛犊的小瓶子。她依照指示，替几只小瓶子填满配方奶粉，把大部分留在冰柜里，只带了一罐到二楼去。她在二楼的日用织品橱柜里，找到可以充当尿布的面巾，还找出可以沾湿擦澡的毛巾。这些即兴的做法帮她撑过在阁楼里的那一夜，她手法笨拙地替婴儿喂食，更换衣物。

此刻，桃色光线渐渐转为金黄，宝宝继续在篮子里沉睡，玛莎紧紧贴在窗户上。厄尔把这扇窗做得特别小，可是她只要从某个角度，就能看到从东方树梢升起的头一道曙光；阳光滑过了让那个男人消失踪影的树林。他举手投足都流露出保护的意味，柔情似水。玛莎忆起昨晚最令人困惑的时刻之一：警官坚持说为了琳妮与四十二号的安全，必须将他们拘留起来，接着却自我矛盾地改口道，他们会危及**玛莎**的人身安全。**到底哪个才对**？

一道光线打在窗户上。她不曾在这个时刻来到阁楼，所以从未见过冉冉朝阳照在砖块形状的玻璃上，也没看过下方角落的裂缝；裂缝的对角线切出一面三棱镜。她把手指贴在裂缝上，玻璃马上松脱开来，仿佛一直在等待自由。新鲜空气将房内的闷塞一扫而空。那一小方天空里秋风徐徐，暴风雨过后的田野依然一片湿意，让她心思清明起来；她决定了当天的第一步行动。

其实也不算是行动，玛莎爬下梯子、从床下拉出行李箱并打开弹簧锁时，一面这么想着。不像厄尔在采买种子与安排谷物轮作时都要提前设想，这个做法几乎还不到计划的层次。厄尔总是觉得计划能够征服混乱，而玛莎对这一点从来没有那么笃定。他们会事先计划婴儿的幼儿房，可是终究克服不了想象中最残酷的混乱状况。所以她把计划局限在下周的课程，或是自从退休以来，把计划限制在圣诞节开放家中迎客的那天。不过，眺望这崭新的一天，让她想起那所学校将会继续搜寻，既然不能让他们听到婴儿的哭声，玛莎与宝宝就必须离开此地。

她的心思紧系此事，把衣物放进行李箱。一件棉质洋装、一件羊毛衫、一件睡袍、一组内衣裤，这就足以让她们撑过明天了。或许还不够呢，于是她又添进足以持续到第二天的衣物。

她把行李箱抬进书房，让通往阁楼的梯子开着，但还没把宝宝带出来。眼前还有更多打包的工作。

她把装有圣诞装饰品的盒子从架上拉出来。正如她所期望的，那里有一组洋娃娃大小的圣诞老人、精灵与天使，这些是身形壮硕、脸颊绯红的学生依娃·罕斯贝利这些年来陆续送给她的。依娃这个沉静的女孩住在威尔斯巴顿镇上，与丈夫唐、正值少年的儿子共营一家药妆店。这家店已经在唐的家族里存在几十年了，那个拥挤的地方贩售着罐装货品、清洁剂、咳嗽糖浆与汽水。每年依娃订的节日小摆饰进货时，她都会送一个给玛莎。玛莎并不喜欢这些多愁善感的人偶，之所以把它们收藏起来，只是因为那是依娃送的。依娃会用有织纹的毛毯布亲手缝制外衣，并且替人偶穿上。昨晚，玛莎正在苦思要拿什么给新生儿穿时，就想起了这些小小的衣服。

手里拿起了这些衣服，她却又犹豫起来。作这种打扮的婴儿，以后会长成什么样的大人啊！会成为满脑怪念头的人？信仰虔诚的人？善感哀愁的人？玛莎的脑海幻灯片般的投射出一连串影像，全都与她的意见互有抵触，最后她终于中止了这种沉思。这么早年的经历，才不会对人格有决定性的影响呢，况且今天负责照顾婴儿的人，也难保明天还能继续下去。于是玛莎把这些衣服也打包进去。

打包完毕之后，她自问要往哪里去。她需要有个歇脚的地方，好让自己能够好好评估明天，或后天。同样重要的是要采买更多奶粉、尿布与真正的衣服——还需要照料新生儿的建议。接着她想到依娃，也许那家商店不适合过夜，不过能在那里找到需要的物资与母职的知识。

店面早上八点开门，距离现在一个小时，那段路程恰好需要一个钟头。

她从书桌拿出通讯录。农舍与威尔斯巴顿之间的加油站有公共电话，就在老酪农路上，跨越河流的双车道大桥再过去一些。从现在算起，半小时，她就能抵达那里，从那儿拨电话会比这么早就打更体贴。她把通讯录翻开，拿起原子笔，然后电话就响起了。

玛莎的电话除了十二月二十四日之外是不会响的，那时学生会打电话来确认她家隔天是否会开放，而每次第一通电话响起时，总是会把她吓得差点跌下椅子。此刻她更是魂不附体，学校当局，甚至或许是警察，一定已经开始搜寻四十二号了。

或者——他们已经知道婴儿的事了。

原本以为在匆促之下拟好了草案，顿时看来是慢到荒唐。她为何不在昨晚就启程？她为什么要浪费时间打包？

现在她跟宝宝可以用多快的速度消失？

她把通讯录扔进行李箱，啪的一声锁上弹簧锁。

婴儿仍在阁楼里沉睡，玛莎动作轻柔地提起篮子，宝宝没有任何动静。电话响完第四声，她将篮子紧紧搂着，回到书房。

第七声。

她用一只臂膀绕过边缘、捧住篮身，另一只手提起行李箱，接着瞥见防尘桌垫。这张地图是她最宝贝的物品，就跟家族肖像一样珍贵。到目前为止，她的学生们各奔前程，搬迁到三十九州。她在地图上画点，把他们的家标示出来。她把它拉离桌面，赶紧下楼。

电话响了第十二声，然后停下。

她把冰柜里的奶瓶抓出来，还从挂钩上拿走一件夹克。就在她坐进别克轿车、把篮子放在前侧地上、将地图往后座一抛时，电话再次丁零作响。她点燃引擎，回转到前侧田野。

通往马路的车道泛滥成灾。

“该死。”这个词让她的手掌猛地掩住嘴唇。这是她认知中最恶劣的亵渎字眼，而她也从来不讲。可是现在讲了出来，进入空气里，却没有原本预想的粗俗感。她把手稳稳搭在方向盘上，驶离铺有碎砾的车道，继而开上田野。泥泞四处飞散，她的轮胎感觉到拉力，高度开始下降。在毫不平稳的田野表面上移动，真是刺激万分。更刺激的是她在接近山坡底部的树林间急转弯时，听到了最后一次声响。那是第十二次铃响（想要联络到她的第二回合努力），之后即是一片静寂。

她从树林里冒出来，将车子转上老酪农路。

灯塔人就站在她的左侧，等着邮务员到来。她会在圣诞节的时候跟学生说起这件事吗？这星期晚点写信给他们的时候她会提到吗？婴儿开始呜咽，玛莎没办法去思考未来。她将车子掉头之后，越过落地的树枝，往东直奔而去。

玛莎一路不见人或车，开了几英里之后，孩子安静下来。可是玛莎心情还无法平复。她正朝着她希望会提供协助的学生驶去，不过她向来避免向学生寻求支援，毕竟宇宙的自然法则是这样的：父母看顾自己的孩子，妻子顺从她们的丈夫，老师引导他们的学生。玛莎已经做出她丈夫绝不会做的事，如果这次转向学生寻求援救，真的就是违反法则了吗？

她倒是明白这一点：她从昨晚就开始转变了。当时她爬到阁楼上，坐在婴儿身边，心想**你现在只有我了**，随即感觉自己胸膛里有什么开启了，而她原本不知道那里有东西关着。她往下伸手到女红篮子充作的床铺，触及了婴儿的肉体，想到自己从未碰过自己的儿子。她将女孩缓缓抱起，婴儿好轻盈，小小的眼睛紧闭。玛莎把婴儿贴在自己胸前，感觉小小的心脏应和着自己的心跳。那是一颗她等待了好几十年才听到的心脏。她心想，**往后等待着你的，是什么样的人生？你会不会很快就跟你母亲团圆？还是，你永远不会知道她是谁？我会不会成为你人生的一部分？还是，如果我道别离去，才能实现她对你所怀抱的梦想？**她胸膛里的开口把她拉向这个婴儿，让她俩的心跳同起同落。玛莎的心脏虽然比较大些，可是婴儿的心跳更为响亮。

现在，玛莎转开收音机，希望可以听到擅自离校者绝望奔逃的报道。广播正在报道新闻，可是谈的是昨晚的暴风雨，提及许多道路已经封闭。原本几乎没在注意路况的她，于是重新凝聚心神。她正要越过作为替代路线（晒尔收费道路）的十字路口，那是一条蜿蜒又有坡度的双车道公路。可是，晒尔收费道路往北穿山而过，行驶二十英里之后才能抵达下一座桥。于是玛莎留在老酪农路上，朝着威尔斯巴顿长驱直入。

头几英里，树林紧贴路肩生长，后来林木渐渐稀疏，换成牧草地与果园。玛莎看到地势低洼的地区果真水满为患。广播开始转播运动赛事，然后是更多的新闻。玛莎一直听着，最后播报员再度谈起暴风雨。明明有两个人失踪了，他们怎么可能只字不提？她把广播关掉。

前方是男童军营地的入口，此时因为开放季节未到而关闭着。这里是越河以前的最后一个地标，道路的漫长斜坡在过去营地之后开始。玛莎终于看到另一辆车子。那辆车缓缓移动，她透过它的后车窗往前望去，看出它就跟在其他车辆后面。道路往河流倾斜时，车辆的速度随之陡降，然后全都停止不前。

她摇下车窗："你看得到目前的状况吗？"

“我想桥被冲走了。”

她早该想到的，可是这座桥以前从没关闭过。

“该死。”她再次说，这次没用手掩住嘴巴。

她打开车门，希望看看这番崭新的景象。前面的人已经往前走去，她距离那座桥只剩最后一个转弯，所以走过去也不远——可是万一遇到警察怎么办？她关上车门，摇起车窗。她的手表显示八点十分。

她们可以好好地等候，她想。她的背后已经有辆卡车，所以等候是最有合作精神的选择。接着她听到抽噎声，于是望进篮子里，婴儿张嘴开始哭泣。

昨晚的恐慌感又回来了，但是这次理由不同。这个哭声是什么意思？婴儿是饿了，还是需要换尿布？难道只是因为车子停止不动而骚动不安吗？婴儿的哭声愈来愈大。接着玛莎想起，自己跟昨天那位玛莎已经不大一样了。她知道要用某个角度握住奶瓶。她晓得自己可以拟出最初几步行动。

她告诉自己，**做你该做的事——就像任何母亲会做的那样**。

她回转轿车，驶离河边。

这一次她只感觉得到焦虑与怀疑。除了尖叫不停的婴儿、车里的东西，以及眼前的道路，没有东西可以提供她指引。

她往前移动，思绪混乱成一团。接着，她看到通往关闭营地的入口——她可以转出这条路。就这么做好了，在这里想办法让婴儿安静下来。

有条链子挡住通往营地的泥土路，但链子掉落在地，所以她直接开了过去。她好几年没来这里，不过一切如昔。不久，她开进种有枫树、设有木叠床的营地；营地紧贴着河的西岸延伸，那儿有游泳与钓鱼的区域，再过去则是一座低顶水坝。

她把车子停在泥泞的停车场，放眼可以看到河流跨越营地。急速奔流的河水一片棕色，高高涌上河岸。

玛莎往篮内伸手，用双臂揽起嘤嘤哭泣的宝宝。女孩满脸通红，哭声真是惹人怜惜。至少玛莎现在比较懂得怎么解读这个特殊的声音；临时凑合着用的尿布没湿。

玛莎一臂搂着婴儿，另一只手打开后车门，想办法把行李箱拖出来，然后取出一瓶配方奶。她往车里一坐，借用昨晚的经验作为引导，想出抱婴儿的办法。不过，哭声持续不懈，婴儿不肯张口接受奶嘴。过了惊恐的几分钟后，玛莎做了自己唯一能够想到的一件事。她把婴儿拥进臂弯，一手拿奶瓶，站起身来缓缓走动。

这个做法迅速发挥效用。走到第一区木叠床时，婴儿已经沉静下来。到了第二区，她已经开始吸吮奶瓶。

玛莎决定等到孩子喝完之后再回头。况且，能在天际之下稍微活动，即使树木遮掩了天空，感觉还是不错。吸进新鲜空气的感觉也很好。树液、杉木与湿土的香气，婴儿吸吮的声音，都让玛莎的心跳更加平稳。

不久，她逐渐接近游泳跳台。跳台建在地势高起的地方，几乎快被水淹没。享受暂且放下忧烦的此时，她也许可以踏上跳台，看看下方旋涌的急水。婴儿咽了咽，发出满足的声音。就在玛莎接近跳台时，挂在远处一根支柱顶端的东西攫住了她的目光。她先试踩横木，然后往外跨水走去。她跟婴儿往柱子愈走愈近，看出那是顶帽子。不，是扁帽，就跟她丈夫以前戴的那顶一样。

就像她给四十二号的那顶。

她停下脚步，现在看得一清二楚了。棕色的毛料，被衣蛾咬出的小洞。

她望向背后，木叠床以沉默回应她。她差点呼喊出声，接着又想起了：他听不见。

她走到跳台边缘，用空闲的那只手拿回扁帽。她把它举高，并贴住自己的脸。闻起来就像厄尔。她合上眼睛，感觉他就躺在一旁，感觉自己渴望伸手过去，把双手搭在他的胸膛上，然后用如此浓烈的爱意望着他的双眼，希望他能穿透悲伤的迷雾，再次找到就在眼前的她。然后他就会触摸她的脸庞，原谅宇宙造成的混乱，原谅她生下破碎的孩子。

她睁开眼睛。**那个男人到哪儿去了？**

也许他睡在河岸某处或爬上树木以避开水。她扫视河流，川流不息的河水透着泥土的色泽。放眼不见一物，只有前方河岸难以承受的大量积水，朝着标示了营地游水区边界的挂网狂奔而去，继而冲上低顶水坝的边缘。她原本没注意到水坝的轰隆响声，但现在听清楚了。想必老酪农桥会整天关闭，河流这侧的每个人都不得不滞留在原地。

她转身往上游望去，景观类似，不过有根巨大的树枝浮在水中，朝着营地奔流而来。水流如此迅速，树枝在几秒钟之内就穿过跳台下方，然后往前冲刺。**它会卡在网子里的**，她心想。当发现树枝并没有卡在网子上，她才意识到原来网子破了。她望着树枝翻滚越过水坝的边缘。

她用手指搓弄帽子，眺望两岸，搜寻男人的踪迹。她仍然喂着婴儿，离开跳台后，小心地沿着西侧河岸走着。除了河中顺流而下的残破碎物，什么也没看到：残物经过游水区的最后浮标，穿过了破网，越过写着“此处之后不可划船”的标识。她走啊走，最后抵达水坝的垂直立面。正如她所预期的，在下方翻腾的河水里，树枝与残物就在水面上浮浮沉沉，被吸进水下，然后又回到水面上，如此反复，卡在循环不已的河水里。然后，某个东西攫住了她的视线。有件暗色衣物浮到水面上，那是她丈夫的夹克——她之前送给男人的那件。接着，夹克被卷了下去，她丈夫的衬衫随之浮起。

她浑身发冷。四十二号一定是冒雨来到跳台，希望能横越河流，并回到琳妮身边。他一定是先把扁帽脱掉，放在跳台上，趁着夜色潜进水里。可是他被扫向下游、越过水坝。逆流困住了他，将衣物从他身上吸走。

这里之所以会架起网子，是因为当初有人泛舟出了意外。其中一些人迟迟没被找到。

玛莎沿着唯一可行的道路（老酪农路的西侧）行驶时，心脏怦怦猛跳。不可能吧——男人不可能已经溺毙。她才刚刚认识他。她看到过他望着这个宝宝，那种无须言表的关怀，足以征服他与琳妮抵达农场之前所承受的一切困苦。可是他的气力却不足以跟水流与旋涡抗衡。

她摸摸放在身旁座位的扁帽，像是在碰触厄尔跟男人。她把手举到唇前，吸进不在人世的两位男人的气味。

感谢老天，宝宝又睡着了。感谢老天，她可能永远不必知道男人的遭遇。可是，四十二号帮忙带这个婴儿逃进这个世界——还有更值得纪念的故事吗？也许等抵达今晚的落脚处，玛莎就应该把它写下来。也许她应该把这个悲伤的故事放在帽子里，然后不管发生什么事，都要想尽办法确保这两样东西永远留在婴儿身边。

玛莎又把广播打开。一定会播出有人在河里寻获尸体的消息吧。虽说当局在还没确认男人的身份以前，可能暂且不会透露消息。既然除了她丈夫的长裤以外，他什么也没穿，即使长裤还在，他们也无法辨识他的身份。倘若他们发现了他，顶多只会以无名氏的身份将他埋葬。

玛莎继续望着婴儿，然后把视线拉回马路。一切都走偏了，琳妮遭到逮捕，四十二号溺毙身亡，玛莎自己则朝着威尔斯巴顿的反向驶离。都已经九点了。

她应该回到农场上。

她有一座谷仓，还有一间泉上小屋①，她可以把婴儿藏在其中一间。反正她也是朝着那个方向驾驶，除非开上晒尔收费道路——那只能让她抵达远处的那座桥。万一那里也坏了呢？

她无法思考。她几乎看不见，感觉自己就像从高处落下的鸡蛋，粉身碎骨，迸溅到远处的角落。

十字路口愈来愈近，她想起罗伯特·弗罗斯特②走到两条林间岔路的情景。其中一条没什么足迹，虽然他渴望走另一条路，最终却踏上了人迹较少的那条，人生因此而大大改观。

她不是诗人，也不喜爱冒险，甚至没当过母亲。她只是对某个自己原本也懵懵懂懂的请求许下承诺。她头一回纳闷：要是有人找到婴儿，会发生什么事？

可是玛莎怎能冒那个险呢？

前方就是了：两个小小的路标。一个指向家，就在老酪农路西侧；另一个指向北边，晒尔收费道路，她从来就不需前往的地方。她因为渴望回家而感到心痛，那里有她熟知的一切，窗户稀少的墙壁可以保护

---

① springhouse，建造在泉水或小溪上的储藏室，可用来置放肉类或乳制品。

② Robert Frost（1874—1963），美国诗人。此处典故取自其知名诗作《未行之路》（*The Road Not Taken*）。

她——不过保护不了这个婴儿。现在，就在用指尖搓弄帽子边缘的同时，她觉得自己更应该照着琳妮的请求去做。

她踏上了向北的路途。

一九一八年，玛莎与厄尔从刚刚成婚的教堂开车回到乡间的农场；威尔斯巴顿一九六八年的样貌跟当时大同小异。家庭式的商店盛行；当地的戏院设有辉煌的吊灯；众人会在镇中广场绿地上庆祝独立纪念日；运货火车载送着煤炭与钢铁；出生人数几乎与死亡人数旗鼓相当。倒是有几件事让一九六八年有所不同。据说即将建设一条旁道，以便让卡车远离主街；有个中国家庭开了间餐厅；有几个人拥有落地式彩色电视，银幕上有波浪状的绿色显像。可是，底特律、纽华克与洛杉矶的暴动，以及华盛顿特区的游行，对这里来说是遥不可及的新闻。在威尔斯巴顿，改变不会尖声嚷嚷。在这里，改变几乎还不到窃窃私语的音量。

可是当玛莎抵达镇上时，却想象自己听到了那个窃窃私语声。她把车子停在自己能找到的最不显眼的地方，就是与主街平行的多条巷子之一的老马厩里。已经中午了，除了停车喂食与更换尿布那两次之外，孩子一直闭着双眼。玛莎提起篮子时，感觉自己的视野打开了，顿时在以前看过的景象里发现了相异之处。

玛莎用手臂环抱篮子，匆忙穿过街区往依娃的后门走去，一路与两个孩童错身。穿着黄色雨衣与雨鞋的他们，正在嘲笑跳过水滩的幼犬；玛莎生平头一遭因为孩童在户外玩得那么自在而受到触动。她仰头望向银蓝色天空，琳妮就在那片天际之下的某处，而男人的尸体在他方。玛莎从没看到过孩子在水滩里嬉戏的模样。她以前从没留意过。

后门写着“罕斯贝利药房——送货处”。玛莎踏上木头门阶，按下门铃。她听得到门另一边的人声，这感觉就像开学首日，她站在教室外面，听到孩子们从校舍远端走进校舍，虽然今天不需要说“全班早”，甚至不用说“欢迎来到五年级”。她感觉自己跟琳妮一样失去了语汇。

门打开了。

依娃一边端详门口的身影，一边把棕发往后拨向马尾。圆脸一如既往红彤彤的，全心贯注在职责上，一时认不出自己盯着看的那张脸庞，接着才意识到自己的状态。**“齐门太太?”**她问。

玛莎张开嘴巴，可是无法言语。

“你怎么……”依娃先发话，继而问道，“一切还好吗?”

不好，玛莎想说。有那么多事情都不对劲(有那么多她知道得太少的事，有那么多她**原本该晓得**的事)，但她只是杵在原地，嘴巴不动如石。

她们俩陷入沉默，依娃的表情因为忧虑而阴沉起来。现在她的视线往下游移，显然想试着断定把老教师带到店里来的问题——是手肘擦伤? 手指割伤? 她的视线落在篮子上，瞪大了双眼。

她抬头望向老教师。“请，”依娃说，“进来。”

依娃请玛莎坐在储藏室里的富美家塑胶桌旁的座位上，她正值青春期的儿子奥利佛常常在这里做功课，精简厨房也让她不必到楼上公寓就能打理晚餐。她把水壶放到炉子上，玛莎勉强把话说出口，告诉她前一晚的经历。依娃的眼神和蔼，一听到有客人走进店里，便穿过旋转门消失了身影。玛莎记得依娃在八年级时是许多女生倾吐秘密的对象:她散发着温柔的气息，会不带评判地倾听别人诉说。

玛莎听到前门的铃声之后，依娃回来了。“我把**休息**的挂牌放上去了。”她说，感应到玛莎的需求，于是从对方手中把宝宝接过来。她端详那张小脸，解释说唐恩送处方药剂到镇上另一头的一对老夫妇那里，马上就会回来。婴儿的事情，玛莎需要对唐恩保密吗？

“可以让他知道。”玛莎说。

“我可以帮她洗个澡吗？”依娃问道。打从昨晚有人敲响家门以来，玛莎头一次哭出声来。

依娃并未催促玛莎提出更大的计划来，而是找出洗浴小盆，放进水槽，往里面注满水。她没追问玛莎下一步要怎么做，而是轻柔地把生产过程留下的最后残余物洗掉。她只是一面描述自己的动作，一面邀请玛莎把双手放进水中。婴儿愈来愈干净时，玛莎的泪水也随之退去。

依娃拿出尿布、法兰绒衣物与配方奶粉之后，把婴儿搂在怀里摇啊摇。“齐门太太，如果我陷入你这种处境，我不晓得自己会怎么做。”

玛莎想说，她只是做了看似正确的事。可是，后门就在那时打开，唐恩走了进来。高大蓄须的唐恩顶着一头金红头发，他困惑地看着依娃，她请他坐下。玛莎听着依娃跟唐恩描述前晚发生的事，心里想着，**我不用孤零零地面对这件事了**。唯有在那时，她心上的石头才渐渐落地，也才意识到自己先前有多么紧绷。

“其实啊，”唐恩往前倾身说，“我跟那所学校打过一些交道。”

玛莎猛地吓了一跳。

“你可能记得我上过神学院吧。嗯——”他摇摇头，“我才毕业，就到那所学校当了牧师。”

“我完全不晓得。”

“我在那里讲道，可是职员几乎不带人过来，所以一阵子之后，我干脆自己到小屋去跟院民聊天。那个经验真是让人眼界大开——也叫人心神不宁，最后我再也撑不下去了。我跟依娃说，我宁可接下这间店。"

"要做这个决定对我们来说并不容易，"依娃说，"可是这个决定是对的。"

"我来根据之前的经验，猜猜琳妮为什么希望你把她的婴儿藏起来好了。有时候州政府会从没有善尽养育责任的父母身边带走孩子，然后放到那种学校里。他们受到的对待就像其他院民——恐怕相当凄惨。琳妮可能担心自己的孩子会有同样的经历。"

"在那边琳妮可以照顾一下她啊。"玛莎说。

"我怀疑不行。婴儿跟成人是隔离开的，她可能再也看不到她。"

再也看不到自己的宝宝，玛莎心想。一阵冗长的静默。玛莎揽着婴儿紧贴胸前，照着依娃示范的方式捧着她的脑袋。她感觉自己臂弯里的身体如此轻盈，抵在她的毛衣上如此温暖，也感到婴儿对着她的胸膛呼吸。

最后玛莎说："我都老得没办法照顾孩子了。我应该到那所学校去，想办法把琳妮带出来吗？"

依娃跟唐恩彼此对望，然后垂眼望着桌子。"他们永远都不会放她出来找你的。你不是官员，跟她也没有任何关系。"

"可是，我不能把宝宝留给这边的任何人照料啊。我该怎么办啊？"玛莎说。

无人开口说话的那几分钟，久得好像无止无尽。接着依娃站起身来，越过厨房，双臂交叠于胸前。她望出窗外，并说："你记得以前在艺术工艺课上教过我们的事吗？你会说：'随心所欲吧，它会把你带向你从来不晓得自己拥有的想法。'"

玛莎记得自己年复一年对着班级说过的那段话。"随心所欲"就是计划的反面,等于是挑选人迹较少的道路。

"我从没忘记那句话,"依娃转身说,"虽然对我的考试成绩没什么帮助。"她漾起微笑,"可是当我坐在一叠彩色图画纸跟亮粉前面时,那段话向我保证,我有能力做出美丽的东西。"

玛莎莞尔一笑,将脸颊贴在婴儿柔软的肚皮上,吸入甜美的香气,闻来如奶似蜜,如此美丽。

她抬起目光:"我只是希望自己晓得第一步该怎么走。"

依娃先瞧瞧自己的先生,然后回头望向玛莎。"我们可以帮你跨出第一步。"她说。

他们在黄昏时分出发,由唐恩领头开车——是玛莎的别克。玛莎跟婴儿开第二辆,就是唐恩当天下午买来的二手道奇车。车商在暴风雨中损失了店招,随着道路一一关闭,原本以为好几天都不会有生意上门。所以跟唐恩谈成生意时,他雀跃不已,尤其发现车子由住在五十英里之外的年轻家庭使用。在车队后方压阵的是依娃,她开的是罕斯贝利家的福特轿车,同车随行的是少年奥利佛。他同意到玛莎的农场帮忙,直到她回来为止。

"要到什么时候呢?"奥利佛问道,在足球球衣外披上外套。

"很快。"唐恩说。

"一阵子吧。"依娃说。

"我不晓得。"玛莎说。

然后他们不约而同笑开了。

唐恩在买二手车时,依娃忙着把玛莎通讯录里的清单抄写下来,也替玛莎上了一堂照护孩子的速成课程,然后冲到花店。他们判断自己需要四朵花。

等他们的车阵抵达市镇边界时,太阳已经西下。等他们到达当天很晚才重新开放的老酪农桥时,月亮早已高挂天际。他们在过桥之后转入营地。

泛滥的河水仍然淹没河岸。奥利佛拿着手电筒,他们踏上跳台往外走去。唐恩的神职训练多年来第一次派上用场,他带领大家诵念《诗篇·二十三》,向遗体可能永远不会被找到的男人致意。

当他们一同说着"我即使行过死荫的幽谷,也不怕遭害,因为你与我同在"时,玛莎再次感觉到宝宝的心脏就在她的心脏旁边跳动。她明白这些话语对依娃与唐恩来说很有分量,可是她忍不住纳闷,如果人们用那种方式对待四十二号,而琳妮还被迫住在像那种学校的地方——这孩子的一生可能注定孤寂荒凉,那怎么可能有上帝存在呢?

当祷告在夜幕之中沉淀下来,依娃拿出四朵菊花,唐恩、奥利佛与玛莎往河水各抛下一朵。

他们在车旁彼此互拥,列队开出营地。玛莎感到内在有了某种怪异的转变,仿佛听到改变所传来的窃窃私语:她不再是昨晚那个心目中的自己。

她打了转向灯,在十字路口往北转去。其他人一边继续往前直行,一边举起手掌,挥手道别并祝她好运。

用手说话的人

四十二号
一九六八年

四十二号并不晓得那个十一月的夜晚，有人为他念了祷词。玛莎和婴儿当时与罕斯贝利一家站在跳台上，借由《诗篇》与花朵将他的死亡神圣化。可是，他之所以不晓得，并不是因为他听不见。

原因在于，前一夜他踏上了被抛入水中的菊花此时依循的路线，开始往下游航行；他的身体跟着河水打旋不停，就像他跟大哥布鲁曾在教会复兴活动时从山核桃树上俯瞰的女帽。前方的水坝等着利用旋涡将花朵逮住，像它之前逮住四十二号一样，也正如玛莎所臆测的。可是她并不知道，他曾经见识过水坝的威力。当时布鲁带他去钓鱼，他们看到有只浣熊在水坝下浮浮沉沉，无力逃脱。她也不知道，昨晚急水将他猛力抛下水坝的水泥墙，继而将他吸入旋涡，他的血液因为恐慌（以及目的明确）而紧绷不已。**美丽女孩**完全打开了他的心房，而将**小家伙**搂在自己怀里的感觉多么完美，让他心慌意乱地急着想回到她们身边。他陷入一阵狂乱的踢腿摆手，可是旋涡第二次将他困住，外套脱离他的身体，衬衫纽扣绷开，袖子好似弃世的魂魄一样愈漂愈远。他的胸膛因为渴求呼吸而尖叫。他第三次打旋，想到那么多苦难他都撑过来了，想到他曾经如此接近自由，却可能就这样轻易灭顶。这种残酷让他怒火中烧。接着，他紧紧抓住对浣熊的记忆：他跟布鲁当时猜过，要是有人陷入类似的困境会怎么做，而他就依照当时的猜测来做。他缩起下巴，把膝盖拉到胸前抱住自己——河水把他往前猛推出去，好似大炮将男人发射出来。他沿着河床飞行，手臂贴在身体两侧，双腿伸向后方——就在仅存的三朵花此时从水深之处浮上来的同一地方。

他使劲抬起手臂，奋力游向河岸。不过，水流无情地往前奔驰，将他往前推赶。经过标示了男童军营地边缘的横木篱笆，接着是老酪农桥下方。然后河道变宽，匆匆行进了几英里，路过了谷仓与货柜车。接着开始出现商业迹象——伐木场、工厂、磨坊（那里的一个转轮后来捞起了其中两朵菊花）。而后，就在河流开阔起来时，陷在急水里的他瞥见身边有块漂浮的门板，于是他得到了庇护。

四十二号爬上那块木板。气喘吁吁、有气无力的他，阻挡不了往前冲刺的力道。他努力撑住，一路漂过桥下，经过防洪墙，进入都会夜光的笼罩之中。**又来了**，他对自己说；他的思绪以他在发高烧之前惯说的南方慢腔浮现。**真不敢相信，我又在逃亡了。**

他的心思跳到更美好的地方去。小家伙睡在老妇人的篮子里——美丽女孩对起先看到的好几间房子摇头表示不要，继续往前赶路，最后才找到感觉对头的那户人家。头一次乘着拖拉机兜风时，四十二号用手势对美丽女孩说话，她缓缓举起双手，试着模仿他的手。在那个陷阱里过了那么多年，别人不是对他置之不理，就是对他百般嘲笑，或是对他颐指气使。会对他使用手语的其他人（一个他见过一次的官员，还有一个像他一样困在那里的男人），比出的手势根本毫无意义。当他示范给他们看怎么做才对，他们的眼神就空茫起来。可是那天在拖拉机上，美丽女孩观察他的每个手势，因为专心而蹙起眉头，最后怀着敬意咧嘴笑开了。

可是（他的内心闪过一阵哀伤），美丽女孩不知道他的名字。

在那个他称为“石墙陷阱”的地方，别人叫他无名氏。更精确地说，他是困在那个系统里的第四十二个无名氏。他自己并不晓得这一点。他的确知道怎么数数字，因为母亲以前教过他：他们住的棚屋里有两个房间，风有四个方向，他有七位兄弟姐妹，十个银色圈圈等于一张绿色长方形纸张，他们居住的溪谷里有十二间房子。他困在陷阱里以后，就记下马戏团来访的次数，一路数到了二十三。在上一个播种季节之后，从拖拉机车棚开到**红头发胖胖**的办公室，总共要呼吸四十二次。美丽女孩正在那儿等着，所以四十二是他最爱的数字。可是他从没想过那可能是他的名字。他没读过自己的病历。他从没读过任何东西。他不曾上过学。

只有他知道自己的真名。

那是他妈妈在女助产士离开之后，自己编出来的名字：侯蒙。妈妈当时想到的是有归巢本能的鸽子，希望那个名字能传达讯息给他爸爸，要他离开另一个女人的房子回家来。她的文字游戏没发挥什么作用，等他开始长牙时，妈妈不得不举家搬回外公那里，跟妈妈的小弟布鲁戴尔一起住——大家都叫他布鲁。在那场热病之后，兄弟姐妹都跟侯蒙保持距离，以为接近就会染上聋病。布鲁替侯蒙的名字编了手势，说以后侯蒙结识新朋友就能派上用场，可以边比手势边用声音说出名字。**侯——蒙**，他们只会呵呵笑着摇头，把他当成低能儿。很快地，就像美丽女孩一样，侯蒙分裂成两个人：内在代表真相的那个人，和外在几乎人人相信就是他的那个人。

仅剩的一朵菊花顺着水流继续漂去。前方有个水泥下水滑道，上方是一间窗户多被砸破的仓库，那种会把违法乱纪的人吸引过来的聚点：像是狂饮啤酒的未成年人，即将遣往战地的士兵，与终于愿意退让的女友；还有嬉皮。以及，这位在夜色逐渐遁入白日时，趴在门板上被冲上岸、伤痕累累的绝望男人。

侯蒙一苏醒就拔腿想跑。可是当时他侧躺着，睁开眼睛那一刻就看到一男一女站着俯瞰他的轮廓身影，还感到他们猛拍他的双腿。侯蒙后来意识到，原来那个男人用脚戳着他，仿佛想检查他是否还活着。旭日在他们背后升起，侯蒙看不清他们的面孔。不过，他现在知道哪里是东边了，而东边就是美丽女孩的方向。

在采取行动以前，先打量周遭环境可能是个不错的主意，也就是先把这对男女瞧个仔细。布鲁曾经教过侯蒙这个仍会在他耳边响起的规则：**永远都要摸清楚你圈子里的神秘家伙。**

他们的头发与五官都向他传达了他们是白人的讯息。女人身材细瘦，头发在肩膀那里卷曲起来，有如电视上的女士。她走得更近了，侯蒙看出她的打扮：毛皮短外套、红白圆点小洋装，腰间搭配红饰带，及膝的白靴子。男人绕着侯蒙打转，仿佛把他当成可能会喷放臭气的臭鼬。当男人踏进阳光，侯蒙看出对方的脸颊泛着泡泡般的白皙——原来是刮胡膏。**这个蠢人还涂着刮胡膏就跑到外面，是想干什么？外面世界的人都疯了吗？**男人穿着皮外套与牛仔裤，身材壮得跟带到市场贩卖的猪似的。

女人在侯蒙身旁弯下腰。她长得蛮漂亮的，但比起美丽女孩（她一定已经回到陷阱，苦等着他回去）还差得远。他用一边手肘撑起身子，女人望向脸上涂有刮胡膏的男人，她的嘴巴动着。侯蒙几乎无法了解妈妈与布鲁的唇语，所以也没办法看懂其他人的。况且，他的脚正在发疼，他想要往下看看原因何在，可是就在他打算往下望时，女人（**点点**）

往前伸手去碰他的腿，这个举动激得男人（**布丁脸**）一脸轻蔑地眯起双眼。点点仰头望向男人，他则对她点头，意思仿佛是点头的相反。所以男人每点一次头，点点就愈加畏缩。

接着布丁走了开来，往后挥挥手臂，就像是把门推关起来。点点继续摸着侯蒙发疼的腿，他看出她比美丽女孩更加年轻，流露出为她自己恐惧，也为他感到难过的表情，然后张嘴说话。

他用力摇摇头，指向自己的耳朵。

一时片刻，大家都凝住不动。过了五次呼吸的时间。

然后布丁气冲冲地重步走回来，开始摆出**吼叫的脸孔**。点点露出**装可爱说话的脸庞**——听力正常的人一旦意识到侯蒙的耳聋，大多会做出这种表情。他希望他们很快就会放弃。**别让他们逼你觉得自己是一无是处的跳蚤**，麦林托克斯兄弟曾经用手势这么表示，**就因为你听不见。他们对你说话，自以为是成年乌鸦对着乌鸦宝宝说话，但其实那是乌鸦在对狮子说话。**

点点与布丁现在对着彼此继续说话。侯蒙坐起身来，仓库就在左边，他眼前是一片停车场，再往前有历经日晒雨淋的野餐桌子。一张桌子上头堆满东西，看来是罐头汤跟刮胡膏，再往前是被弃置的洗衣机。整片停车场上，只有一辆生锈的汽车，后座堆满了衣物。

他认得出所有的东西，但是他早年并不是在仓库、洗衣机或下水滑道附近成长。他是在棉花田、锡制浴缸与木头炉子围绕之下长大的。成长期间，他都跟布鲁一起到树林里，学习怎么追踪鹿，或是呆望着岔路的铺石街道；白人的房子就是从那里开始的。岔路之前的最后一栋黑人房子就是麦林托克斯兄弟的住家，他们也在那里经营一家汽车修理店。他们跟他一样听不见。他会在他们的修车店前面游荡，观察他们怎么用双手谈话。他跟布鲁还会把小溪里捕获的鱼儿带来送给他们。

布鲁曾经解释过，小溪的水会上升成为云朵，然后以雨水的形式落下。后来，侯蒙看到美丽女孩画的那幅俯瞰大海的高塔图画，那片与小溪迥然不同的浅蓝绿巨大水域，充满了白色泡沫与尖耸的波浪，让他惊奇不已。美丽女孩看到他那么不可思议的样子，于是画下另一张图，图里有个哭泣的人。她先指指眼泪，然后回头指指大海的图画。侯蒙懂了：哭泣来自海洋，又回到海洋。他折起第一张图放进口袋，然后把它藏进谷仓的稻草下面。

点点与布丁还在争论，侯蒙知道该是溜开的时候了。他看得出来河水往南方流动。他只要沿着河岸往北走到跳台，然后再往东行。他不晓得自己离开了多远，可能得要逆流游好一段距离、擅闯不少地方才行，可是他以前经历过更为艰困的旅程。

他站起身子，一条腿却瘫软下来，有如引擎熄火一样。

那对男女忽然转身。侯蒙往下一看，裤管已经扯破，那条腿上有一道血痕。一阵恐惧袭来，因为他领悟到伤了一条腿，那表示他必须跛着脚跨越与美丽女孩之间相隔的许多英里，而现在他连站都站不起来。

可是，瞧，点点对布丁做出恳求的表情，而布丁正在摇头。接着点点用手指梳理布丁极卷的灰发，把自己红饰带的绑结解开，拿它来抹掉布丁唇上的刮胡膏。他的眼神柔和起来。接着，他们把侯蒙的手臂搭在自己的肩膀上，扶他走到野餐桌边。

他们不会造成威胁，侯蒙告诉自己，**只要耐心等待可以离开的时机。**

点点走回车子时，布丁在放了刮胡膏罐与食物罐的野餐桌旁坐下。

他拾起一片原本平放的钢片，然后抛转起来——原来是把刀子啊。布丁用眼角余光瞥看侯蒙，确定对方看到，然后把刀子直接戳进木头，刀身往上突出于桌面。

点点从车子里回来，臂弯里捧着东西，一脸忧虑，好似对守卫畏首畏尾的小男孩。她把东西搁在侯蒙桌上：一只纸袋、棕色玻璃瓶，以及印有红色十字的白盒。她从袋里取出三明治，把瓶盖打开，递给侯蒙。他犹豫再三，可是她忧虑的神情里浮现笑意，而且三明治的确蛮可口的。饮料就不太好喝了——带有泡泡，闻起来像天天带着狗的守卫身上的苦味。然而侯蒙渴得畅饮不止。

女孩跪在他身边，用布把伤口涂湿。

从头到尾，布丁都忙着用汤匙舀起罐头里的汤汁。喝完时，就把刀子从木头里拔出来——那就是他们的手语吧，侯蒙猜想，因为那时点点把布放下，赶去坐在他的大腿上，双腿夹住他的臀部。她从布丁那里接过刀子，把边缘贴在刮胡膏上，每刮一下就往长凳抹拭。

侯蒙吃完了三明治，怔怔看着。这世界在二十三个年头里，一定有了极大的转变。妇女竟然在光天化日之下替男人刮脸。

点点刮完以后，布丁又把刀子猛力刺回桌子。她先给他一个热吻，接着他把她拉得很近很近。侯蒙将头别开，他真希望自己的状况好得能够跳进河里。他真希望知道自己身在何处，或者看得懂地图。他在麦林托克斯家看过的那幅地图，上面的东西看来就跟跳跃的鹿差不多。

他突然觉得疲倦万分，于是把头靠在桌上。嘴里尝到苦涩的饮料味，那股气味让他的舌头感到肿肿胀胀的。所以，当点点从刚刮完胡子的布丁那里走过来，比出“把你的头靠在枕头上”的手势，然后指指车子时，他只好任由他们扶他越过停车场。后来好长一段时间，当他回想人生河流的这个弯道时，无法相信自己当时竟然毫不犹豫就喝下那份饮料，更难相信自己那么快就臣服在昏昏欲睡之下。

车内弥漫着发霉与洋芋片的臭气。他记得美丽女孩有多爱吸进气味，可是只有在气味讨人喜欢的时候，像是松果、紫丁香与降雨前的空气的气息。他曾经从行政办公室附近的木兰树上摘下气味甜美的白花，藏了起来。直到两人再次碰面，他便将花插在她美丽的耳朵后面。

点点把衣服推到地板上，然后把睡袋与枕头丢给侯蒙。

那对男女走向仓库时，他告诉自己，**只要在这里躺一会儿就好**。布丁把夹克脱掉，点点把皮草外套褪去。太阳持续挪移，那对男女仍然不见人影。他想起美丽女孩别着那朵花的模样，头发闻起来的气味，还有自己当时如何把脸埋进那股香气。等到车子开走时，他已经坠入梦境。

他梦到奔跑。

当时他还小，快步奔过后院，到挂有轮胎秋千的树木。舅舅布鲁追了上来，他们一起跳上秋千。侯蒙搔搔布鲁的肚皮，笑声带着他们高高荡至天际。布鲁比侯蒙大十一岁，说侯蒙应该把他当成大哥。然而布鲁是一个男孩所能拥有的最棒的兄长。

侯蒙梦到的下一场奔跑相当悲伤。当时六岁的他，看到布鲁从身边跑开，冲出棚屋。布鲁一定是要跑到女人们自负责清扫的房子步行返家的马路上，因为他后来跟妈妈一起狂奔回来。她满眼恐惧地瘫坐在侯蒙身边，然后侯蒙的头上披了洗脸巾，坐在布鲁的骡子艾瑟背上。大家同时都在奔跑，他的身体疼痛不堪。妈妈冲进医院之后又走了出来，指向下一个城镇，那里才有黑人可以进去的医院。等骡子抵达那家医院，雨势已停，月亮高悬天际，可是侯蒙却听不到虫鸣或是妈妈的声音。他把布鲁拉近说:“怎么了？我什么都听不到!”他突然意识到，他听不到的还包括自己的声音。

在那之后，他经常受到嘲笑，因此老是暴怒不已，把后院的树木踢得稀巴烂。然后某天，布鲁拖着他拔腿跑到麦林托克斯家。他以前从来没怎么注意他们，那天他才知道那对男孩是聋子，用动作来讲话，那是他们搬到这里以前他们的爸爸传授的手势。之后的每一天，侯蒙跟布鲁都会骑着骡子艾瑟到麦林托克斯家。他学到一套运用“指点、戳、握拳、轻甩指头、皱眉、耸肩、挥手、行礼、挑眉、眯眼、噘嘴与偏头”所构成的语言。他的愤怒离开了，快乐随之进驻。

教会复兴运动来到镇上时，他们全都往教会去。他们爬上窗外的山核桃树，往里头窥视，双手摸着窗玻璃。侯蒙感觉会众的声音回荡不已，心想既然自己的眼睛“听”得见，双手也会“说话”了，也就不怎么想念运用耳朵的时光。接着费提・麦林托克斯比画道:**你认为上帝是什么？**侯蒙回问:**他就像四季，对吧？就像你拜托四季快点结束干旱或寒流，然后它们迟早就会结束？**费提说:**嗯，上帝就是那样吧。**

然后就是那个下午。

侯蒙十五岁，布鲁二十六。他们在麦林托克斯家，站在那对兄弟正在修理的车子附近闲聊。艾瑟往饲料袋里埋头嚼着中餐。男孩们吃着黑蜜糖蛋糕，韦恩・苏利文开一辆崭新的大车路过——然后放慢速度再路过一次。他爸爸是兰迪斯先生，就是拥有鞋店、与妻子住在侯蒙妈妈负责清扫的房子里的白种男人。韦恩的妈妈是兰迪斯的情人薇玛・苏利文，她的皮肤如此白皙，你永远也猜不到她是黑人。兰迪斯先生把她跟韦恩留在他们原本位于岔路边缘的老家。现在，韦恩第三次驶过麦林托克斯的店面。朋友们簇拥在他身边，他不停闪动车灯，直到唤起麦林托克斯兄弟的注意为止。然后他瞪大眼睛、甩动舌头；他的朋友们则装成动物，往腋下又搔又抓，嘴巴反复张合。

富家子竟然做这种事，长得最高的麦林托克斯比画手势。

费提解释，**他只是很气他马子昨天把她的车交给我们修理。**

然后他又特别气他，龅牙的麦林托克斯指着布鲁补充道，**因为她把车子留在这里以后，他就用骡子载她回家。**

侯蒙感觉以前那种狂踢树木的怒气又回来了。他要自己别去理会韦恩。要不是布鲁喊出什么话，他可能会顺利吞忍下来。侯蒙只能猜测布鲁说了什么，可是看布鲁的脸色就能明白是专骂恶棍的字眼，可能是“屁家伙”之类的。

韦恩接着刹住车子，侯蒙还来不及意识到，那群人就已经从后车厢拿出棒球棍，猛击两兄弟正在修理的车子。竟然直接打在挡风板上！又打在车灯上！两兄弟拼命想要阻止他们，却被推倒在地。布鲁火冒三丈，把韦恩抬起来往下摔，让他跌了个狗吃屎。麦林托克斯两兄弟站起身来大笑——他们打着手势，**给他一点教训，教他守守规矩**。韦恩爬起来时，恶狠狠地瞪着布鲁，把球棒架在肩膀上，拍掉一身尘土。他转身要走，已经盯着自己的车子看，可是还没走到车子，就又转过身来，面对吃着饲料的艾瑟，举起球棒便往骡子的脑袋猛砸下去。

侯蒙看到布鲁放声尖叫之后，拔腿猛追车子。可是它开得太快了。

那晚，布鲁在他们共用的床上哭泣，侯蒙因为暴怒而浑身颤抖。

他永远都记得，隔天早上他跟布鲁到韦恩家去，当时金银花灿烂盛放。他们没带武器，也没有计划。

闪亮的新车就放在韦恩家门前。

满腔怒气的侯蒙快步跑到车边，打开前门，溜到方向盘后面。

布鲁透过挡风板，对他露出一副**你在干什么**的表情。

侯蒙漾起微笑，仿佛在说**你等着瞧吧**。布鲁猛敲引擎盖，但侯蒙只是兀自往前开，做着麦林托克斯教过他的事。车子往前移动，他的脚压下踏板，加快速度，然后跳出车外。无人驾驶的车子开上路边人行道，越过草坪，撞进了客厅的墙壁。

他感觉到地面在震动，布鲁欢喜地瞪大眼睛，眼神继而转为恐惧。前门逐渐开启，薇玛穿着睡袍走出来，韦恩就在她背后。

布鲁比出他所晓得的唯一手语：**快跑。**

侯蒙狂奔着逃离他们的视线范围，感觉布鲁紧跟在后。他跑到街区的尽头，晓得布鲁落在后头，希望他能跑快一点、再快一点——**跟我一样快**！

他匆匆转身，想确定布鲁还在。

布鲁还在三栋房子之外，倒卧在地，一动也不动，胸膛有个血红的洞口。附近不见韦恩的身影。在场的是兰迪斯先生，高高站在布鲁上方，看来他跟薇玛小姐度过了一夜，还带了他的霰弹枪来。他现在正把枪管从布鲁那里挪开，望向街道的尾端，直直看进侯蒙的眼里，然后举起枪支——

侯蒙拔腿狂奔。

他冲过下一街区，跳过一座、两座、五座栅栏，横跨一个个院子。他蹿过树丛、穿过湖泊、横越烟草农场、跨越溪流。他好似双脚着火般狂奔。布鲁已经死了，他们会来追侯蒙。妈妈会丢掉工作，她永远不能再让他回去。他唯有狂奔。

那天，他日夜奔跑不休；隔日的白天与晚上也是。他穿过城镇，横越不知名的州境。他在雨水、热气与落雪中奔跑，替自己人生的这段时间取名为**奔逃**，然后又狂奔许久。他跑啊跑的，最后他们在威尔斯巴顿逮到他，在那里没人相信双手会说话。

侯蒙感觉车子停下。此时已经入夜，但他没戴手表，也不知怎么看时间。他试着调整脑袋的角度，以便看看星辰。天空弥漫着浓雾。

他感觉车门打开了。布丁用拇指示意，要侯蒙下车。

虽说他站得起来，但是腿还在发疼。气温变得如此冰冷，于是他东张西望，把睡袋披裹在肩上。砖造房舍紧紧挨在一起，排在空无一树的街道两侧。商店的栅门关起。几个街区以外，上方有一座供火车使用的高架桥。这时他才明白这里是城市。他们为什么在这里停车？点点为何坐在引擎盖上，手指卷弄发尾，而布丁却把手探进后车厢，拉出什么东西来？后车厢关起来时，侯蒙看见另一件皮草外套。那是兔毛。他想起自己曾经在谷仓外面发现一只兔子，把它抱高给美丽女孩抚揉，将她逗得笑容满面。

布丁的举止怪异，先拍拍外套，好像里面已经有人似的，然后又检查是否合身，才把外套递给侯蒙。

感觉真好，贴在皮肤上的衬里很平滑，外面的毛草好柔软。从没穿过皮草外套的他觉得既新奇又幸运，虽然外套小得扣不起纽扣。他用手拉紧外套前侧。

然后布丁对街道尽头的东西比比手势。

那是个栅栏围起的空地，灰橘色的卡车整齐地成排停放，中间有一栋小楼。栅栏是顶端有倒刺铁钩的铁丝网。

他面带疑问地看着布丁，布丁只是挥挥手，怂恿他向前。他往点点匆匆一瞥，她还坐在引擎盖上，眼神望向虚空。也许他们只是表示他可以自行离开，他差点因为松一口气而笑出声来。可是点点之前对他不错，所以他拍拍双手表示道别。

布丁双臂往空中一抛，鼻孔贲张、眉头凶恶。他开口说话，点点低下头来，对着自己的大腿回答，然后跳下引擎盖，朝着侯蒙走来。

他无法理解眼前的情势。布丁正用手指猛戳着她，而她转向侯蒙，比出吃东西的手势，然后指指那栋小楼。他不想笑了，只想跑开。接着，他想起布丁的刀子。如果侯蒙不照着她的意思做，她会有什么下场？

侯蒙的手臂被她抓住，任由她带领，朝着卡车停车场往前走。不久，她加快脚步，回头越肩望向布丁，然后转回身来，揉揉肚皮，仿佛在向侯蒙说栅栏里面的食物有多么好吃。

在栅门前，她往上伸手，转动挂锁的旋钮。挂锁弹开，她陪侯蒙走进栅门里。停车场的照明昏暗，他闻不到食物的气味，感觉她搭在他胳膊上的手松开了，并且转过身去。她正跑向栅门外，随手把锁扣上。

他扑向栅栏，可是再怎么拼命摇晃，也出不去。

布丁身体倚着车子，伸手指向那栋小楼。侯蒙往点点一瞥，她突然把目光别开，抹抹脸颊之后转身离开。

他真不敢相信，自己才脱离陷阱没多久，就被困在只有卡车与孤寂小楼的停车场。没有吃的。连灯光都没有。

接着，他看到有个矮小男人站在小楼的玻璃门后。男人穿着背心，戴副小眼镜，开门催促侯蒙进去。如果侯蒙进去了，可能会惹上麻烦，但是杵在外头又能如何？比起陷阱里最瘦小的守卫，这家伙简直像个小不点。如果侯蒙在水坝下方能够智取急流恶水，当然也能把那么逊的角色压倒在地，没准还能弄到东西吃。

他走进屋内，踏入设有柜台与收银机的房间。男人没把灯打开，就先指向某个门口通道，再往前是一段台阶。侯蒙先走，因为街灯的光线洒入楼梯间的窗子而高兴起来。他经过窗户时往外一瞥，卡车与栅栏中间野草蔓生，其中一处只有尘土。

楼上是个摆有沙发与桌子的房间。盛着热狗的盘子就放在桌上。

他往盘子走去。男人一把抓住他的手臂，一脸烦躁地把他拉回来。侯蒙做出恳求的动作，男人说了点什么，侯蒙耸耸肩。最后男人卷起指尖，做出蜘蛛脚的模样。侯蒙明白他的意思了：**给我**。

给他什么啊？侯蒙才是期待着什么的人吧。

男人一把抓住侯蒙的新外套。

侯蒙往后退开。男人眯起双眼，他退得更远。男人扑了过来，再次猛抓他的外套，将双手探进外套底下。侯蒙感觉衬里松脱，男人往后拉开，双手里有个小包裹。

侯蒙懂了：这件外套就像信封，男人只是想要里面的东西。

接着男人把一只真正的信封塞给侯蒙，使力将他推向楼梯。他用尽全力快跑下楼，冲过办公室之后进入停车场。

点点在铁丝网栅栏外面等候。他咧嘴笑着往她跑去，双手挥舞着信封，终于准备要出发回头去找美丽女孩了。

可是现在点点却正要逃开，有道手电筒光照上他的眼睛。他左看右看，三辆警车正穿越街道，朝停车场疾驰而来。

他拔腿就跑。为了空出双手，他先把信封塞进夹克衬里，然后使劲狂奔。不是朝向栅门，因为警察正从车里跳出来。他跑向停车场后方，爬上最大的卡车的顶端阶梯。他转身望去，警察以伞状队形散开。他不会让他们送他进艾吉维尔监狱，也不会让他们送他回陷阱。不管现在逼得点点与布丁开车潜逃的原因是什么，他都不会让警察为此逮住他。

卡车车门没锁，轻易就能发动引擎，踩下油门朝铁丝网栅栏开去。此时，他跳出另一边车门，眼睁睁看着卡车直接穿过栅栏——对他而言，这也不难做到。

警察连忙去追卡车。他则往相反方向冲刺，绕过小楼侧面，跑到栅栏的泥地里，跪下来拼命挖掘。

然后他就钻进洞里了。一时之间，他想起美丽女孩把婴儿使劲推出体外的模样。他往前乱扒，把自己用力塞挤进去，抓住另一侧的地面。

然后他就逃出去了。他沿着街道狂奔，胸膛吃力地呼吸，皮肤汗水淋漓。

他看到载货火车经过前方的路桥，奔逃时期他看过很多次。他办得到，虽然他不再是当年的十五岁少年了。

他在火车路桥上手脚并用地爬着。以前有人辜负他们的时候，布鲁总是会说，**你不能让任何人把你打垮。如果你不让任何人把你打垮，你就赢了。**最后一次往上使劲，他越过火车了。最后再跳一次，他就重重落在了车厢上。他把身体紧紧贴在火车厢顶。

火车加快速度，最后冲刺穿越城市，高高地行在街道之上。他不晓得自己正要离开哪里，也不知道自己正往何处去。他只知道自己非得回去不可，而且要赶快。

在灰姑娘的马车里

玛莎

一九六八年

玛莎先听到远方的火车声，然后才睁开双眼。那种声音很能抚慰人心，就跟贴近她耳朵的呼吸声一样。毕竟，那个呼吸声一定是厄尔的，能够再一次这么贴近他，她感到心满意足。不过，她缓缓想起厄尔已有多年不在她身边安睡，而且她的农舍离火车也很远。接着，陌生的气味愈来愈鲜明，那是粗木搭成的小屋、花香肥皂和家具上光剂。她翻了身，伸手越过床单寻找厄尔，却尝到糖果般的酸味。她的食品储藏室是不放糖果的——不过，她又想起自己在旅馆柜台的碗里捞了两颗酸味水果糖。她的手臂碰到床单的远侧边缘；床铺空荡荡的，但有人正在呼吸。突然间脑海浮现了这个场景：行李箱、开车到威尔斯巴顿、沿着晒尔收费道路开往北方、学生亨利经营的旅馆前侧的招牌、柜台上面的服务铃。

婴儿。

玛莎坐起身子，阳光把树影投射在遮光窗帘上。宝宝躺在依娃·罕斯贝利给她的幼儿摇篮里，昨晚半夜三点抵达旅馆时，她把摇篮拼装了起来。她在床脚拼组摇篮时，想到自己从没熬夜到这么晚过，更别说还在这个时间替婴儿换尿布了。她吸进大厅壁炉的木头气味，大厅跟这里相隔两条走道；也听到了屋外山峦传来的沙沙声。她往窗帘的后面一瞥，可是纽约州的这个角落夜间漆黑得不见一物。当宝宝终于睡着了，玛莎换上睡衣，把被子往后掀开。睡意来得迅雷不及掩耳，等到婴儿的哭声将她吵醒，她才发现自己忘了把被子重新盖上。床畔的时钟显示五点十分，她赶紧走到婴儿身边，担心自己也没替对方盖好被子。一弄清楚哭声只是为了奶瓶，这才松了口气。到了下一次的喂食时间六点五十分，夜色逐渐散去，咖啡与牛奶的气味从饭厅飘了进来。她还无力在他人眼前现身，于是再次沉沉睡去。此刻虽然阳光炽烈，但她面对世界的意愿却没有因此增强。

厄尔先是复活，继而陨落，让玛莎满心哀伤。她往床头时钟一瞧，**九点十五分了**！怎么可能呢？玛莎从来不曾喜欢晚起的滋味。她跟厄尔一同认为，“赖床”就等同于懒散。旅馆的时钟一定是故障了。她往手腕一瞥，真不可思议，她的手表竟然跟时钟显示的相符。

她移到床尾，跪在摇篮旁边。厄尔已经走了——可是她对宝宝已经有了熟悉感。玛莎用双手捧着小脑袋，轻抚那层薄发。她每看婴儿的脸庞一次，那张脸就变得更加错综复杂，就像书本每次重读，就会显露崭新的深度。此时，笼罩在被窗帘减弱的晨光之中，婴儿的脸颊似乎更为活泼，嘴唇动个不停。玛莎靠得更近，小小的身体吸引人们无止境地反复阅读。玛莎头一次注意到婴儿会把拳头贴在嘴唇上，然后把它当成奶瓶一样吸吮。她想起依娃说过，婴儿每过几小时就需要喂食一次。这时她才慢慢想到，眼前看到的并非自己之前常读的小说里被忽略的高超修辞，而是对于奶瓶的单纯需求。真有意思，婴儿即使连睡梦中也会讨东西吃。

玛莎嘲笑自己的浮夸思绪，打开依娃塞满奶瓶的保冷箱。登记入住以后，她就在保冷箱里填满冰块，每次喂食完都先拿出一瓶搁着，等婴儿的下一餐时间到了，就会足够温热。她从洗手台上拿回满满一瓶，双臂探进婴儿身体之下，然后坐在床上。

玛莎把奶嘴滑进粉红嘴唇之间，婴儿吸吮起来。她想到自己虽然在这张脸孔里持续发现各种细节，但已有许多是她能够一字不漏地重述的。皮肤苍白、心形脸蛋、眼距较窄。往上翘的鼻子有点儿大，鼻孔底下有明显的凹处。嘴唇像浪峰一样升起，娇小的下巴就像三角形的尖端，耳窝的螺旋就像溪流一样蜿蜒曲折。玛莎必须一边做动作，一边把每个步骤说出来——拍背拍到婴儿打嗝，更换尿布，把用过的尿布放在依娃提供的小桶里，然后换上另一件。她很高兴自己端详婴儿脸庞时不需要遵循任何指示。

玛莎把宝宝靠在肩上拍啊拍的，好让她再次入睡，然后打开窗帘。光线从铁杉与白杨木之间的缝隙钻了进来，她看到瓷蓝色的一线天空。她站着观看，告诉自己必须决定怎么处理这个婴儿。选项就像她对旅馆柜台的回忆一样朦胧不清。她能在这间房里待多久？她应该把婴儿交给更适合当母亲的人吗？直到婴儿再次返回梦乡时，这些无解的问题依然让玛莎内心挣扎不已。她把婴儿放回摇篮，如释重负地将注意力再次转到那张脸上。凝望那张脸真是一种享受，当她研究着那些精巧的细节时，想起了自己身为老师时所怀抱的信念：喜欢图书馆的学生有两种，一种会一本接一本书猛啃，另一种会反复品尝同一本书。有些老师认为前者勇敢无畏，后者迟疑不决，玛莎却认为重温旧有的慰藉能够培养耐性，并促成新的发现。不过，玛莎现在对于那些重读的读者有不同的体会。她意识到，自己在上午过半时爬回棉被之下，就是一种反常行为。她领悟到，能够带来新鲜洞见的，并不是重读行为，而是**重读者**自己——当某个人内在有了变化，必然就会看到新事物。

隔天早上吵醒玛莎的是一次敲门声，而不是婴儿。

她直起身。敲门声暂歇，她望望沐浴在曙光之中的摇篮，宝宝仍在沉睡。**这孩子真好带**，玛莎心想，说得好像自己懂得似的，她嘲笑自己。敲门声再度响起。

“齐门太太？”男人的声音透过门板传来。

“马上来。”她低语。

她套上拖鞋，越过房间，这才意识到自己还穿着前晚的睡衣，几乎不能见客。她难为情地把门开了个小缝，只露出脑袋见人。

亨利站在走廊上。她还是把他当学生看，但他不再是十岁孩子了。亨利现在可是个胸膛厚实、发色深沉的成熟男人。即使她在亨利寄来的信中读过，也在去年圣诞时亲耳聆听种种冒险故事，但是当亨利跟妻子亲口告诉她，两人即将在纽约州的某度假胜地买下一幢有待翻修的房子时，亨利仍然像是从前那位精力充沛的学生。他站在玛莎面前，动作夸张、笑逐颜开地用掌心捧着托盘。

“客房服务，”亨利用精神饱满的语调宣布，“旅馆的免费招待。”

玛莎露出笑容，不过没把门多打开一些。她非常渴望把门打开；培根、鸡蛋与吐司的气味，自掩住盘子的银盖下方升起，让她想到自己从登记入住时拿了酸味水果糖以来，就没再吃过东西。不过，她不习惯让人看见自己穿着睡衣的模样。“亨利，你人真好，可是没有必要啦。”

“完全相反，”亨利说，“要是你最爱的老师在半夜突然出现，你的小孩们兴致勃勃，准备向她打听爸爸小鬼头时期的表现，可是她身边带着侄外孙女的孩子，正餐时间也不见人影，都过一天半了，还是没把门打开——难道你不会担心她饿死吗？”

玛莎从头到尾都没想到自己，又怎么料得到竟然有人会替她着想？

“你说得对，我想我一时失去时间感了。”

“我一直对桂希拉说，我们去看看她在做什么吧，或带些餐点给她。桂希拉一直说别来吵你，但我就说，我们一定要做点事情……”

“让你们操心了，不好意思。”

“操心？这是早餐菜单上最可口的一道。你知道的，你不用一直窝在房间里。我的小孩就在走廊尽头。”他偏偏脑袋指出方向，玛莎听到咯咯的轻笑，“他们多想在饭厅里坐你旁边啊。”

“我的装扮不大合适。”

“你照着原本的样子来就行了。菜单上没有的东西，你也都可以点，小桂会优先为你处理；但也不是说有人会跟你争啦。想累积起自己的老主顾，我们还有很长的路要走。”他讨人疼爱地耸了耸肩。“我们有各式各样吸引游客的东西，像是我的小孩啦，还有我正忙着上漆的游戏间。然后又是我的小孩。再来就是游泳池边的洗衣机。我恰好是那种观念开放的丈夫，我晓得尿布累积起来很快。”

被人看到自己身穿睡衣仿佛还不够尴尬似的，她竟然连想都没想到要洗尿布。这房间一定传出异味了，她什么话也说不出口。

“桂希拉要我告诉你，她很乐意把帮助你当成她在这里的分内工作——你可以说她对上漆不大有兴趣。所以，如果你只想好好待在原地，就把尿布交给我，她会负责处理的，我们就不打搅你了。我们知道你很快就要赶到妹妹身边，可是在你必须离开以前，我们会好好展现待客之道的。”

玛莎再次无言以对，不过是为了别的原因。她几乎漏听了稍早提到的“侄外孙女”，可是现在她想起来了。前天夜里，她把车开到占地广阔的旅馆时，疲累至极，急着想让婴儿安顿下来。她按下大厅的服务铃之后，桂希拉顶着歪扭变形、长及腰际的棕发，睡眼惺忪地前来回应。她当场编了个故事，对自己生起闷气：谎言怎么那么容易就说出口呢？她说侄外孙女出了点这时代年轻人都有的问题（刻意讲得模糊，以便暗示态度之谨慎），在侄外孙女接受照护的期间，她要负责把婴儿送到妹妹那里。亨利与桂希拉不知道玛莎没有姐妹，只晓得她丈夫过世了，而她自己没有孩子。从桂希拉的反应看来（对婴儿表现出兴趣，帮忙她们入住一一九号房，而并未问东问西），玛莎晓得她撒的谎目前已经绰绰有余。

“很感谢你们愿意帮忙处理尿布。至于吃的呢，你们现有的就已经够好了。”

“你说了算，齐门太太。”

“我晚点会把脏尿布放在房间外面。你介不介意先把托盘放在门前？”

“我们准备提供客房豪华餐饮服务给你。”他用脚指指，缺门牙的小男孩便把一台用布盖着的餐车推到父亲身边。

玛莎感觉自己的脸庞浮现熟悉的教师笑容，也就是每年九月挂上她脸颊的那种。那时新学生会在书桌前坐定，眼眸往前直视。那是一种轻松的微笑，感觉好似开启一扇门，鼓舞站在另一头的人们走进来。

“这是哪位啊？”玛莎说。

“里卡多。”男孩说，害羞中带有自信。

“你真是个好帮手，里卡多。”她说。

他咯咯轻笑：“我也很会用小油漆刷哦。”

“我很会用滚筒！”有个女孩从走廊看不见的地方喊道。

“萝丝，等等啦，还没轮到你。”亨利用溺爱的语气说。

“里卡多，虽然我想把更多任务交给你，”玛莎说，“可是啊，如果你把推车跟托盘留在外面，我会自己拿进房里。”

“你晚一点会来吃晚餐吗？”里卡多问。

亨利说：“小里，她还不晓得。”

亨利露出一副想说更多的模样，接着却赶紧打住，对里卡多以及几个不见身影的手足喃喃说道：“顾客永远是对的。”父子俩把食物放下，从门口走开，往一群突然七嘴八舌起来的小孩踱去。

直到把餐车推进房里，玛莎才知道自己有多饿。餐点清一色是家常菜——炒蛋、新鲜面包、果酱、培根，还有不同凡响的可口糕点（一定是桂希拉在秘鲁成长时学到的）。玛莎细细品尝每一口。

然后她走到摇篮边，竟然有股想一直盯着宝宝看的冲动。她不禁觉得害臊，不过就是忍不住席地而坐，摸摸浑圆如苹果、柔软到难以抗拒的脸颊。婴儿惊跳一下，然后放松下来。玛莎注意到婴儿的双手一直握成拳头，她推断**握成拳头的能力显然是本能**，一面想着历史上对于拳头的各种运用。她摸摸娇小的拳头，希望自己能够保护婴儿，不让她经历战争——接着婴儿张开手，抓住玛莎的小指头，逗得玛莎咯咯发笑。宝宝竟然抓住**她**呢，真是叫人惊奇。**人带着拳头以及抓力，来到这世上**，她心想。**是的，我们被打造来与彼此争斗，但我们也会互相拥抱。我们被创造得如此精巧。**

接着玛莎想起，他们路过教堂时，厄尔总会别开目光。**被创造**，她再次思索。她以前从来不大思索我们如何被创造，或是自己想不想重回教会的事。

可是，在这张完美的脸庞上有如此多的内容可以阅读，五官各个都从无到有。不，各个五官都来自母亲——她逃离那么残酷的地方，就是为了把宝宝隐藏起来。宝宝的五官也来自父亲——不是那个被编了号的男人。父亲是另一位院民吗？也许是那种对自己与琳妮之间发生的事几乎不大能理解的人？或许是爱过琳妮，但她不爱的人？不过，也许她甚至不喜欢对方。或许她是被……

不，玛莎不准自己那么想。

她赶紧钻进其他（也许更为艰难的）问题。如果这张婴儿脸庞的完美，可以解释成神祇存在的证明，那么残障身体或心灵的不完美又证明了什么？它是更大力量存在的反证——正如他们将儿子下葬之后，厄尔所感受到的？或者说，如果神的确存在，他也会犯错？

婴儿放开紧抓的手，玛莎把自己的手拉开。

玛莎在房间里来回踱步，用手拂过发丝。陷入灵性深渊是不明智的做法，她有太多事情要思考，几乎没精力放水泡澡。她希望能照着自己习惯的方式把思绪转移开来，于是打开抽屉，找出信笺与笔。她翻过通讯录，找到可以写信的对象。可是，对于那些欢迎神学问题的通信者来说，她目前挂念的事务反倒会使他们受阻；换作是她亦然。除此之外，她几乎还没准备好公开自己的困境。她放下通讯录，倾听风声尖啸与婴儿呼吸。她把信笺摆在自己面前，拾起笔来。当墨水画出头一道痕迹，她发现自己正在写信给她从未通过信的对象。以多年来带领学生练习书写体的美妙笔迹，玛莎写道："万一我到时不在你身边，没办法跟你细说从头，这就是你在这世界上起步的历程。"

"齐门太太？"

"噢。"玛莎受到惊吓，手捂着胸口说。

她转向房门，双手压着几张写好的信纸。房间再度一片幽暗。

“我很不想打扰你。”这一次是桂希拉，嗓音比亨利轻柔，略带点西班牙文口音，“可是真的需要有人来探望你一下。”

玛莎把门拉开。

桂希拉捧着托盘，身穿长裤与套头毛衣站着：“你没来吃晚饭，我们就担心起来了。我替你弄了可口的餐点，也带了新的尿布来。”

玛莎在桂希拉的语气里察觉到一丝烦躁吗？毕竟她自己有好几个孩子要照料，还得经营旅馆。玛莎不遵照旅馆的作息，她自然会心烦吧。自己真是失礼了。“造成你们的不便，真是抱歉啊。”

“我们只是担心你。”

幸运的是婴儿在这时哭了起来。“不好意思，”玛莎说，转向房间，“你介不介意把东西放在……”

她感觉门推了开来，桂希拉走进来。“拜托，我懂你的感觉，没人应该单独扛起这种负担。”她大步走到摇篮边，往内瞥了一眼说：“哈啰，小家伙。”然后把新托盘放在餐车上：“你用餐的时候，我会照顾她的。”

“我不……”

“你可以的。”桂希拉走过去抱起婴儿。

穿着睡袍的玛莎窘迫地杵在原地。她的头发一定脏乱不堪，房间的状况看起来肯定很吓人。

桂希拉走进浴室更换湿尿布。有人接手让玛莎如释重负，况且她也无力抗拒，于是坐下来用晚餐。

“我们今天去散步吧。”桂希拉有天早上说。

到现在前后有六天了，桂希拉与五个孩子在玛莎跟婴儿所待的那条走廊上吸尘时，都会顺道过来一趟。桂希拉会把脏尿布带走，并带来几罐新泡的配方奶；忙着整建计划的亨利，每天三餐会端托盘过来。玛莎并未主动要求这些服务，可是她满怀感激。她在孤立无援的情况下，落进一个过多疑问、睡眠，与盯着摇篮出神的洞穴里。一周大的婴儿已经能跟她四目相对。

“散步？”玛莎问道，“都快十二月了，而且我们在山里呢。”

“我们可以在度假中心里面活动一下。”

“我喜欢待在房间里。”

“我们带宝宝一起去啊，你得让血管里的血液流动一下。”

桂希拉往身旁的走道指指。她带了婴儿推车过来。

玛莎之前受到呵护的如释重负感，在胸中更加盛放。她套上两件洋装中的一件，把头发梳理好，然后将宝宝放进推车。

“度假中心的路弯弯曲曲的。”桂希拉说。她们踏出玛莎房门时，她将推车转向右边。地上铺着磨旧的地毯，覆住墙壁的嵌板相当单薄。“我们把房子买下来时，它都快倒了，”她笑道，“现在还是。”

可是，当桂希拉把推车往前推时，走廊看来是个美妙至极的地方。玛莎感觉自己已经在那个房间待了一辈子。

“走廊其中一端就是大厅，也就是你当初进来的地方。度假中心最古老的东西就是壁炉，我们正在考虑周五晚上要举行串烤棉花糖的活动，那是亨利想吸引大家过来的一个构想。”桂希拉把浓密的头发推到耳后。“至于用餐区，他也打算上漆。我们还会有个游戏室。要怎么炒热我们的度假中心，亨利有很多构想。”

她们左弯右拐地转进一条新走道。走道将这些原本独立的屋舍连接了起来。

"往那边出去,"桂希拉挥挥手臂,"就是一座美丽的湖泊。那是我们为什么会挑这个地方的原因。"她压低嗓音继续说,"当亨利第一次提出想抛下我们在布鲁克林的生活时,我不得不承认,我们连续吵了好几个月。他跟我说,我们可以找个能让孩子自由奔跑的地方,说我可以搭起制陶转盘做陶艺,说我们的儿子阿方佐可以练习打鼓,不会吵到邻居。然后我们就来看这家旅馆了。"她轻笑一下,仿佛在回想最初的那趟旅程,然后语调开朗起来,"我们逛来逛去,他看出很多开发潜力,接着带我去看那片湖,嗯,他就成功收买了我的心。"

玛莎望着桂希拉,惊喜中带着佩服。这场婚姻不是玛莎自己经历过的那种肃穆相守的私密共识。没错,桂希拉与亨利的差异颇大,意见不见得都能相合,可是他们还是互相扶持、往前迈进,直到两人能够共享同样的梦想。

她们走进一条油漆剥落的走道。桂希拉正谈到他们眼前还需投注多少努力,以及她就是有信心船到桥头自然直。玛莎暗想,如果桂希拉逼问她要待多久,自己该要如何回答。一周已经超过她圆谎所需要的时间,她跟宝宝还可以在这里续留多久?

回到一一九号房的门口时,桂希拉说:"厨房往那边走。你可以自己动手准备三餐,不过如果你能跟我们一起用餐,那该有多愉快。还有你也算在内哟。"她对着推车里说。

玛莎把钥匙插进门上:"你跟亨利一直都好体贴哦。"

"能够帮助别人是好事。可是,"桂希拉说,"我有个问题。"

玛莎感觉自己把门把握得更紧了。

桂希拉把手伸进裙子口袋,抽出一只信封。玛莎看出收件地址写的是旅馆,而邮戳则来自威尔斯巴顿。她也认得笔迹,虽说不确定是谁。**噢，糟糕**，她心想，照说学校不可能找出她的下落才对。

桂希拉说："是你的一个学生写给我们的。"

对了。玛莎都忘了。关于新来婴儿的事让她心急如焚，使得她把计划忘得一干二净，此时她又想起来了。写信给玛莎的学生们，这构想是依娃提出来的。当然不是写给所有的学生，只是与她最亲近的少数几位，他们当初（或后来变得）很感激在她班上度过的时光，也是最可能提供协助的几位——包括亨利。这封信解释了桂希拉与亨利这么多天以来为何都表现得如此慷慨大量。

"你们什么时候收到这个的？"玛莎问。

"就在你抵达以后。"

而他们竟然什么都没说。

"在这边的乡下过生活还蛮寂寞的，"桂希拉说，语调流露惆怅，"我们来这里都一年了，你是我们区区几位客人中的一个。你想在这里待多久，我都很乐意。"

"我很……谢谢你。"玛莎伸手要拉推车，接着想到又追加一句："依娃还说了什么？"

"她说，我们不应该问问题。"

依娃正如玛莎所愿一样值得信赖。她挑对人了。

"你说你有个问题。"玛莎说。她抱起婴儿时一面喃喃自语"她真是个乖宝宝"，一面希望这样能把桂希拉想说的话往后拖延。

"你们来这里都一周了，"桂希拉说，"我们都还不晓得她的名字呢。"

第二个星期结束以前，玛莎与婴儿会自己出外散步。第三周将尽之时,她们会到旅馆大厅消磨时光,在壁炉边取暖,让孩子们轮流抱抱婴儿。第四周过完之前,桂希拉向玛莎提议,带婴儿到他们的医生朋友那里:"她需要接受第一次检查。"

桂希拉负责开车。那天冷风飕飕,山峦与河谷铺满了积雪,小溪在寒天转成蓝宝石的色彩。玛莎想把孩子抱高说:**看看这世界吧!它是你的!**然而,她却想起依娃寄来的那封信,这是几个星期以来她头一次想到这件事。信上写着:"奥利佛无意中看见有轮胎痕一路延伸到树林里,所以我们知道有搜索队一直在寻找那个失踪的男人。可是车痕没有到农舍那边,这一定表示他们还没意识到有个婴儿。"依娃没问奥利佛需要继续工作多久,所以玛莎在给依娃的回信里,附上了她们俩原本谈妥款项的两倍支票金额,以便延长关于时间限期的讨论;同时,她也担忧邮戳会泄露自己的行踪。

白发医师在家中上班,玛莎向他表明自己的祖母身份,然后把孩子放在婴儿大小的诊疗桌上。虽然这孩子相当好带(**对玛莎来说**好带),但她还是不习惯医生。可是当医生碰到她的肌肤时,她却还是能够自在地望着医生的脸,发出叽里咕噜的声音。玛莎看到这种情况颇为高兴。

医生大多通过孩子来进行对话,内容相当讨人喜欢。"你看起来好健康哦,"他说,"被照顾得好好呢。"最后,到了检查的尾声,他说:"你祖母需要一份出生证明吗?"

玛莎眺望窗外的积雪:"需要。"

医生说:"要写出生证明的话,我需要两样东西。头一样就是真相。"

玛莎望着他。

"我从亨利那里知道，你这人很可靠，所以这孩子会在你手中，一定有正当的理由。你可以对我直说无妨，我的职业生涯就是一则充满秘密的故事。"

她吸口气并告诉他。当她一说完，医生就把一张官方表格卷进史密斯柯罗那牌的打字机，然后打起字来："父：不详。母：不详。地址：不详。"

接着他抬起头来："我需要的另一样东西，就是她的名字。"

玛莎摇摇头："我不晓得。"

那天黄昏，玛莎向外凝望树木。以祖母的角色对外呈现自己，感觉就像已经背叛了琳妮。她怎么能够逾越身份，还替婴儿取名呢？

真是不公平极了。玛莎在这里，有人紧握着她的小指、应和着她的心跳、把她的面孔当成天空之脸来仰望。她替这个宝宝更衣、洗浴与喂食，兴味盎然地享受用婴儿车推宝宝的趣味。琳妮自己却只剩一个苦涩的回忆。

大风让夜空中的树梢为之弯折，她浮现起一个想法：**隐藏某物的最好方式，不是藏得让人看不见，而是给它足以让人信服的伪装。**替这宝宝操心，让她俩看起来仿佛天生就该彼此相属。成为宝宝的祖母并替她命名，就是彼此相属的方式。这不是背叛；这是发自良心的行为。去爱这孩子就是对的。

圣诞节那天，玛莎的学生抵达她的农舍，却在门上发现一张写着"玛莎今年出门访友，一九六九年时请再确认"的字条。亨利走进他的纽约旅馆大厅，告诉孩子们、玛莎与宝宝，说他想以特别欢乐的方式来庆祝这个节日。孩子们追问是什么方式，他说那天晚上他会秀给他们看。“那是爸爸用来吸引客人的计划，”桂希拉说，带着会心的微笑瞥瞥他，“在中央公园有效，所以也许在这边也行得通。只是我们都要穿暖和哦。”

夕阳逐渐西下，玛莎替宝宝与自己披上层层衣衫，然后跟在壁炉边烘烤棉花糖的桂希拉与孩子们会合。玛莎还是没替宝宝取名。但是，当她望着桂希拉与孩子们，看到他们的脸庞流露出那么多的信任与深情，她便晓得自己与宝宝彼此对望时，也有相同的感受。

顶着礼帽、身披维多利亚式外套的亨利走了进来。“各位先生女士，”他以英国腔说，“探险旅程正恭候你们的大驾。”他弯身鞠躬、脱帽致意。

大家连忙赶到户外，有架马车正停在旅馆前的环状车道上。马车是他们的两倍高，造型上有着美妙的弧度（长女萝丝惊呼“就像灰姑娘的马车”），马车挽具发出叮当叮当的铃声。亨利兴奋地解释说，他的构想就是载一对对年轻男女往返湖畔，他的呼吸在夜空里明显可见。那里很浪漫，适合当男人的求婚地点，也适合让新婚夫妇共饮香槟。今晚，他的家人（以及玛莎与宝宝）即将享受马车的“处女航”。

马车夫撑着车门。玛莎把宝宝塞在外套之下，踏进了车厢。她坐在面向前方的座位。其他人依序上车之后，亨利用羊皮毯子盖住他们的大腿。“这可以让你们温暖又舒适。”说完之后便将门关上。

亨利与里卡多爬进前方的驾驶座。“往前走。”他们甩动缰绳，铃铛在夜色里铮铮作响。

那段路程缓慢又美丽。桂希拉与孩子们指出他们玩滑雪橇的山丘、可以溜冰刀的池塘、爸爸打算建造瞭望台的地方。她谈到爸爸当初说起要买这辆马车时，是怎么带着她穿越这条小路而赢得她的同意。“有时候你以为你知道自己想要什么，”她拥着孩子们说，“最后才明白自己原来可以拥有更多。”玛莎望着树木的轮廓，山脊两侧的树木在风中对她点着头。

她感觉孩子在外套下蜷伏起来，于是用臂膀搂得更紧，等于同时抱住自己与孩子。当她抬起头时，已经抵达湖泊了。亨利解释，这就是男人会开口求婚的地点。“桂希拉，”玛莎问，“这座湖叫什么？”

“我们是用胡莉亚姨妈的名字来取的。”萝丝说。

“是啊，”桂希拉补充道，“可是我们用‘j’来发音，所以是茱莉亚湖。”

“茱莉亚湖，”玛莎说，“真不错。”

“**不错**？”孩子们咯咯发笑。

她拉开外套，孩子用玛莎所见过的最灿烂的笑容仰头望着她。就保暖功能来说，羊皮毯子根本不算什么；那抹微笑以她从未感受过的方式温暖了她。这就是许久以前从她身边被夺走的爱，终于回到了她的臂弯。

“欢迎你来过人生的第一个圣诞。”玛莎说。她知道暴风雨终将到来。强风、豪雨与冰雹。不过，此时此刻，宝宝的笑容好似即将永远延续下去。

“祝福我们永远都这么快乐。”桂希拉说。

“祝福**我们**永远都这么快乐，”玛莎摸摸宝宝的脸庞跟着说一次，然后又补充说，“茱莉亚。”

翻 动 书 页

琳妮

一九六八年

圣诞节那天，他们终于把琳妮送回去了。

她没料到自己可以回去。就她所知，她受到的惩罚（就是“不不得偿还社会的债务”，克莱伦斯装出同情的模样告诉她）会永远持续下去，毕竟她在 Q-1（就是“行为病房”）寄住跟工作了五个星期。对那些无法照顾自己或被认为不乖乖配合的院民，Q-1 就是给他们住的屋舍。有些人甚至整天被放在围栏床里，除非有像琳妮这样负责劳务的女孩用轮椅把他们推到交谊厅的电视前。克莱伦斯跟同样轮第二班次的老搭档史墨克斯，在琳妮被逮到以后就提早进来，只为了护送她到 Q-1。替她套上束缚装的就是他们——“这样你就不会再溜走了。”史墨克斯打开皮制绑带的扣环时说，厚镜片后方的眼神茫然，嘴巴嚼着牙签。琳妮知道束缚装置是为了教她守好本分，但她还是忍不住扭动身体，放声呼号，朝他们的手咔嚓猛咬。

加诸她身上的屈辱不只是皮制绑带。克莱伦斯与史墨克斯架着她走进 Q-1 时，史墨克斯告诉她：“你现在要睡围栏床了，因为你是个大婴儿。”然后他看了看笑出声来的克莱伦斯。他们离开以后，珍妮丝向琳妮指出她的围栏床，布尔把她屈指可数的个人物品锁起来。他们给她一根干刷，就是末端附有水泥块的拖把。她要用布把水泥块包起来，替早已上过蜡的地板再度上蜡。她想把拖把往他们猛抛回去，可是她逼自己照着他们的意思做，刻意站在某个只要抬头就能看到窗户的地方。她会想，**巴弟也在同一片天空底下，而他正要回来**。她会想象他出现在窗玻璃后面，用双手表示他们即将再度逃走。她想象自己看到他俩奔跑穿越地下通道，在墙边现身，然后匆忙赶回老妇人身边。她会带他们去看她藏起宝宝的地方。

头几天，琳妮胸脯里的奶汁逐渐干涸，她的手臂因为渴望抱抱婴儿而发疼。这部脑中播放的私密影片引发的欢喜，超越了她对惩罚的恨意。到了第一周末尾，她开始担心：万一巴弟出了什么事呢？万一他努力找路回到她身边时，在隧道里迷了路呢？或是有人找到他，以为他晓得橱柜里发生过的事？

留在 Q-1 的好处是那里的院民相当有趣。班生海奇烟草公司的电视广告里，抽烟的人会发生意外，香烟会不小心被截成两段，播出时总是逗得吉娜放声狂笑。泰咪在亚麻织品柜旁边前后摇晃，这样布尔一把柜门打开时，她就可以抢走毛巾然后溜走，先把毛巾摊开，然后卷成玩具来娱乐自己。玛里恩会模仿路加叔叔下面每位烦人的职员，有时就直接在那些人的背后装模作样。虽然，让琳妮满心厌恶的是职员在 Q-1 院民身上花费的心思不够。他们任由泰咪用脑袋猛撞墙壁，弄到最后鲜血淋漓，或是任由吉娜整天躺在自己的排泄物里。琳妮也很讨厌她负责的劳务跟职员负责的那么相像，玛里恩有时候也会嘲笑她。

可是，待在 Q-1 最大的好处，就是跟克莱伦斯与史墨克斯拉开了距离。五个星期以来，琳妮老是匆匆往窗外一瞥，随时准备目睹巴弟的现身；她也会朝男生的聚居区瞥望。克莱伦斯与史墨克斯的正式职务虽然是轮第二班工作，但其实他们就住在院区里，无论日夜，时时刻刻都在男生的小屋附近徘徊不去。男生的聚居区与 A-3 之间只相隔了三栋楼，可是 Q-1 远远在山丘底下，白天由珍妮丝与布尔负责，晚上由卢珊照管。就跟弱智者小屋里的多数看护一样，这三个人身形都很壮硕，即使态度轻忽，心地却并不恶毒。

因此，既然醒来时见到的会是珍妮丝与布尔，琳妮就不需要保持警戒；不过，醒来时她几乎都快乐不起来。这里跟在 A-3 有多么不同啊。在 A-3 她还没睁开眼睛，朵玲就已经滔滔不绝，形容幻想中她们起床时将要穿上的漂亮衣服。然后，当她们套上平日的暗沉衣物，假装自己是电影明星时，就会转头去找监督白天班的凯特——她的脸孔出现在寝区，白罩衫上饰有颇为亮眼的刺绣，满头红发高高盘起。

琳妮每天早上都提醒自己，不快乐的清醒经验才是处罚的重点。她曾经逃跑，既然那是仅次于暴力的最严重违规行为，他们的目标就是要把能为她带来些微喜悦的事，从她那里剥夺而去，像是朵玲、洗衣，与拜访凯特。不管琳妮何时想到这一点，都感到自己紧咬牙关，可是她心存感念，因为他们没意识到她更大的损失。要是他们注意到琳妮的动作愈来愈迟钝，原本促使她翻墙逃走的桀骜不驯已经让位给听天由命，他们没准就会猜到。

此时，圣诞节早晨，琳妮正忙着替寝室上蜡。她一抬头便看到走道上有一抹红色朝她移来。

琳妮的双手停下推动干刷的动作。有可能是凯特吗？这几个星期以来，凯特只来过一次。她虽然是主管，但仍然受制于院方规定，不像克莱伦斯与史墨克斯那样高兴去哪里溜达就去哪里，甚至随身带着狗儿（史墨克斯身为路加叔叔的弟弟，就有这种好处）。凯特的活动范围就是院方分配给她的小屋，如此而已。有一次她曾经到处走动，找到一架老织布机（她尝试用来教院民怎么织布），连这种行为都是违规的。

是凯特**没错**！就在寝室的门口通道！

琳妮静静停住不动，凯特站在那儿好长时间，脸孔仿佛是一幅痛苦的画作。琳妮差点比出巴弟用来表示**过来这里**的手势。她感觉到自己发出呻吟的声音。

最后凯特的表情变回以往的模样。她还清清喉咙。“嗨，亲爱的，”她以比平日粗糙些的嗓音说，“我要带你回 A-3。”

琳妮一把抛下干刷，沿着一排排的围栏床奔跑，敞开双臂放声尖叫。凯特已经将两臂张开，琳妮冲进凯特的怀抱。

多可爱啊。凯特拥有属于自己的气味（那混合了香烟、栀子花肥皂，以及特有的皮肤气味）；她的脸颊柔软，丰满的胸脯能够抚慰人心。琳妮晓得自己正散发着这间屋舍里所有的难闻气味，但凯特还是照样抱住她。

要是凯特回得来，琳妮心想，感觉到凯特颈上的脉搏，**那么巴弟也能**。

她俩分了开来。琳妮在凯特的双眸中央看到凯特更小的自我，感觉比以前都还渺小。琳妮移动目光，将凯特的整张脸收进眼底。凯特正在微笑，虽然笑容里带有哀伤。琳妮感觉自己也以同样的方式露出笑容。

“我们来打包，好吗？”凯特指着留在门口的纸箱说，“我应该在午饭以前带你回去。”

琳妮要离开了！马上！她把脑袋速速转了一圈，不是为了逃离当下，而是要在记忆里找到巴弟，这样他才能共享这一刻。她才转一下就找到他了：那时他正陪她穿过玉米田，两人哈哈笑着，因为玉米株掩住了他们的身影，让别人看不见。接着他突然转身，把她拥进怀里亲吻。

她落入那枚吻里，全世界的一切都纷纷远去；那个吻持续了一辈子的时间。当他们分了开来，一根红羽毛从天飘降，最后落在他俩胸膛之间。她望着他，而他也看着她，然后，她从没想象过的事情发生了。

琳妮跟着凯特穿过好几排围栏床，到她的储物柜去。即使她感觉自己比过去这五个星期都还轻盈，却无法将活力注入自己的步伐。她们走到床边时，凯特说："你要不要看我打包就好？"琳妮点点头。

凯特把琳妮栅栏床的侧栏降下，琳妮坐了下来，凯特拿出一串储物柜的钥匙。**有人替我做事**，琳妮心想。可是这种事为她带来的快乐，不足以冲走那么多的哀伤。

储物柜的门凹陷下去，凯特好不容易才把它打开。琳妮往内一瞥。

乱丢在里面的就是她的宝物。凯特恭敬地把物品一件件搁在床上，琳妮倒抽口气，陷入了回忆。最上面的就是那位老妇送她的洋装，仍然像蜘蛛网一样纤细。洋装下面是琳妮从老家带来、捆卷成球的衣服——蓬蓬裙洋装、五分短裤、日光浴装、女用衬衫、一双娃娃鞋、一组内衣裤，这些她全都穿不下了。凯特把衣服拿了出来，还有照片。她把它递给琳妮，那是双胞胎出生以前拍摄的全家福：爸爸与娜娜站在水族箱前面，妈妈蹲了下来，琳妮坐在地上，套着婴儿鞋的双腿在身前伸展，眼睛与嘴巴半开着。妈妈的手臂往前揽住无法自己坐好的琳妮。琳妮把照片推开。

接着她看到装有她最珍贵物品的小袋，就在储物柜的远处角落里。

"你要不要看看东西是不是都在？"凯特说，琳妮点点头。凯特把小袋的绑绳解开，将宝贝一件件拿出来。

那是出发到这个鬼地方的那天早晨，娜娜送给她的塑胶马儿。是一条马腿高举半空、绿马鬃飘扬飞起的华丽蓝马。琳妮要画田野里的马匹时,常会想到这只塑胶马;田野里的马匹动个不停,画起来很难。这只马动也不动,就像娜娜自己。娜娜在她的心中从来没有长大。

爸爸替鞋子更换鞋带时,琳妮就把旧鞋带存下来。他原本想把它扔掉,越过房间走到垃圾桶那里时,琳妮却扑上去抢。他露出烦躁的模样,后来眼神里有什么而柔和下来。他弯下腰把鞋带放进她手里,然后把她的手指合拢起来握住鞋带。他露出那抹神情的脸庞,就是她愿意记得的。

还有,妈妈一次来访时送给琳妮的幸运符手环。每次来访,妈妈就比上次哭得更惨,于是琳妮不得不更努力抗拒,好把哭声赶出去。最后妈妈因为眼睛肿得太厉害,只好戴着墨镜过来。她把手环递给琳妮说:"等你长成大女孩之后,就可以戴这个了。"等妈妈用双手捂住脸庞、匆匆离开之后,琳妮的看护就把手环放在她的储物柜里。她从没戴过。最后琳妮才明白,妈妈不会再回来了。

噢,看,**是羽毛呢**。每根都是巴弟送的。有一束白羽毛是他们头一次共乘拖拉机兜风时拿到的。还有棕色、蓝色和黄色的羽毛,其中有些还带有黑线条或古铜斑点。他只要来洗衣间里修理东西,就会带羽毛给她。朵玲为了分发邮件而必须到谷仓或车库去时,他就会请朵玲转送来橘色的冠毛。他来到凯特的办公室时,会用蝴蝶结扎起一把羽毛拿给她;那些羽毛闪着蓝、绿与紫色光泽。还有她的最爱:那天在玉米田从天飘降的红羽毛。琳妮原本把羽毛全都藏在腰带里,后来凯特把它们藏进了小袋。

小袋里还有另一样东西,是朵玲从路加叔叔的秘书茉德那里偷来的削铅笔机。琳妮希望等到她受好运眷顾、拥有自己的铅笔时,就使用这架削铅笔机。削铅笔机当初出现在琳妮的手里时,凯特挑起眉毛说

“算他们活该”，然后就把它存放在小袋底部。

可是就在凯特把这些宝贝放回小袋里时，琳妮想添进去的东西并不是铅笔。当初没时间从宝宝身上取下任何东西。她仍然满怀心事：宝宝与她身体彼此互贴的感觉；那张沉睡的脸庞，尚未见过琳妮熟知的一切事物；她晓得婴孩太过无助而无力反抗。琳妮连孩子的一绺头发都没留下。

“我真希望可以早点从这里把你带出去。”凯特说，把盒子放在床上，开始将每个物件摆放进去，再折起衣物，“可是我这么快就能来找你，算是幸运的了。我想他们原本打算把你留在这里，直到世界末日。”

琳妮不晓得“世界末日”的意思，不过她并未要求对方解释清楚。

“我没向上呈报任何事情，”凯特继续说，“我担心他们会对你，还有对我，做出更糟糕的事。”她顿了顿，“你也知道，要是我们勇敢发声，他们会把矛头指向我们的。”

琳妮的确知道。几年前她听说有位看护某天早上来上工时，注意到有位院民指着自己血迹斑斑又肿胀的双脚。即使那位男生没说出了什么事，但是看护想也知道一定是有人为了什么而火冒三丈，狠狠踩伤了院民的脚。谁都有可能是罪魁祸首——小房没设门锁，轮第二班的时候，也没人负责监控。看护向主管反映。隔天，他发现自己的外套里有粪便，那晚还有人用车钥匙刮伤了他的福特汽车。他当场请辞，不得不远迁到埃尔迈拉去找工作。那位院民上了石膏，没人查出踩烂他双脚的是谁。

凯特往外望向放着围栏床的房间。“我记得以前这里是幼儿室的状况。好多小婴儿才出生几周，就被送到这里来。至少已经没有那种情况了。”她顿了顿，“朵玲当初来这里的时候，还是小婴儿对吧？”

琳妮点点头。她听说朵玲的爸妈是名人(风情万种的女演员与知名的编剧),他们在她一周大的时候带她过来,之后就不曾前来探访,所以即使朵玲也不晓得这种说法是真是假。有一天,看过琳妮家人的照片之后,朵玲鼓起勇气问茉德她的档案里有没有家人的照片。茉德跟她说,档案不是院民能够插手的东西。就在那时,朵玲开始在早上玩起假扮游戏。每一件衬衫都是舞会礼服,每一条裤子都是尼龙长袜。看护替她发明的绰号就是"请叫我暹罗猫",但朵玲更喜欢的是"碧姬芭杜"。

有位老看护曾跟琳妮说过幼儿室的事。那里的职员操劳过度,会沿着一排排小床,一个接一个更换尿布,不管婴儿需不需要。同样的情况也发生在喂食上。看护把它比作工厂劳动,只是待遇较好。

当初琳妮在想,要是有人知道她有宝宝,就可能发生各种悲剧。她当然也想到了这间幼儿室的事。可是,除了在Q-1里成长以外,还会发生更糟糕的事。

"好了,"凯特说,一面把盒盖关上,"我们可以上路啰。"她看看手表,用没那么严肃的语气补充说:"想也知道,我的确比预定计划还早。"

就像"世界末日",琳妮也不晓得"比预定计划还早"的意思。两个都跟时间有关,不过对于琳妮来说,时间让人一头雾水。她不会看钟,也不懂月历,更别说历史了。所以除了巴弟教她关于星辰的事,除了晓得四季之外,她看不见时间。她把时间当成别人的东西;只有他们才看得懂,而她看不懂。

那也就是为什么当凯特从珍妮丝那里拿了琳妮的档案,行色匆匆带着琳妮赶往门口时,琳妮并没有加以质疑。她们"比预定计划还早",意思似乎表示她们必须赶紧离开。不过,琳妮的确想不通当她们走到外头时，凯特为何不走快速路线（主要小径），却踏上斜向地面的坡道——就是通往隧道的地方。有时下雪或下雨的日子，院方会带着院民集体穿过隧道，以便跨越院区。那里很适合躲藏，也就是为什么那时巴弟回来后，她与巴弟穿过这里逃离。可是凯特又不需要躲藏，而且就圣诞节来说，那天的气温算是温暖的了。可是凯特撑住了隧道门，让琳妮进去。

地下通道是用水泥建成，以光裸的灯泡作为照明。琳妮不喜欢黑暗的路段，所以一离开坡道，很快就走到了一颗灯泡处，这让她颇为高兴。他们当初奔跑越过隧道时，巴弟展现了他的勇敢，而那份勇气替他俩赢得了自由。东妮特为了跟护士私下谈话而穿越隧道时，也展露了无畏的勇气，只是东妮特的勇敢没替她赢得任何东西。

凯特在坡道底部跟琳妮会合，她说："我一直在问自己某件事，琳妮。你离开三个晚上了，那段时间我担心得要命。我知道你跟四十二号在一起会很安全，可是这世上有太多事情没人控制得了，即使像他那种真的很聪明、很能干的人，也没办法。"凯特陪着她转向右边的走道。"我是不应该跟你谈之前的经历，可是那就是我带你来这里的原因。有人说，你一下子就会忘光。"她啪啪弹响指头，"你根本没忘吧？"

"没有。"

"我也这么想。"她顿了顿，"你想继续去想那件事吗？"

琳妮用力点点头。

"我也想要想想那件事，如果我知道该想什么的话。"

琳妮不懂凯特在说什么。这就是职员跟院民不同的地方之一：他们都用谜语来说话。他们的谎言不是用来隐藏自己的底细，是用来隐藏他们知道的事情。

凯特深吸一口气，说："我想帮你，只是如果我不晓得当时的状况，我就出不了力。我看过你的病历——"她指了指从 Q-1 拿来的资料夹，"可是那几天的资料竟然被撕掉了。所以，琳妮，如果我们今天下午到我的办公室去，你能不能把你逃走时发生的事画出来给我看呢？"

琳妮想起了东妮特。她想到事情发生过后，院方跟她说可以到墓园去跟东妮特道别。琳妮跟着几位看护一起去，他们站在墓园里，望着男人挖掘东妮特的墓地。要是琳妮懂得阅读，就会晓得他们四周的墓碑上都无名无姓，只有号码，照着死亡的顺序来编号，而东妮特是第六百七十二个死亡的人。可是当劳务小子们把东妮特放进地下，金发蓄须的神父念着祷词时，琳妮却忍不住放声痛哭。她所理解的只是：东妮特当初试着勇于发声，结果现在沦落到这里。琳妮想起自己跟娜娜在祖父过世时所做的事，于是抹抹眼睛，弯腰把一颗鹅卵石摆在坟墓上。

从那时开始，她下定决心不再开口说话。

她们走到坡道顶端的门口。"你可以慢慢想再决定，"凯特说，"午餐过后我再去找你好吗？"

整个午餐期间，琳妮满心都是凯特想要知道的事情。饭厅如同往常闹翻了天。过去曾有一段时间强制规定吃饭要安静，但职员的人数愈来愈少，最后难以贯彻执行。除此之外，大家都因为晚上要放电影而兴奋难抑。通常每周只播一部电影，但今天是假日，所以可以多看一部。

饭厅以及其他方面都一如往常。这对朋友在这头，那三位朋友在那头。琳妮跟朵玲、陆佩蒂坐在一起，虽然她并不喜欢嗓音粗哑、出言不逊的陆佩蒂。琳妮逃走以前，确定自己再也无法忍受陆佩蒂，但没有采取任何行动。她不能冒险让别人知道她心里在想什么。

不过，现在她也只能空想了。她应该让凯特知道事情的来龙去脉吗？凯特深深觉得琳妮应该会据实以告，而琳妮从来不曾刻意让她失望。琳妮也有数不清的事例可以证明凯特向来都很为她着想：凯特从来没跟人泄露过琳妮会画图、拥有装满宝贝的小袋，以及她在办公室里跟巴弟的秘密相聚时光。如果琳妮要把真相揭露给人知道，对象就该选凯特。

可是琳妮记得最后一次见到东妮特的情景。有一天，琳妮正离开交谊厅要去吃晚餐，另一个院民推了她一把，害她鼻子流血而必须到医院小屋。她在那儿见到了东妮特。琳妮的鼻子清干净以后，东妮特走过来低声说："看到那个护士了吗？"她用手一指。接着又说："她刚从史肯伦顿的医院过来。她不像克莱伦斯和其他人那样灵魂生了病，我要跟她说我看到过的事。"这一点违反了东妮特自己当初的忠告。"为什么？"琳妮问——双唇已有许久不曾吐出这个字眼。"因为这里发生了不该发生的事。"东妮特说，她合上双眼片刻，又再睁开，"我知道我是在冒险，可是已经牵涉到私人的领域了。"琳妮听不懂她的意思。"今天晚上吃完晚餐，我会跟他们说我得回来这里做事。我会请她坐下，然后把自己的心事都说出来。"东妮特说。"小心哦。"琳妮说。

那晚，琳妮一面渐渐入睡，一面惦记着东妮特去找护士的事，想知道到了明天事情会不会有所改变。事情的确不同了：职员们在早餐时一脸紧绷。接下来两天她都没听到其他消息，然后话就传开了。有个叫汪妲的院民脾气火爆，会不停乱摔家具；只要有人接近，她就会动手攻击。她正被单独关在禁闭室。有人逮到东妮特向护士告状，于是把东妮特也关进了禁闭室——却是跟汪妲同一间，而汪妲正等着把到手的任何人与事物狠狠撕成碎片。故事翻越石墙传了出去，路加叔叔对报社说那纯属意外，说职员不晓得汪妲也在同一间小室里。警察前来调查，可是没有职员愿意出面讲话，而东妮特也没办法开口了。她已经葬在墓园了。

现在，琳妮的视线越过整个饭厅。凯特正把吉娜脸上的食物擦掉，她的动作毫不粗蛮，不像有些职员那样，而且边擦拭还边对吉娜说话。凯特转身去喂吉娜时，一抬头便迎上琳妮的目光，然后就露出笑容。不是那种快乐又悲伤的微笑，而是凯特在早晨会有的那种招牌笑容。那抹笑容说的是：**我很高兴见到你。**

琳妮对自己说：**只不过是凯特。**接着她不再去想东妮特。可是当她舀起午餐时，她知道自己不想告白的原因底下还有更糟的事。自从她编故事向巴弟说明以来，就不肯让自己去多想那件事。凯特正从房间另一端送来微笑，琳妮不准自己现在去想那件事。

所以琳妮动手画画。

凯特在自己的办公桌上忙着。收音机发出低鸣，有个男人正在唱歌：**我对自己想着，这世界有多么美好……**虽然琳妮喜欢这首歌，可是今天几乎听而不闻。她沉迷在各种蓝色与紫色里（用来画夜空），深深投入灰色与白色中（用来画墙壁）。梯子是棕色的，正拔腿跑走的黑色形状就是她与巴弟。

“我也是那样想的。”琳妮画完时，凯特这么说。她望着图画良久，接着说：“接下来发生了什么事？”她把一张白纸推到琳妮面前。

琳妮瞪着那张纸。她原本不知道凯特会想要更多。**的确**还有更多，可是当她画出对巴弟的回忆时，都用单张独立的图画。她从来没画“接下来发生了什么事”。

凯特等候着。她把广播关掉好让琳妮专心，然后从架子上拉出一本书。娜娜以前也会看书，这本就像那些书一样也有图片。

凯特靠着书桌坐在琳妮身旁。“这本书用图画说故事哦，”她说，“每一张都会说出故事的下一部分。”她翻过一页又一页。那本书讲的是一只名叫“平”的黄鸭子，他跟鸭子家人住在一艘船上面。某天他被骗上陌生人的船，被关进上下颠倒的篮子里。他很难过，看来逃也逃不出去了。然后，有个小男孩放他自由，平于是就顺利返家了。

琳妮在几年前并不明白自己现在看到的东西：一本书不是你可以随便从哪里打开，胡乱翻到其他地方的。你从正面打开，接着往前，纸页会从一张到下一张，每一张都往前一张添加东西，于是故事就随着每一纸页变得更加刺激。那就像春天种下的玉米种子，到了秋天就会长成一排排高高的东西，让你可以躲在里面。故事会生长。

琳妮弄懂了以前从来弄不清楚的事情，于是埋头挥洒画笔。她画出防空洞，画出宝宝诞生的过程。她画到他们在雨中偷走店招，画他们跑着越过老酪农桥。她画他们沿着长了许多树木的道路走，画他们在有灯塔人邮箱的那条路上停脚。她画了放他们进屋的老妇人。

“然后呢？”凯特问，“接下来发生了什么事？”

琳妮又画了一张图。老妇人站在门口，宝宝（透过阁楼窗户看去）在篮子里睡觉。四十二号往林子里奔去，轿车正要开走。

凯特把最后一张图拿高，仔细端详。

然后她转向琳妮：“你把宝宝留在那里，是因为你想保护它？”

琳妮点点头。

“为什么？你根本不认识那个女人啊？”

琳妮在那堆图片中又挑又拣，拉出画有灯塔人的那张。

凯特望着她：“我不懂。”

琳妮想告诉凯特关于海边的事，说她跟娜娜到海滩上玩，远离妈妈、爸爸跟他们参加的派对。爸爸在派对上对娜娜说：“汉娜，天气那么好，你干脆带琳妮去散步好了。”她想告诉凯特，她们远在海滩那里时，一阵暴风雨突然来袭。她想说她们跑到一座大大的高塔那里，找到一扇门，然后绕啊绕地往上爬，来到了塔的顶端；接着走到窗户边，往外望向暴风雨。娜娜说：“现在它碰不到我们了，我们高高地待在这上面。你跟我都安全啰。”

琳妮曾经把那座塔画给巴弟看，把塔放在海边。当时他瞪着那片水域好久好久，想不通那是什么。她又替他画了一张里面有人在哭泣的图片，接着再指指那片海洋。他把头一张图折起来放进口袋。

可是这些回忆，琳妮都无法告诉凯特。

“嗯，我不懂，可是这些事情你希望我向上呈报吗？”凯特说。

琳妮摇头表示不要。

“我真希望你说要，琳妮。”

琳妮把头摇得更用力。

“噢，琳妮，”凯特叹口气，望出窗外，“为什么不要呢？”

琳妮低头看看铅笔，它在双手之间滚动不停。

“好吧，我想我猜得到原因。如果我猜对了，我就能体谅。我不会喜欢，但我会体谅的。”凯特说。

琳妮抬起头。

“你是不是认为，宝宝可能会在这里经历其他宝宝的遭遇？就是幼儿室的那些宝宝?"凯特说。

琳妮久久凝望着她,感觉内心发生某种反应。以前发生过一次,就在这个办公室里,那时巴弟晃着手臂,仿佛摇着摇篮里的婴儿,然后用表情询问:**出了什么事?**她先顿住一分钟,然后做出要是凯特追问相同的问题,她知道自己就会做的事。琳妮朝向窗外,指出那间男生小屋,就是几个月以前的晚上,住在其中的院民大肆入侵 A-3 的那栋。

是谁?巴弟用双手追问。

然后她画下在黑暗中涌进小屋的男孩们,光线暗得让她看不见。

巴弟火冒三丈,猛摇职员办公室窗户上的铁杆,隔天就开始策划两人逃走的事宜。

她应该再说一次谎吗?一旦纸页翻过去,可以再翻回来吗?不,她已经是新的琳妮了。她已经懂得说谎的滋味。

"那就是你带着宝宝离开的原因,对吧?"凯特再次说。

琳妮突然把目光别开,点了点头。

可是,当凯特带着琳妮回到共同小屋(他们播放电影的地方),琳妮认为自己不得不说谎。太阳正要西沉,户外的照明点亮后,琳妮便能看到克莱伦斯、史墨克斯与狗儿。通常在播电影时,她会找远离窗户的座位坐定,可是她来得太迟了。她试着把心思专注在电影上,电影拍的是一个唱着歌的女人,握住雨伞就飞了起来。朵玲坐在房间的另一头,来回踢着双脚。陆佩蒂喊着电影蠢死了,可是琳妮一直转向窗户。里面这么阴暗,史墨克斯跟克莱伦斯又站在路灯下,让人很难不去看窗外。克莱伦斯抽着烟斗,史墨克斯把一条狗链绕在手腕上。接着她才意识到,史墨克斯命令一条狗扑到克莱伦斯身上。克莱伦斯正一脸恐惧地往后退开，史墨克斯呵呵笑着。“娘炮，”她听到他这样调侃，“娘——炮。”克莱伦斯僵住不动，然后往龇牙咧嘴的狗儿逼近——接着痛殴狗儿的脑袋。狗儿呜咽着往后退缩，克莱伦斯抹抹双手，表示工作已经完成。史墨克斯略略提起隐形的帽子，表示赞许。

她不得不说谎。她没办法像电影演的那样打开雨伞，让它将她带走。

不久，一切又都成了习惯。琳妮听着朵玲絮絮叨叨直到睡着为止，然后望向窗户的塔钟，想着巴弟过来抱她到梯子边。他必须抱着她，因为一天天过去，她感觉自己愈来愈麻木无力。她的双腿不想移动，手臂在洗衣间里动起来也很吃力。她晓得问题在于渴望。她记得妈妈头一次来访时，也有过相同的麻木感。娜娜没有一道来，妈妈说她以后都不会过来了，还说路加叔叔认为这样对大家都好。琳妮记得，当她明白连妈妈都不会再回来时，心里涌出了更深的麻木感。从那之后，琳妮就在想到底哪种比较惨：你很清楚的“突然道别”，还是你必须自己猜想的“漫长道别”。现在，跟宝宝突然告别之后，积雪更厚了。星辰带着深冬的清晰度闪烁不定，她开始担心巴弟即将成为必须让她去猜测的漫长道别。

凯特做了件叫“祷告”的事，琳妮知道它是用来请求施恩的。凯特曾经试着解释耶稣基督与玛丽。接着，琳妮想起自己听说过上帝是没有姓名的。他有个曲调，妈妈每年冬天点起蜡烛时都会唱。那时他们全家都会吃包在金箔纸里的巧克力，而琳妮有个滑稽的陀螺可以转来玩。可是凯特并没有唱这首曲调。琳妮不晓得上帝的名字，那就表示她没办法祷告。

反之，她想着目前正在看的纸页，不晓得之后会出现什么图片。她想象宝宝与老妇人在农场上的画面。宝宝会坐起身、站起来，某天甚至会奔跑。她试着去看宝宝眼眸或发丝的颜色，那些会长得跟她一样吗？或者会跟……不。这孩子**非得**长得像她不可。这孩子非得认识能够一起哼歌的朋友、骑骑蓝绿双色的马匹、玩贝茜威茜洋娃娃不可。

她也会拿巴弟来玩这种图画游戏。不过，她只看得到他驾驶拖拉机、修理机器、把羽毛递给她的模样。纸页不肯自动为他作画。

所以朵玲某天来凯特的办公室找琳妮时，琳妮很担心。她刚刚画完图画——不过画的内容并非她看不见的未来。她画的是她**看得见**的过去，五彩缤纷的羽毛好似烟雾一样，在空中盘旋。

把送件袋斜背在肩上的朵玲走进来时，凯特正要把图画锁进抽屉。“有人来找琳妮。”朵玲说。

“你在说什么啊？”凯特马上关起门来。

朵玲解释，她刚刚去了主办公室，有个把棕发绑成马尾的粗壮女人出现，告诉茉德说想探访琳妮。“茉德问她是不是你家人，她说不是。茉德说这样会违反规定，所以她就离开了。”

“琳妮，”凯特说，“你知道这个女人为什么想见你吗？”

琳妮摇摇头，可是她晓得一定跟她逃走的事情有关。

凯特向朵玲道谢。她一离开房间，凯特就打开档案柜，翻阅存档的照片。里头没有那样的女人。

她坐下来，把双手叠在书桌上。“我知道你不想要我告诉任何人，我也说过我不会。可是琳妮啊，我好担心宝宝的事。你有个宝宝在外头的世界，是你的宝宝啊。这女人可能晓得你宝宝的事情。”凯特说。

琳妮望着凯特。也许这女人认识那位老妇，也许她可以查出宝宝的事，或许还可以得知宝宝的发色。

“我现在请求你，就算我求你吧，让我查查她想跟你讲话的原因。”

琳妮思索了很久。即使她无法跟宝宝在一起，总是可以知道宝宝的情形吧，这样她就能画出自己永远无法亲眼看到的画面。

不，她不可以。

她把头别开。

凯特把手指搭在琳妮的手上，最后琳妮才与她四目相对。“我晓得你在哀悼自己的损失，”凯特说，“可是我必须问你一件事，请老实跟我说，我会照着你的心愿去做。”她深吸口气，“你希望我找到你的宝宝吗？”

琳妮从没考虑过这一点。

“只要说我可以这么做，”凯特继续说，“我就去找到老太太的房子，确定宝宝一切都好。我会把你想知道的一切都告诉你——绝对不会向任何人透露。”

那样会有多好啊，琳妮就能画出空缺的那些纸页了。她能知道自己是否成功救了宝宝，也能知道自己是不是救了**她的女儿**。

可是，如果他们查出来的话，那些纸页看起来就不会跟琳妮原本想象的一样了。它们看起来会像是东妮特被汪妲摧残之后的模样。它们看起来会像是小动物被那些猛犬蹂躏过后的模样。它们看起来会像是琳妮那天晚上在他双眼中所看到的东西。

琳妮低头看着画中的灯塔，宝宝跟着那位老妇人会很安全的。她再次抬头望进凯特的双眸，接着翻到了下一页，这是她多么渴望不必去翻动的一页。

“不。”她说。

大　图　画

侯蒙

一九六九年

历经五个月，好不容易才找到了可以休息的小棚屋。

侯蒙不敢相信自己这么好运。小棚屋从岩石峭壁的底部突伸出来。他站在高度及膝的野草里，在薄暮的光线中直盯着小棚屋看，把幼树逼得弯下腰的强风冻僵了他的身子。单层高的小屋设有两扇窗户与一根烟囱，在这个杳无人烟的地方显得格外惊人。几个月以来，他风餐露宿，窝在从某条晒衣绳上偷来的毛毯里，多么希望兔毛夹克的纽扣离扣孔不是那么遥远。要是他的胸膛长得窄些该有多好，要是他在河里没弄丢**收容者**的衬衫与夹克就好了。当时，回到美丽女孩的身边，只要向东走就会到了。可是他的胸膛宽阔，那些衣服又一去不返，而且火车带着他直往西边走去。

在最初的四十晚之后，他首次尝到幸运的滋味，他在某个树林里找到了一袋旧衣服。从那之后，他仍然远离房舍、商店与车辆过活，随时转头看有无警察的踪迹。能搜刮到什么就吃什么，以便抵住饥饿，至少牙齿不会咯咯打战，除了在夜间之外。天气过于严寒时，他会冒险闯进镇里，偷偷观察空车库或前廊底下有躲藏空间的房屋。他痛恨日出，那时他的困境会让他猛然惊醒。可是他也深爱日出，因为那是他能看到她们的时候，就在他的脑海里：美丽女孩站在玉米田里，发丝在微风中飞扬；小家伙在小床上，现在懂得往上伸手，碰触他的脸庞。他弹跳起来开始奔跑以前，总会举起双手。**早安，美丽女孩们**，他会用手势比画。**一等我可以，我就会赶回去。**

现在他把毯子捆成的行囊，连同包在里头的东西（捡来的衣物、莓果，用来替自己打捞正餐的钓竿与鱼叉，帐篷，折刀和留在营地里的水壶）搁在地上，然后穿越长得老高的野草。

当他走到小屋门口，就把手掌平贴在木头上，希望要是有人在里头，他就能感觉到震动。双手底下的门并未颤动，所以他在窗户之间窥探。里头毫无动静，只有星光像压碎的方糖一样反射回来。他等了片刻之后鼓起勇气，朝门把伸手，谨慎地将门推开。

他向月亮借光，可以看清屋内几平方英尺空间。那里有一把翻倒的椅子与一张断了一脚的桌子，墙面内嵌一座石砌火炉。火炉横架上散放着香烟与火柴盒的锡箔闪光，也许抽烟的人等着朝他扑袭。可是，室内有一种长久遭人遗忘的住宅霉味。他用脚把屋门撑开，抓起那些火柴，将一根点燃。

屋内顿时清晰起来，布满灰尘的架子沿墙而立，地板光秃秃的，木板之间的夹缝有一撮撮杂草冒生出来。远端的墙面看来不是峭壁的天然岩面，而是嵌进了岩石**里面**。他在挂钉上看到一盏灯笼，于是将它点燃。第四面墙就是洞穴。

他把灯笼拿高，绕圈确认自己是否孤身一人。没错。他转回洞穴，那里除了用树枝铺成的床铺以外，空荡一片，没有毯子、枕头或是狠狠瞪他的白发老人。要是宝宝出生时他能找到这样的地方，那该有多好，就不必在后院的地窖里了。那样，他们就永远不会被驱赶出去，也绝对不会在大雨中跋涉好几英里——或是在没有对方陪伴的情况下苦撑这几个月。

他高举灯笼，跑去拿他用毯子扎成的行囊。

只有在他关上门、用椅子抵在门把下方时，他才明白自己的运气比原先想的还要好：架上放着鱼罐头与牛肉干包。他狼吞虎咽到再也吃不下为止，然后躲进岩石后的洞穴里和衣躺下，免得有人真的闯进来。这是他许久以来头一回可以放松，于是他陷入了深沉的梦乡。

侯蒙从卡车停车场与蜂拥而上的警察那里逃开之后，原本并没有打算独自行动这么久，最后竟然落得在洞穴里避难。

当他紧紧攀住高速冲刺的载货火车时，心里还满怀希望，觉得自己很快就能回到陷阱里。他必须做的就是强忍恐惧，等列车驶入车厂停放后跳下车厢，返回他刚刚离开的城市，然后找路回到河边。这件事做起来并不简单，但他办得到。他**不得不**做。所以那天晚上，肚子贴在金属上，气流把兔毛夹克与裤子吹得蓬鼓鼓的，他借着对她的思念将恐惧推开。美丽女孩有天下午溜进谷仓，他教她怎么挤牛奶，逗得她呵呵笑。在红头发胖胖的办公室里，美丽女孩把收音机挤进他的口袋，让他感觉那种震动，然后两人结伴挪动双脚，跳起慢舞。美丽女孩在玉米田里抱住他，他把那天命名为“红羽毛日”。

最后，仍然紧抓火车的侯蒙转过了头，他无法判断自己在这里躺了多久，可是天上遍布着黎明之前的星辰，放眼一片乡间景致。

他明白自己又在逃亡了，可是这次却没感觉到多年前压倒他的那股暴怒——就是上次奔逃最后陷阱的大门锒铛关上时所感受到的。他气警方与法官，还有，没错，他自己（**你就是因为用嘴巴讲出自己的名字才被逮的，以后永远都别再开口讲话了**）。头几个月他抗拒不休，乱丢东西。他又不属于那里！他又不是弱智！他乱发脾气的结果，只害得自己被安放在最具暴力倾向男孩的小屋，有护士会喂他吃某种糖浆，让他脑袋一片迷糊。他急着想要争取什么——任何更好的东西，于是想起布鲁以前怎么对抗世上的卑劣与恶毒。**我不会让任何事情打垮我，**他以前都会说，**不要给那些自认为比我好的人打垮。我有很多事情要做，当好你的大哥就是最重要的，没有人能阻挡我。**即使在脑袋一片迷蒙的状态里，侯蒙也弄懂了：布鲁借由为他人付出，找到了自己在世上的位置。想到要替那些口水流不停、老爱乱撞脑袋的人付出，侯蒙就烦恼起来。可是他得先让自己清醒才行。

所以，某天侯蒙看出了**矮冬瓜**出拳攻击任何经过身边的人，都是在每晚他最爱的守卫离开以后，他便在守卫换班之前，开始滚球给矮冬瓜接。侯蒙花了一段时间才引起矮冬瓜的注意，不过这颗球顺利让他的心思从守卫转移开来，就比较少出拳揍人了。很快地，侯蒙开始思考还有谁需要人付出。他把替**像树的人**换尿布的工作揽在身上，也想出怎么让**旋转陀螺**来吃晚餐的方法：先走到旋转陀螺身边，然后模仿陀螺那样转个不停，陀螺最后就会离开他的旋转圈圈。有天，侯蒙帮忙大肚腩工友把窗户装好。不久，他就开始得到一些特权。

他发现，付出让他觉得光荣，而光荣感让他放胆去做自己擅长的事情——疏通水管、替铰链上油、驾驶拖拉机。最后，他简直跟**一辈子被困在这里的人**一样可以自由来去，这种状态，直到美丽女孩长成女人，而他想要争取更多自由时才戛然而止。

冉冉升起的曙光透过小棚屋窗户照了进来。如同以往，侯蒙往梦境里的自我伸去。美丽女孩正用手指梳理自己的发丝，含笑的脸庞面向天空，花朵从树木上倾洒下来。小家伙长得很快，正在树下爬啊爬，一面摘着苜蓿草。即使侯蒙根本无法确定情势会怎么发展，他却告诉自己，小家伙在**收容者**的手里很安全。可是，当他在晨间看见美丽女孩的幻影时，就会想象小家伙跟美丽女孩在一起的模样，然后向她们一一问早。今天，他想到自己不必跳起来逃跑。在大门深锁的小屋里，他可以赖床到尽兴为止。

从他还在艾吉维尔，把童年抛在脑后的时候开始，好久以来他一直幻想能够赖床。他会在有女士同床共枕的渴望中清醒，胯下仿佛着了火似的。他会想要发泄一下，难得有些早上兄弟姐妹与妈妈都已经出门，布鲁也跟艾瑟出去了，他就会自己处理。奔逃时期就别想享有那种余裕。在那段时间里，他只要醒来，都会眼神闪烁、心脏猛跳，必须赶紧起身离开。渐渐地，他开始嫉妒所有能够把门锁上的人们。他会透过窗户望着他们，看到他们用手臂揽着自己的女伴，亲吻她们的嘴唇与颈子，将她们的扣子解开，然后放下窗帘。在陷阱里的状况更糟，如果守卫逮到自慰的男生，就会用腰带抽打他们的手指。

可是，已经好久没有女士吸引他的目光。即使一开始，美丽女孩对他来说也没有那种效果。他第一次看到她时，她还十分稚嫩。当时他正在挖坟，挑起他注意力的不是她那金色长发与宽阔开放的面庞，而是死者放进地下时她痛哭流涕的表情。从那之后，他在饭厅的另一端、在院区里漫步时，会开始注意她。她从来没有咄咄逼人或暴跳如雷的表现。她有个朋友，还会去探访红发的守卫。她不大有笑容——但是一旦浮现，就跟阳光一样灿烂。只有在她身材抽高、有了女性化的曲线与走路姿态时，他才明白她的外在与内在一样美丽。然后，他会在晨间想起她。可是一旦他知道她怀有宝宝，晓得她因为男孩们干下的坏事而苦不堪言，他就决定，等到两人都重获自由以后再说。

这天早上在洞穴里，门是锁着的。他终于可以准许自己不再等待。

从布丁与点点那里逃走的那个早晨，火车在猛力摇晃之后停下。他紧挨着车厢醒来，阳光晒暖了他的背。他往身侧伸展手臂，手指朝下，然后往四处观望。阴影短小，表示接近中午了，要藏身会比较困难。可是他必须找到回程的火车。他用手肘撑起自己。

他就在火车车厂里。左边是一栋建筑，穿制服的男人们杂乱无序地走动着。右边是一节节火车车厢，然后是杂草与山丘。如果他能避开这些男人们，就不会有问题。

没有男人朝他的方向看，于是他坐起身。他的身体僵硬又疲劳，需要小解。当他伸展身体时，腿还是隐隐作痛。他也饥肠辘辘，到货车停车场之前就已没吃东西。接着他想起男人塞进夹克的信封。他不该花时间查看信封里装了什么，不过它厚得跟三明治一样，没准里头就有三明治呢。他滚到身侧，以免被看见，然后从口袋里抽出信封。

里头是用捻线绑好的薄纸。他把绑结打开，失望像臭鸡蛋的气味一样朝他袭来。原来只是厚厚一叠绿色的长方形纸。这是钱。他记得顾客会付钱给麦林托克斯兄弟，可是他自己从没用过钱。他翻翻那叠纸张，看到每张长方形纸上都有男人的图像。有的长了胡须，有的脸庞刮得一干二净；有的体格粗壮，有的身形细瘦。也许十个银色圈圈不等于这全部。什么等于什么呢？这些东西要用多少张，才能买到新引擎、洗车设备和汉堡？

他把钱塞回信封，推进夹克深处。

接着他再次坐起，俯望身后延伸的火车车厢，没看到可以爬下车厢的梯子。他转向左边，在车顶边缘找寻可以抓握的地方。什么都没有。他转向右边，那里，就在车顶，有双擦得晶亮的男用皮鞋。

侯蒙没有抬起目光。他晓得男人一定是爬到车顶上来的，也许事先已经吼叫过了。他忽地转向另一边，看到火车下方一侧又有几个男人要爬上来。他赶紧转身去看，男人手里有根皮棍。

快跑！

他跨越火车车顶。在陷阱里看牛仔电影时，他发现这种做法相当刺激。可是亲自尝试……他的胃一阵紧绷，手脚好似被闪电点燃了一般。他可能会摔下车厢之间的空隙。他们手上可能有步枪！他强逼自己不准回头看，快速跳过一座、两座、三座车厢——然后一跃而下。地面高速往上涌来，他重重跌落。新痛急速蹿过小腿，旧痛刺着膝盖，他沿那排火车飞奔。他晓得自己动作飞快，也很高兴自己这么敏捷，但他向上苍祈愿，自己可以不必这么辛苦。

可是，现在他终于可以踏上归途了。那天早上他把这个消息告诉梦想中的那张脸庞，之后就带着鱼叉离开小棚屋去张罗午餐。他的腿一直有待痊愈，骨头有待松懈，肚子有待填满，而现在终于可以了。**撑着点，先让我休息一下，**他向她保证，**不用多久的。**

虽然他循着愈来愈大的弧度远离小棚屋搜寻猎物，但他暗自想着该怎么找到归途。布鲁以前教他打过猎。在奔逃时期，流浪汉曾经教他怎么跳火车，他也曾自学怎么偷盗农夫的鸡。可是他要怎么从未知的这里，抵达远处的那里？火车现在不安全了，如果要坐公车，必须知道怎么用钱。他在电视上看过**拇指搭车人**①，不过，他要怎么跟司机说呢？陷阱所在的城镇叫什么名字？陷阱的名称又是什么？

不过，等等，有只兔子站在几英尺之外。跟前两只不同，这只没在

① 对路过的车子举起大拇指，表示想搭便车的人。

看他，所以如果他动作够快，就能搞定午餐。他把拿鱼叉的手握得更紧。鱼叉往前飞去时，兔子注意到了，但还来不及逃跑，武器就命中了目标。

他满足地拿回餐点。他在干吗啊，竟然担心要怎么回去的事？自从跟美丽女孩与小家伙别离以后，他从来不曾放任自己痛哭失声。他曾经犯过错，这一点不容争辩；他从火车车厂跌跌撞撞逃了这么远的距离，也许都到艾吉维尔了。可是他还是找到了衣服、栖身处与粮食。

他生起火堆。也许他无法想象一旦休息完毕，该怎么找路回去，可是他把兔子举在火堆上方时，却想到自己找着午餐的时机正好。小棚屋在他正有需要的时候出现，还有火车以及货车停车场上的松软泥土也值得庆幸。他向来认为自己活在世上的三十八年，是一场在灾难之间蹒跚踉跄的漫长时光，但或许不是。或许其中有更深的含义也说不定，因为他的蜿蜒旅程不也带他到麦林托克斯、矮冬瓜，还有——他现在在脑海里看到她了，洗衣间的蒸汽在他们四周蒸腾上来，她依循着他的手势，比出自己的名字——美丽女孩的身边？

接下来几天，他继续调养身体以便恢复精力。他以为，也许你在人生中往前迈进的当下，**看起来**就会混乱不堪。仿佛你是一只走过美丽女孩画作之一的苍蝇，看到的只是零星色彩，先是绿色，接着是蓝色，然后是黄色。唯有在空中飞翔，苍蝇拍还没击下以前，才能够看到属于一整幅大图画的色彩，看到绿色在图画的这部分，蓝与黄在图画的其他部分，各种色彩适得其所。人生是不是就像那样？

一方面，他觉得这是个愚蠢的念头，于是翻翻白眼。如果他合该发高烧、经历奔逃时期，然后被困在陷阱的猎捕夹里，为什么灾难还是持续来到呢？然而另一方面，他犹豫了。要是那些时刻不论好坏都必须存在呢？要是**真的**有一幅“大图画”呢？那是不是就表示有个大艺术家？

一周过去了，他的身体丰腴起来。再过一周，他的瘀青消退了。

到了第三周，他对这种新的想法犹疑起来。不过，他对自己很有把握。某个下午，他决定明天再次上路，想办法回到美丽女孩的身边。这就表示该做两件事了，其中一件就是把东西藏好。于是他脱下靴子，拿出折刀与钱。靴子里只要刀刃割得动的地方都切出暗袋，然后把钱围着脚边塞。现在他可以扔掉兔毛外套了。

那项任务完成以后，他必须前往比之前都远的地方探看，看看出发方式有什么可能的选择。当初他从南边来到小棚屋这里，往东走时遇到过宽阔的河流。所以那天下午他往北走去，最后来到岩石遍布的山脊。

山下有一栋古铜色的宽广建筑物，后面是草坪、街道与房舍。他蹲下来，透过树丛瞥看。建筑物的一侧是停放黄色公车的停车场，另一侧是球场；四周围绕着挤满人潮的观众席。他放眼观望，年轻男人们穿着成套的上衣与裤子从建筑物里跑出来，后面跟着身穿另一种互搭衣物的团队。头一队在球场上以扇形分散开来，就在那时，他意识到自己正坐在棒球场的上方。在陷阱里，守卫们会打棒球；自从享有特殊待遇以后，侯蒙便一起参加。可是，他从来不曾坐在前排座位观赏真正的赛事。

第一位打击手奔向本垒时，侯蒙想起自己打球时挥动球棒将球猛击入空，双腿带着他奔过一垒又一垒。他真希望自己此刻就在下面那座球场上。投手将球抛出，侯蒙决定，即使自己不可能置身球场，也可以假装在现场打球——而且，他想象美丽女孩正在欣赏。所以他站起来，假装把一颗球抛入空中，然后挥动双手，模仿打击手。当球飞过垒包时，他就像外野手一样敞开双臂，来回抖动双腿。最后当球击中球员的手套，他就用拳头猛击掌心。群众爆出如雷的掌声，侯蒙伴着梦想中的美丽女孩跟着拼命鼓掌。接下来的许多局里，他三振打击手、成功盗垒。接着，在比赛进行当中，他瞥见球场外的某个东西。在街道、商店与房舍后方，是一座横跨河流的高大水泥桥。他看到那番景象，马上就拍起手来，明天的路程是多么清楚分明啊。他的胡乱闲晃将他领到这里来，这是多么完美的一件事。**看见了吗？**他对美丽女孩比画着手势。**我就说我会回来的，这就是办法。**

那晚，他事先穿好明天要出发的衣服，躺在山洞里临时拼凑的床上，对着黑暗露出笑容。他不只愈来愈相信真的有个大艺术家，甚至**希望**真的有。因为这么一来，不管他回程的路途得面临多少困难，都会容易忍受得多。

可是当他醒来时，依然是黑夜。起初他以为让他提前醒来的，是即将启程的兴奋感。

他的目光扫过早已做好启程准备的行囊。他扭扭脚指头，感觉靴子里的纸钞。然后，为了看看星辰，他把视线转向窗户。

玻璃爆进了房里。他滚到洞穴最远的岩石后面，吃力地呼吸着。接着，他们就爬了进来。他们是不是先大喊过了？他们来得极快，手电筒往四处探照，发现了他，于是硬把他扯起来。他的身体已经逐渐强壮，所以能够奋力抗拒。他先把一人推过小屋，又把手臂往后一甩，抓起另一个。**为什么非得在今天晚上发生这种事呢？**他这么想着，然后其中一人紧抓他的手臂，把他强押在后。**实现不了大计划啦，你这个笨蛋。**光线深深刺痛眼睛，让他觉得自己瞎了眼。**对不起，美丽女孩，看来这是我第二回合的奔逃期了。**接着，他们的拳头就像暴雨一样，纷纷落在他身上。

共　谋

凯特

一九六九年

凯特把琳妮的图画放在身旁座位上，开车跨越老酩农桥。图画就是她的地图。明知道琳妮反对，她还是把图画从上锁的抽屉里拿出来。可是，凯特当初踏进这一行不只是因为以下的原因：丈夫另结新欢，她需要找份工作；缺乏担任女侍的勇气；照料孩子的时间无法弹性调整，以应付工厂轮班；储蓄不足以支付美容学校的学费。她来这里，是因为自身的转变。丈夫离开以后的头几个月，她抽噎啜泣、频频昏睡，心中充满报复的想法。有天早晨醒来，她意识到自己并未善尽保护三个幼子、使他们免于受到丈夫火爆脾气伤害的责任，而且太过沉溺于自己的痛苦。为了寻找方向，她返回教会，借由全心照顾他人来改正自己的错误。就在那时，她申请来这所学校工作。不久，即使情势严峻、理想破灭，她仍然跟几位院民建立了深厚的情感，也相信这就是自己注定该做的工作。凯特晓得有些同事别有动机，而且虽然他们喜欢跟她一起吞云吐雾，在生日时共享蛋糕，但他们认为她用那种方式对待院民，等于是爱招惹麻烦的人。不过，凯特发现她的工作是忏悔赎罪之举。她时常想起《约翰福音》，耶稣说："彼此相爱。我怎样爱你们，你们也要怎样相爱。"她也想到《马太福音》："这些事你们既做在我这弟兄中最小的一个身上，就是做在我身上了。"她教导自己的孩子们，每个人（从他们教会里弹奏管风琴的独脚老兵，到小孩学校里管理机械电力室的口吃老人)都应该得到善意的对待。所以凯特怎能不努力去查明那个宝宝的事,即使琳妮要求她别插手?

可是凯特沿着老酪农路行驶时,根本没大有理直气壮的感觉。她深感自责,竟然在琳妮画完脱逃过程之后,又拖了快四个月才着手处理。有一阵子她告诉自己,在超量加班之后一有休息空当,就要采取行动。昨天在轮班十六小时后开车回家时,她向自己承认,拖延这件事的理由其实不怎么高尚。苏洁特说得对:如果凯特把这个故事公之于世,可能会丢掉饭碗。所以几个月来,她每晚躺在床上,盯着天花板的水渍,只担心米琳达的矫正齿套、吉米顺利进大学的几率,并没有余力去多想找出宝宝的事。

不过,昨天职员们纷纷谣传,朵玲的父母要在百老汇举行一场表演。这两个时常见报的大红人(一位是好莱坞里最常上镜的电影明星,另一位是备受敬重的多产剧作家)竟然有个媒体从未提过的孩子,真让人难以置信,所以凯特长久以来都以为关于朵玲父母的传说只是谣传。可是昨天,她的内心涌现某种自己也难以解释的冲动。她有时就会有这种状况,面对职员时便笑说只是自己的直觉罢了。老实说,她认为那种推力来自上帝的手。所以,她请档案室的友人偷偷塞把钥匙给她;昨晚轮完第二班之后,她便在一片漆黑中开门进去。

放置朵玲资料夹的柜子临窗而立。凯特抽出病历,举向塔钟投射的光线。谣传中的名字确实就在上头。可怜的朵玲,她明明来自拥有四幢房子、赢得两座奥斯卡与一座普利策奖的家庭,自己却只拥有一架在垃圾桶里找到的、被她藏在床铺底下的故障电话。

凯特心想,**我必须查出琳妮的女儿是否安好。如果不是,我会为她做好原本应该有人挺身去替朵玲做的事:确保她不会受到伤害。**

此时，她点燃跨越老酪农桥以来的第五根烟，看见前方的路标。再过一英里，她就会遇到通往晒尔收费道路的岔道，那是她踏上这趟旅程后便忘了的道路。她应该直直沿着老酪农路行驶，还是转弯呢？

她看了看旁边的图画。画了桥的图之后，是一张有两个人影（以及宝宝）沿着树木夹峙的道路奔跑的图，可是往北的路线与往西的路线沿路上有着一样浓密的树林。要是那几页没从琳妮的档案移除就好了。要是凯特有勇气跟克莱伦斯当面对质就好了，但克莱伦斯也不见得会实话实说。当他得知凯特一直试着教导几位动作较为灵巧的院民使用织布机时，曾经对她冷嘲热讽了一番。“好像那样就能医好他们似的。”他说。她原本想说：那不是我做这件事的理由，**我是为了让他们有些有趣的事做，这样日子会比较好过。**但是，她不发一语，就像自己对这趟远征也一声不吭。不过，她这次的沉默不是怕被看作愚蠢或天真，而是因为害怕泄露琳妮的秘密。

凯特把烟捻熄，经过随意猜测后，便留在老酪农路上。

她翻动纸页找到下一张图。老妇人的房子显然有个装饰奇特的邮箱，凯特放慢车速四处观看。一旦找到自己要去的地方，她要怎么做呢？从昨晚以来，她就一直为了要跟老妇人说什么话而虔心祷告，后来得到了答案：她会用正式的语气表明自己是在学校工作，来这里不是为了把孩子带回去，而是想看看对方是否需要协助。如此一来，老妇人就不会打电话给柯林斯医师或警方。不过，万一老妇人说她**的确**需要协助呢？万一她把宝宝递给凯特呢？在她家里突然有个婴儿出现，整个威尔斯巴顿肯定会交头接耳，议论纷纷。凯特应该事先请教桀夫神父该怎么做，也许他晓得可能有什么远离城镇的养育院，或是什么低调的领养机构会展臂欢迎这孩子。可是，不知为何，琳妮希望宝宝留在老妇身边，也不想让人通过宝宝追踪到她。如果要把宝宝转移给某对夫妇或某家机构，凯特就必须参与其中。即使桀夫神父小心行事，也可能产生最后转回琳妮的环节。也许宝宝在目前所在之处安好无恙，凯特如此希望着。

她绕过转弯处，东西赫然映入眼帘：经过装饰的邮箱，一座灯塔。她跟图画对照了一下，看出就是这个没错。灯塔往下，那表示不再等待邮件寄送，可是除了把灯塔画成垂直的之外，琳妮画得惟妙惟肖，甚至把脸都画进去了。凯特大声地说："你真厉害啊，亲爱的。"

她转进车道，沿着碎石路往上开。

那个场景也与最后一幅画有着极为精确的相似度。车道的两侧田野绵延，远端有一栋设有前廊与小窗的简朴房子。接着，就在她把车开到房子前侧时，却看到了不在琳妮画中的东西。前廊之前的地上插着木头标识：**待售**。

凯特走出车外。虽然春天已经来到，风势却依然强劲。她把外套拉紧，透过小窗看见屋内的家具。她敲了敲门，但风势猛烈，听不见任何脚步声，于是继续敲个不停，直到觉得够了为止。

她双手掬成杯状，点燃一根烟后步下前廊。

那里是四十二号逃进去的树林。她凝望树林，心知不管他人在何方，都已经离开此地许久。她想起丈夫起初开始在盒子工厂待到很晚时，自己心里那种茫然的感受。她不知所措但满怀恐惧，莫名地就是明白，让他在外流连到晚的并不是工作。但她有好几个月的时间可以先适应他抛家弃子的想法，直到那个恐怖的晚上，内心那股熟悉的力量终于涌现：是她该**查个水落石出**的时候了。她把孩子们托付给邻居，开车到工厂去。主管很是诧异，凯特的丈夫竟然以加班来当理由（他说，员工已经有好久都不加班了）。心思愈来愈清楚，她沿着威尔斯巴顿的每条街行驶，车速愈来愈快，寻找着他的车子。最后，她看到他的车子就停在珍奈特·多里的公寓外面——还看到丈夫陪着有孕在身的珍奈特迈下阶梯。

真是糟糕透顶。可是望着这片树林，凯特想到琳妮凄惨得多。她在一夕之间就失去了初恋与唯一的爱人——以及宝宝。

凯特摇摇头，往空中吐出一口气。开始落雪了。

她绕过房子，看到一座谷仓、鸡窝与工具棚。她朝着房子二楼仰起脸，里头没有一处亮着灯光。

你只能怪自己啊，她走回车子的时候心想。不，她可以把错怪在更动档案的人身上。她可以怪讨债公司、米琳达的歪齿、对吉米可能被征召入伍而有的恐惧。她可以怪自己当初勉强同意琳妮的看法，认为如果学校里没人发现，宝宝无论如何都会有更好的人生。

她又顺着车道开出去，一面祷告："天父啊，不管那孩子在哪儿，请你守护她。请进驻她的心，这样她往后就能寻得你。"

雪落得愈发浓密，她开启雨刷与广播，为驶回威尔斯巴顿的路上不大可能遇到什么车辆而高兴。接着，她想到自己终将走进家里，在镜中面对自己——以及明天面对琳妮。琳妮的眼眸不会流露控诉的意味，不过凯特的良心将会永远隐隐作痛。

她开到了马路上。之前还没把车头灯打开，现在一开，倒是看出了他的身影：站在邮箱边的年轻男子。他双手伸进邮箱，似乎要取走邮件。他的别克轿车停在路肩，引擎还在转动，驾驶座的车门敞着。他望进她的车头灯，原来是个少年，穿着威尔斯巴顿高中的校队夹克。

她猛地关上广播，接着就听到对方的广播声。一定是他没听到她驶来的声响,现在才露出这么惊愕的神情。

她摇下窗户。

“我可以跟你谈谈吗?”她问。

“女士,你是来看农场的吗?”他似乎刻意装出自信的语调。

她瞥瞥那些图画,然后转回去说:“我想找住在这里的女士。”

男孩脸上一派平静:“我是负责照顾这里的人,除了她想卖掉农场之外,我什么都不清楚。”

“你知道她在哪里吗?”

“我刚跟你说过,我只是负责照料农场的人。”

“你一定知道什么吧。”

“我发誓我真的不晓得。”

“那么,”她边指边问,“你要把邮件拿去哪里?”

他低头看看双手,再次抬头。

“我不打算惹麻烦,我只是想知道……”凯特说。她噘起嘴唇,用手指摆弄项链上的十字架:“我只是想知道她是否都好。”

“她状况好得想要卖掉农场了。”

凯特望着飘飘落雪,想起了琳妮的意愿。但这是凯特唯一的机会,如果她不勇于发声,下半辈子都会陷在内疚的焚炙里。

“不是,”凯特说,“我的意思是,是不是一切安好。”

男孩望着她,露出不懂她在说什么的表情。

她呼出一口气:“那个宝宝。”

奥利佛领着凯特回到罕斯贝利药房,接下来的三小时,一场出其不意的春雪在后门外高高堆积,凯特与依娃促膝长谈。午后渐渐转为黄昏，两人喝了足足两壶茶。等到凯特起身时，两人共同做了个决定。她们不会跟琳妮说起宝宝的经历，也不会要求玛莎把宝宝带回来。她们要当只跟对方通风报信的信使，而且只会传递两项讯息——宝宝在人生中是否顺利茁壮，琳妮是否改变了主意。如果宝宝的状况不佳，或者琳妮的处境有所转变，她们就会打破隐匿的誓约，否则就依她们目前的做法。她们俩双手交握，热情拥抱。凯特走进小巷时，雪依然簌簌飘落。她轻轻拭干泪眼，带着决心挺直肩膀，快步走入夜色。

第二部

出走

撒玛利亚人的知音

侯蒙

一九六九年

警车后座变得愈来愈熟悉。

又来了，迎向侯蒙口鼻的又是那股气味：香烟、皮革、汗水与咖啡。美丽女孩一定会很讨厌这种五花八门的混杂味道。现在是早晨（平地的清爽早晨，放眼尽是矮丛与青草），所以还加了甜甜圈的味道，让他的肚子因饥饿而纠结成团。他气呼呼地坐在那里猛捶大腿。**第五次坐警车了！第五次，因为自己不留神或是饿到粗心大意，现在你又重蹈覆辙了！**

他在胸前使劲地叉起手臂，瞪着分隔后座与前座的铁丝网，在后视镜里瞥见自己的映影。什么鬼样子嘛，满头乱发像是还没剪毛的绵羊，皮肤脏兮兮的，衬衫上到处是食物、尘土跟破孔，眼神狂乱。他嫌恶地摇摇头。美丽女孩只在他心里陪他，或许还比较好。

车子往前走动时，他努力要让自己镇定下来。他已经尽力了，就像之前几次一样。他举起双手，甚至试了自从到陷阱以后就发誓再也不做的事——放胆开口说话。他竭尽自己的记忆，出声说："我聋了！"他再三反复地说，警察面面相觑，最后才有些听懂。他们没把他丢回陷阱，也没把他扔进监狱，甚至没去查看他是不是通缉犯。感谢上帝，他这么想着，虽然他也不甚了了。

不过，最初一次他并没有这么做。那时，警车不疾不徐地沿着主街行驶，经过做着他从没体验过的事（众目睽睽之下牵着女友的手、买份报纸、大步走进杂货店）的民众。他现在倒是想起当初是怎么开始的。起初他就是因为醉心于观察日常生活，才被丢进第一辆警车。他原本以为在山脊那边远观棒球赛，算是躲得好好的。可是，一定有人看到他也跟着一起乱玩，于是心生歹念；就像韦恩·苏利文一样，只是那人开的是运货卡车。

现在，侯蒙眺望窗外，看着自己搭乘的车子正往警局开去，倒不觉得有什么好讶异的。他的心怦怦猛跳。要是他们按照其他警员对待他的方式来处理，那么他就安全无虞了。他屏住气息。

头一次，在洞穴里痛扁他一顿的男孩们将他扭送警局。他们停靠车子时，侯蒙临危不乱地往卡车边缘瞥去，看见男孩们在对警察说话。从男孩指着自己脸孔（被侯蒙打得瘀青）的样子看来，侯蒙认为对方控诉他主动袭击。**真是颠倒是非的世界啊，对吧？**他想象自己这么告诉美丽女孩。警官敦促侯蒙走进警局，侯蒙忖度哪个更糟——是打架得到的瘀伤，还是自己的恐惧？

他们要他坐在板凳上，男人们走过来，摆出吼叫的脸孔。一人把纸张与铅笔递给他，另一人在他面前摆了张图片。从那些波形曲线看来，侯蒙晓得那是地图，只是形状看来像是连指手套，而非跳跃的小鹿。女士拿三明治与汽水来给他；他想到点点跟布丁，于是吃下三明治，但略过饮料不碰。恐惧感一直阴魂不散。他仍然穿着靴子，因为靴子里的钱可以带给他信心。得用某种办法——而且要很快找出办法，他就是想亲口对美丽女孩讲讲这次的经历。**用某种办法**。最后，两个没穿制服的男人带他到一辆未装警用灯的车子旁，把他放进后座之后开车出发。

在一长串无法与人互相理解的状况后，这回又新添了一笔。夜幕低垂，他们仍继续奔驰行驶。除了湖泊与树木之外，放眼也看不见多少东西。他们抵达某座城市的边缘，接着打开车门，把他拉出车外，进入寒冷中。

他们站在某个窗户敞亮的地方前面，陪他走了进去。那儿闻起来就像陷阱里的洗衣间，他因为想起美丽女孩而浮现笑容。里头也暖烘烘的，机器正在搅动待洗的衣物。当他转向那些男人时，却看到他们已经到了屋外。他紧追在他们后头，却只能眼睁睁看着他们的车子开上马路。

他还是自由之身！可是，看到他们的车尾灯消失时，他明白了。他被载到离他们城镇非常遥远的地方，像脏衣物一样被抛开。

那样的事情再三发生。他总会找到新的藏身处，拿到新的一批衣服，然后撑过几周时间。之后有人会撞见他，看他是个疯疯癫癫、不修边幅的讨厌的聋子，他就会再次遭到驱赶。有一次他们甚至把他丢在公车上，递一张车票给司机。美丽女孩跟小家伙全靠他了。早晨他还是会在自己的脑海里看见她们——美丽女孩会对着红头发胖胖的小化妆镜呼气，然后用手指在上面画出他的脸；小家伙在玩具浮浮沉沉的浴缸里溅起肥皂泡泡——可是，随着每天过去，**用某种办法**似乎愈来愈遥不可及。

警察现在路过警察局了。他呼出那口气。他们继续往镇外开去，进入篱笆隔成一个个区域的棕色土地。他们只是继续行驶。牛群在远处吃草，用支柱撑高的机器像鸟儿般反复啄掘地面。

许久之后，车子在独门独户的牧场平房前方停下，一对白人男女走了出来。他们顶着银白发丝，身穿浆挺的衣服，面容看似不大习惯微笑。男人替侯蒙打开车门。站在**银发夫妇**旁边时，侯蒙觉得自己褴褛不堪、浑身发臭，他想象不出他们为何要把他迎进屋内。此后，当他回顾当时，总会觉得这个时刻开启了他到目前为止最让人困惑的人生篇章之一。不过，现在单单能走进一间房子，就已经让他满怀感激，从没去想他们会要求他付出什么作为回报。

他们对他如此之好，马上让他啧啧称奇。他头一次拥有属于自己的房间，里头备有书桌、带镜衣橱与床铺。衣橱里放满质料不错的长裤、带扣白衬衫、粗布工作服、白汗衫、睡衣与袜子，甚至还有衬裤呢。一天有扎实的三餐可吃，银发太太料理得可口又热腾。他们不会摆出吼叫的脸孔，而把他当成他们的三位客人之一来对待，只要求他到屋后去照料猪群。

银发夫妇也要求另外两位客人做点事情。其中一人的肤色像黏土般，绑了黑色发辫，体格粗短结实。另一位骨瘦如柴、粉刺满脸，顶着一头金发。他们的杂务是要陪银发丈夫开车去检查后面的啄掘机器，跟银发夫妇一起看电视布道家，下午时共读一本书。侯蒙初抵达此地时，在自己的床罩上找到了一只棕色小行李箱，里头就有同一本书。这本书挺厚的，有皮质书封，金色书页描边。里面的图片有长须老人握着棍子举向空中，河流往后退开；一艘挤满动物、即将启程的船只；射发弹弓的男孩。他猜想是《圣经》。麦林托克斯家的小伙子们跟他讲过《圣经》的故事——面包与鱼的奇迹、善良的撒玛利亚人。也许这些是别的故事，可是他怎么会懂？他把书放进行李箱，然后把箱子塞入床下。所以，下午大家拿着那本书坐在饭厅餐桌时，他就到车库去，里头堆满了故障电视、老贩卖机、有待修理的书架等“宝物”。猪圈跟车库都闷热到了可以煎蛋的地步，但是身边有猪群、工具箱以及他梦中女孩的脸庞，日子还过得去。

他想那两个小伙子可能跟他一样是被收留的，也许是在他们最落魄潦倒的时候吧。可是他们会阅读也听得见。他在车库里瞎忙时，会透窗望去，看到小伙子们一面专注地望着布道家，一面跟银发夫妇谈话，面前摊着那本书。他们甚至在用餐时牵手祷告。侯蒙一直好奇着银发夫妇是否会期待他的加入，可是他们任由他自行其是。他心想，这种安排也不坏。

只有一件事会让他焦虑不安。有时候他进屋里来，会恰好看到银发夫妇对彼此使使眼色。还有晚餐时间的对话，他们的眼光会朝他飘闪。看来，为了这种奢华生活，他必须付出的代价就是要让自己成为别人的话题。在想通该怎么离开以前，他可以先吞忍下来。

离开是个问题。他不是在那种可以躲在建筑物里或跳过货运列车的地方，他所在之处是只有一条长长的道路与独栋房子的土地。车子与卡车偶尔会呼啸而过，但是他要怎么抓住疾驰的车辆？放眼望去，没有交通号志或停车标示。他可以在滚烫的艳阳下直接走出去，可是警察当初都把他带来这里了，很可能还是会把他送回原地。

他考虑要偷走银发丈夫的车子。在车库里时，他会坐上那辆车，抚着方向盘；虽然跟麦林托克斯家与陷阱里的车子不一样，可是也没什么困难。即使他听不见其他来车，也没办法向别人问路，可是他两三下就能逃脱。只是事情迟早都会出差错，如果警方逮到他偷窃，他还来不及再度拥抱美丽女孩，就会先去蹲苦牢了。

接着某天早晨，银发夫妇用车载着他跟小伙子们沿路行驶良久，开到了十字路口，那里有餐馆、杂货店、加油站以及广阔无物的原野。道路交叉的地点上方闪着红灯。他们停进一片空旷的平原，那里已经聚集了一群男人。不久，一辆搅拌桶滚动不停的水泥卡车停靠过来，还有另一辆载满灰色砖块的卡车。那群人围绕在银发丈夫周围，后者举起扩音器，然后他们就去建造什么东西了。他们也期待侯蒙"共襄盛举"。他不晓得他们在建造什么，可是他们往地面倾倒水泥时，他看得出来这个地方会大到能轻易容纳以前到陷阱表演的马戏团。他们隔天又回去，再隔一天也是。用灰砖打造墙面成了他的工作。他也帮忙搭建屋顶，替厕所装置灯光电线与埋设水管，还搭筑起一座舞台(这个倒挑起了他的兴趣)。打造这个建筑的神秘感，以及银发夫妇家中的舒适，让他暂且把逃走的事情搁在一边。

接着某天，等他跟团队在建筑物里放好一排排的椅子之后，情势明白了起来。夕阳西下以前，他跟其他几人被派到屋顶做更多工作。他在那里看到有个巨大的十字架平放着，等待竖立起来。他帮忙把十字架竖直，维持在原地，让其他人把它固定好。往下一看，便看到标示了两条路会合处的红色闪灯。对面的加油站前有两名青年把行李放在脚边站着，伸出大拇指，加油机台旁有位卡车司机挥手叫他们过去。他们提起行李、坐进前座，然后三人就沿着马路扬长而去。

对哦，**拇指乘客**。他在电视上看过。他非这么做不可。

既然他们这阵子每天都会来，他要走到十字路口的难度并不高。比较棘手的是先冲到加油站里——还有如何在不开口的情况下让司机愿意载他。

有人打开一盏聚光灯，十字架大放光明，他踏出光束之外，俯望下面的工作团队。这番情景煞是美好，人人都在鼓掌。然后他望向马路对面的卡车，**那就是我们的解答啊，美丽女孩**，他心想。那番景象也很美妙。

隔天，银发夫妇、辫子男孩与瘦骨男孩头一次穿上了精美的服饰。银发丈夫穿上西装、别好领带；银发太太一身洋装，戴着珍珠饰品、套上尼龙长袜；男孩们穿着熨过的衬衫与领带。侯蒙正要如法炮制时，他们却摇头表示不用，示意他不必随行。他简直难以置信。他好不容易准备好了，而且他们一直表现得好像是他兄弟姐妹一样，却要把他一人抛下。

餐后，他到猪群那里寻求庇护。他望出窗外，看到大家依序坐上车，提着装了那些书的小行李箱。就在他们往马路行驶时，他在后面紧追不舍，但他们却兀自绝尘而去。他站在马路上，望着保险杠往地平线移动。他走到房子边猛踢外墙板，走到屋后晒衣绳那里猛捶裤子、衬衫与床单。这让他好过一点，不只是因为报了一箭之仇，也因为每击出一拳，他就感觉到建造教堂的过程让他的肌肉健壮许多。

他猛力摔门回到屋内。他可以大剌剌地走出去，而且应该这么做！虽然他在厨房来回踱步，一面眺望户外频频啄掘的起重机，却对自己承认，他不想再到外面受风吹雨淋，浑身脏污又恐惧，心急如焚地想找到灰尘漫天的小棚子歇脚。他必须离开，可是如果等到他们载他回到那盏闪动的红灯那里，至少可以搭乘卡车旅行，甚至随身带上新衣服跟一些食物。只是他必须先找到一只帆布袋，好把粮食全塞进去。不，他受够袋子了。他要用伴随那本书而来的小行李箱。

行李箱还在他的床底下。他到食品储藏室里捞了满怀的食物，然后穿越客厅。他看到那里的电视开着，一如往常有个布道家。为聋人开着电视有什么意义？他准备要走开。

接着，有什么勾起他的注意力。这场节目跟平常的一点都不像，是在一个巨大的房间里举行，座椅上人满为患。他晓得那些椅子，知道那个房间。那些墙壁就是他帮忙砌成的，还有那座舞台。舞台上的麦克风前站着一位身穿白西装的布道家，他摆出吼叫的脸孔，往空中高举双臂。他的情绪如此激动，头发在额头上弹跳。

侯蒙坐在沙发上，**弹发布道家**正要横跨舞台，汗水滚落脸庞。舞台看来的确不同凡响。关于磨砂与涂漆的做法，侯蒙相当固执，而他很高兴自己当初坚持过。他想象美丽女孩坐在他身旁，引以为荣地望着他。他十指交缠、搭在脑后，双脚跨上矮桌。

然后他注意到男人们把一个活动坡道推到舞台前方。真奇怪，弹发布道家又不需要坡道，而且他早就站在台上了啊。

他还没意识到，弹发布道家就已经向走道上的女孩挥挥**上来**的手势。她坐在轮椅上，后方有个女人帮忙推行。群众转向她们，年轻女孩跟女人的眼眸闪闪发光。

侯蒙把双手松开，坐起身来，手肘撑在膝盖上。

女人(看来是女孩的母亲)沿着坡道把女孩推上舞台，弹发布道家把双手贴在女孩的头上，嘴巴一直动着。那位母亲正在哭泣，观众们跟着一同祷告。女孩凝望布道家的双眼。

然后，弹发布道家从女孩那里把双臂往后甩开，摆出大大的吼叫脸孔，女孩就从椅子上站起来了！侯蒙真不敢相信自己的双眼。女孩往布道家走近一步，她母亲把手贴在自己的胸脯上，整个房间的人全都痛哭流涕。然后——然后——女孩就把轮椅踢开，又走又跳地越过舞台！观众们满脸笑容，又哭泣又鼓掌又祷告。女孩像舞者一样绕圈旋转。弹发布道家正举起双臂，群众随之起立。

侯蒙瞪着银幕。原本要坐轮椅的女孩，哪会突然跳起来变成芭蕾舞娘！**也许《圣经》里有面包跟鱼那样的奇迹，不过这一定是骗局。不**

管弹发布道家说什么，也不管他把手臂甩得多用力，原本不能动的腿不会就这样自己好起来，眼睛也不会自动看得见，大脑也不会，不然就是——

他大彻大悟，起了一身寒战。

隔天早晨醒来时，他正想着梦中美丽女孩的脸庞，她就陪他躺在谷仓的稻草上，小家伙还爬到了他们身体上方。他凝望着她们，确信自己的新计划非常正确。所以当银发太太把好衣服递来要他穿上时，他觉得自己已经做好心理准备。

他走进自己的卧房，穿上带扣白衬衫与烫得笔挺的长裤，把小行李箱拿出来，里面现在装满了餐具、罐头食品以及额外的衣物。他把那本书留在床铺底下，也把他们送他的鞋子留下来，套上原本的靴子，近来他才上过油。当他提着行李箱走出来，站在同样拿着提箱、一身正式打扮的小伙子们身边时，银发夫妇绽现笑容，没注意到事有蹊跷。

他们全都坐进车里，开始沿着迢迢长路行驶。他看出了之前从未考虑到的麻烦。辫子男孩坐在他的一边，瘦骨男孩坐在他的另一侧——就像守卫。他轻踏双脚，双手拍着大腿。他看到他们都在讲话，谈的内容可能是他。也许他们谈过关于他的一切，都是忙着谋划怎么把他送到布道家那里。

他望着自己的膝盖，摇了摇头。哼，反正他就要逃走了，事情到此为止。

接着，他的视线落在卡于两膝之间的行李箱上，顿时涌起一股罪恶感。他竟然准备用偷窃与不告而别来回报他们的盛情款待。他们要带他去做的事情或许徒劳无功，但他们只是在做自己认为正确的事。就这一点来说，他们远远好过多年来他偶遇的那些废人。他们为人正派，供应食物给他，让他有干净的床铺，不会故意对他摆臭脸。**也许你就是欠他们这份人情**，他心想，**也许你就应该乖乖走进那座教堂，照他们想要的做**。除此之外，万一他们晓得他有所不知的事情呢？——万一布道家**的确**有力量把他的听力带回来呢？

侯蒙自从遇见麦林托克斯兄弟以来，就没想过要恢复听力。此时他想起他们跟他聊天的情景，他们的双手恍如说着故事的嘉年华。他也忆起教会复兴日那天，他们全爬上树，贴到玻璃上；唱歌、鼓掌、喊叫与讲道声，透过窗玻璃舞动出来，钻进了他们的肌肤。从那之后，他就不曾怀念过听力。唉，曾经有些时候，他的确很渴望听听美丽女孩的声音，当然也会想听听小家伙吐出口的头几个字。要是陌生人听得懂他的话，他现在肯定不会陷入这个烂摊子。可是万一听力让他忘记怎么用双眼、皮肤、鼻子与嘴巴倾听呢？万一他得到的听力是劣质的，就像清晰不起来的电视影像该怎么办？

此时他透过挡风玻璃看见教堂了。他往长裤上抹抹手掌，一心巴望车子会停进前侧的停车场，那里距离十字路口只要一蹦一跳就到了，而且现在有卡车停在加油站。他们开了过去，他看出前侧停车场是给拄拐杖、用助步器与坐轮椅的人停放车子。银发夫妇进入后侧停车场，那里离加油站远得很。他必须抢先进入屋内——要是他脑筋动得快，就能找到藏匿行李箱的地方，然后趁他们没注意时，赶紧逃走。

他们加入穿越巨型前门的人流。一进到屋内，银发夫妇与小伙子们就忙着跟他们似乎认识的人握手。他想要溜走，可是总是有人站在他旁边。最后，在无止境的招呼声之后，他似乎有了机会。他的“守卫”们没有直接走向座位；他们要往厕所去，还随身带着他。

浴室前面排了队伍，那就表示他必须等他们小解以后才能逃走。他看看其他来教堂的人，心想如果有人开口要求，这些人会不会立刻逮住他。很难说，大部分人看起来就像银发夫妇那样富裕，或者像小伙子们那样穿戴整齐。有几位跟常人不同：戴着盲人墨镜的老先生、手腕上钳着丁字杖的青年。侯蒙望向他的“守卫”——前面的辫子男孩正瞪着空气看，瘦骨男孩到镜子前面梳理头发。没人监视侯蒙。

他的机会来了，也许是整天里面唯一的机会。他跨出一步——

有什么拂过他的手臂后侧。他转身，背后有个坐轮椅的少年，身穿藏青色长裤与休闲外套，白棉衫没塞进裤子里，头发留得比在场的任何人都长，长睫毛下的眼眸里流露出乐天的慧黠。他仰头望向侯蒙，动着嘴唇；正当他抬起手臂、摆出听力正常者讲话时会做的动作，侯蒙可以明显看出他的病情也影响了臂膀与双手。侯蒙才不要为了这个小鬼错失机会呢。他指指自己的耳朵，摇头表示听不见。男孩瞪大眼睛，然后点了点头。侯蒙往后退开，可是男孩再次伸出手，手腕在空中比出游泳的划水手势。接着他把棉衫底部拉起来指了指，侯蒙这才晓得，小鬼来厕所是想清空尿袋，好让自己排尿，但是无力自己处理。

侯蒙摇摇头。别找他，至少现在不行。男孩露出满怀希望的神情，侯蒙探出手强调：不行。他看得出自己的机会持续不久，于是扫视房间另一侧——辫子正踏进厕所隔间，瘦骨正在检查一颗面疱。侯蒙的目光回到小鬼身上，身子已经耸着肩表示道歉，可是看到小鬼眼里的希望化为失望时，回忆纷纷涌现。当时他正在奔逃，在火车站求过一人又一人，拼命想找人帮他买张车票。他试着开口讲话、比手画脚、哀哀恳求——人人都害怕地看着他或赶紧走过，害得他气急攻心，把面露不屑的矮子推倒，从侧门跑出去。他怎么**能**见死不救？不过是个小鬼，帮一次忙而已。辫子男孩正在小解，瘦骨男孩忙着把鞋擦亮，侯蒙可以加快动作——他在陷阱里当然清过不少尿袋。他放下行李箱，匆匆朝小便池一指。男孩把自己推过房间，开始拉下弹性腰带，到此就无能为力了。侯蒙做了自己做过上千次的事：取出管子让它流干，再把男孩的衣物重新拉整好。男孩感激地往上瞥看，也许侯蒙是第一个懂得处理这个的撒玛利亚人。

日行一善以后，侯蒙连忙转身——及时看到了辫子走出隔间，瘦骨从镜子转过身来。他的颈子一紧，转回男孩那里，对方正不可思议地挂着嘲讽的笑容望进房间，这使得侯蒙更仔细地打量男孩：有本漫画从他的外套口袋里突伸出来，雀斑点点横越他的脸颊，整个人散发着薄荷与巧克力的气味。

然后他朝着侯蒙仰起脸，往房间其他人的方向点点头，匆匆翻了翻白眼，只有侯蒙看到。侯蒙发出自己不知多久未有的第一次笑声，也跟着翻翻白眼。

能够遇到志趣相投的人感觉起来如此美妙，侯蒙几乎不介意跟“守卫”们回到大厅。就在他们护送他走入布道的房间时，他把思绪抛回矮冬瓜跟旋转陀螺身上。他循着走道往银发夫妇走去，逃走用的行李箱紧抓在胸前，想起自己后来变得多么享受拥有朋友的感觉，这个男孩（侯蒙把他叫作**撒玛利亚人的知音**）一定也有同感。当他们俩分道扬镳时，男孩朝着侯蒙伸出手，用手指压压侯蒙的指头，当成握手。

那天就这样持续下去。

侯蒙夹在瘦骨与辫子之间，学他们把行李箱塞在椅子底下。他想象他们抵达时看到的卡车早已离开，于是努力用念力召唤更多的卡车前来顶替。他拼命用念力要男孩们离开。

接着,两位穿着西装、身强力壮的男人顺着地板将坡道推到舞台中央。他们将坡道锁定到位之后,男孩们站起来向侯蒙比比起身的动作。他一时考虑要留在座位上,可是固执己见只会引人侧目。除此之外,如果他站起来,逃走的几率似乎还比较高——即使他必须把行李箱抛下不管。只有在他们带着两手空空的他朝走道迈去时,他才看到那里已经挤了多少人——撑丁字杖的、坐轮椅的、拄拐杖的,身旁有各种年纪与身材的随伴。身上没带个人用品是他最不该担心的事了,那么多障碍挡住了他的去路,才是他该担忧的。

男孩们走出那排座位,进入等待坡道的长长队伍。几个怀抱希望的人友善地点头让路,他跟男孩们站定的地方只离舞台几个脑袋的距离。

队伍前端的男人把胳膊架在女人的肩膀上,正拖着脚(完全包在石膏里)登上坡道。侯蒙知道自己只有一点时间可以查看四周的情势。他转向左侧,然后右侧,看到椅子排成数不尽的行列,以扇形往远处墙壁与侧门延伸。那么接近前方真是太糟糕了,他边想边转身;正如他所预期的,瘦骨就站在他后面,整个长队伍往后延伸到侯蒙的视线尽头。这房间跟河流一样难以跨越。

接着瘦骨后方的动静攫住了他的目光——有只手在腰部的高度挥着。

是撒玛利亚人的知音!尽管侯蒙的心一直往下沉,但还是粲然一笑。撒玛利亚人的知音也报以笑容。不过,有人用手搭着撒玛的轮椅。侯蒙抬起目光,看到撒玛后方有两个黑发女人满怀期待地凝望舞台,除了一人比另一人肥壮以外,她们的长相都像撒玛的家人。不过,撒玛理也不理她们。当侯蒙再次对上他的目光，撒玛用手指指舞台，摇了摇头。

侯蒙颔首表示同感，然后转身看到舞台的聚光灯此时打在一位盲人身上。他已经把墨镜抛开，脚步迟疑地往前走走停停，完全暴露出此时的视力并没有比之前好多少。为什么人要勉强自己吃这种苦头呢？他真的相信自己可以重见光明吗？还是，他只是为了取悦同伴才假装看得见？

撑着丁字杖的男人踏上斜坡，下一位就轮到侯蒙了。

他凝望巨大的房间，虽然他找不到银发夫妻，但他晓得他们正在看。他真希望自己当初没用偷来的食物塞满整个行李箱，真希望自己能够借由痊愈来回报他们的殷勤款待。可是现在他看得出来，这里的大多数人多么渴望被治愈，愿意付出一切来交换，但他没有那样的渴望。美丽女孩没有要求他被治愈。不管何时看到他（他原本的模样），她的脸庞总是会亮起来。如果她不在意治疗的事，他自己也就不确定想不想要，更别想要他假装了。等轮到他的时候（在舞台上、在聚光灯下、在全国的电视里），他将成为这位布道家人生中最大的败笔。

男人将两根丁字杖都卸下，把它们抛开。其中一根落在舞台上，另一根掉到了舞台下，就在坡道的底端。

侯蒙当初应该从厕所里逃走的。辫子与瘦骨会穷追不舍，也许在卡车旁边将他掠倒，可是那种状况总比变成当天的笑柄还要好吧。哼，他只是第一个笑柄。等撒玛也失败，他就有伴了。

他跟撒玛四目相接，撒玛深深看着他，鼻孔因愤恨而贲张。他把视线闪向瘦骨，瘦骨正跟撒玛轮椅后面的女人商量着。侯蒙还来不及反应，辫子就已经把他猛扯到一旁。女人们正把撒玛往前推去。

一切发生得如此飞快，侯蒙还没时间自问怎么一回事。他不需要——撒玛经过的时候仰头望向侯蒙，下巴僵硬、双眼濡湿。侯蒙同情地伸出臂膀，他们碰了碰手。

接着撒玛与女人们就登上了坡道。

弹发布道家把双手搭在撒玛头上，聚光灯往下照着舞台。侯蒙猛然转身，搜寻群众，希望有人看到他在撒玛脸上见到的表情，可是大家都忙着祷告。当他明白自己无能为力时，即使他从未祷告过，他决定现在也要开始。他会用双手来祷告，公开地直接说出来。于是他就这么做了，用力又快速地比着手势。

拜托，大艺术家，他祷告着，**如果你真的存在的话。撒玛只是个孩子。把他从那里弄下来，把我放到他的位置上吧。即使我看起来像是全世界的头号笑柄，那又怎样。弹发布道家是不是有真本事，我能不能得到自己都不确定想要的东西，我根本不在意。**

布道家的双手飞开。

撒玛坐在轮椅上瞪着布道家。

一次呼吸。两次呼吸。五次呼吸。

然后——

两个女人当中较为壮硕的那位大步越过舞台，停在撒玛前方。撒玛狠狠瞪着眼睛；虽然她扯着他的胳膊，但他并未站起身。眼眸流露怒气的她动着嘴巴；他也动着嘴巴，露出不服气的表情。她扑了上去。当撒玛往后退开时，她猛抓他的衬衫；接着他转过椅子，让她失去抓力。她把双手搭在臀上，绕过轮椅步步进逼——他的手臂往下滑向地板，伸进别人扔在那里的丁字杖扣环，当成破城槌一般举在自己面前。她震惊地退开，布道家满脸困惑。撒玛转身，紧盯侯蒙的眼睛。

侯蒙突然晓得该怎么做了。

他把辫子推开，飞快冲上坡道，抓住轮椅之后把撒玛带下舞台。他们抵达坡道底部时，瘦子正试着抓住侯蒙，可是侯蒙把他推开，抓起另一根丁字杖，把它塞在扶手旁边。他推着撒玛绕过背后的家人，然后他们就出发了，沿着走道全力冲刺，经过其他排队等候的人们，暴冲越过瞠目结舌的观众，把丁字杖当双管枪一样使用，逼迫任何意图拦下他们的人往旁边跳开。真是刺激极了。他们一路频频闪躲人群，排除万难抵达大厅，飞奔到屋外之后，冲往撒玛指着的厢型车。

侯蒙不晓得撒玛为何要离开，也不知道他想到哪儿去。他只知道自己成功脱逃了，撒玛也是，因为当他们抵达厢型车时，撒玛把身侧的一个包包推向侯蒙。侯蒙伸手进去，里面有个钥匙圈——串着厢型车的钥匙。

你听到我的祷告了——而且你还给我更好的！等他把撒玛放进厢型车，自己溜到方向盘后面，回头望向教堂时，心里便这么想着。他看到瘦骨、辫子跟撒玛的女性亲友都从教堂里狂奔出来，一路指着厢型车。可是撒玛已经用动作表示**马上**出发，即使小伙子们跟女士们正往这里冲来。侯蒙猛踩油门，撒玛欢喜地张开嘴巴，两人往马路上疾驰而去。

文字的历史

玛莎

一九六九年

“你看，茱茱，”玛莎说，“小鸭鸭长得好大了！”

她望进娃娃车，轻搓孩子黄褐色的卷发。茱莉亚望着前方的池塘，兴奋地踢了踢十个月大的双脚。“记得我们第一次发现这个公园的时候吗？那时小鸭子都还没出生呢。老天，有可能已经是九月了吗？”

茱莉亚无法回答，不过也无所谓；玛莎很爱跟她聊天。她是个温顺的孩子，聪明又可人；心形的脸庞宽大，深色的眼眸灵动，满头卷发就跟草写字体一样快活。茱莉亚不是一直处于快活的状态，反而时常露出严肃的表情，比起很多小孩来说，并没有那么笑口常开。可是不管玛莎何时跟茱莉亚说话，茱莉亚都会绽放甜美又信任的笑靥，而玛莎就会感觉胸膛一片轻盈。不过，那不是她常跟茱莉亚说话的原因，而是因为说话、到公园散步、堆积木、吹泡泡与拍手等日常活动，让她俩看来就像一对快乐的祖母与孙女。除了她们依然非比寻常的居住安排之外（替她学生蓝顿在新泽西枫木镇看顾房子），玛莎觉得很有把握要是两人继续过着低调以及隐遁的（先前证明有其必要）生活，没人会怀疑真相为何。

在鸭子池塘的边缘，玛莎坐在她们常坐的椅凳上。她头一次比艾娃梅与贝蒂早到这里。蓝顿终于要从他的避暑处返家了，她就是因为很担心今天稍晚即将面对的情况，所以在从枫木镇过来这里的路上把车开得飞快。她看看手表，原来才十点四十分啊。玛莎望向公园边缘，寻找朋友的踪影。**她的朋友**，她暗暗微笑。她的学生很爱学习文字的历史——你如果追溯“pajamas”（睡衣）的词源，就会回溯过往的时光，横跨海洋抵达印度与波斯。还有“hello”（喂）是亚历山大·格雷翰·贝尔发明的字眼，这样人们接听电话时就有点什么可以讲了。“你们使用的语言，”她曾经对学生们指出，“向我们展现了历史。”当她把目光抛向去年九月的玛莎，那片土地上却完全没有“朋友”这个词的迹象。

“玛蒂达！”

她连忙转身，艾娃梅与贝蒂正朝她走来，用娃娃车推着各自负责照顾的孩儿。玛莎挥挥手。

“我就知道你今天会早到。”艾娃梅说，嗓音深沉有如她在周日礼拜诵唱的福音歌曲。她负责照顾的四岁孩子奥黛莉从娃娃车上跳下来，跑向玛莎高喊道：“玛蒂达小姐！”贝蒂尾随在后，三岁的劳伦斯吸吮着拇指。

“当然啰，”贝蒂说，说话还带有爱尔兰口音，“她紧张嘛。”

玛莎拥拥奥黛莉。“你今天带面包来了吗？”这位幼童说。

“带了。”

“可以给我一些去喂鸭子吗？”

“好啊。”玛莎把手探进挂在茱莉亚娃娃车上的袋子，拿出一条新鲜面包。“嗯，今天是大日子，可是我希望一切都能平顺。”她对朋友们说。

“要是我就会一团混乱，”贝蒂说，“先生们整个夏天在国外工作，回来的时候脑袋瓜里就会冒出奇怪的想法。”

“以前有位先生要太太别再上班，所以她就再也不需要我，然后我就得重新找份工作。”艾娃梅说。

玛莎吸口空气，免得自己泄露风声：蓝顿没有太太，也不大可能宣布这种决定。可是她也知道，身为一位习惯宁静的成功艺术家，他可能会觉得身边有个老妇人跟婴儿很干扰。她们很可能不得不离开他的房子，还有这座公园跟这些朋友。

此时鸭子摇摇晃晃地走近。玛莎递点面包给奥黛莉，她把面包撕成碎片抛给鸭子。“它们喜欢你的面包，玛蒂达小姐，”奥黛莉说，“我也喜欢喔。”

“我前夫喜欢我烤的面包。”贝蒂往椅凳坐下时说。

“那种男人就适合你，”艾娃梅说，也低身坐下，“他喜欢你烤的面包，可惜还是到处拈花惹草。”

“反正我也不想要他回家了。”

“如果你当初别理会他的道歉，状况会好得多。当你靠自己做决定时，总是最好的。”

玛莎很渴望加入对话，谈谈自己婚姻的细节、居住状况、完整的个人故事。可是她怕自己错估她们的保密能力，只好屈就于带有戒心的友谊，常常只能静心倾听，发出同情的呢喃，这样似乎就能让她们满足了。毕竟，她是个照顾小孩的年长妇女，就跟她们一样，而她们喜欢有她作陪。

也不是说艾娃梅跟贝蒂就认定玛莎是保姆。她们见面的头一天，她沿用了自己先对亨利与桂希拉说过，后来也对蓝顿讲的谎言。那天，她才刚开始探索枫木镇，无意间找到了附近南橙市的这座公园。她带着茱莉亚走向一把长椅，看到两位年龄相仿的妇女，肤色一深一浅，顶着满头白发，身旁放了娃娃车。她跟茱莉亚讲话时，女人们坐在板凳上放声笑着，随行的孩子们忙着喂鸭。然后，就在她把睡着的茱莉亚推回道奇车时，却听到低沉的嗓音说："你那孩子真漂亮。"玛莎望过去，长相有爱尔兰味的女人说："那么有规矩，是家族遗传吗？"后来玛莎才了解，那番话就是给玛莎暗号，要她表明自己是保姆，而茱莉亚跟她没有血缘关系。可是近来才开始需要说谎欺瞒的她，还是端出那套已经用过的谎言。"她是我外甥女的孩子。"说到这里她选择润饰一下，"外甥女在曼哈顿工作，她先生为了业务得出国，需要有人帮忙照料。""有重操旧业的感觉吧？"贝蒂说。玛莎用手拂过茱莉亚柔细的卷发："我自己没生孩子，对我来说是新的尝试。"艾娃梅把一包糖果往她那儿递去。"明天再回来，"玛莎伸手进袋时，贝蒂说，"我们会教你。"而她们就从桂希拉停下的地方开始离去。那套东西仿佛是母亲们之间的秘密语言，只有女人迁入那块遥远的领地时才会知晓。

"我们应该给你更多希望，也许什么都不会改变。"贝蒂说。

"我只能希望他们会要我留下来。"玛莎说。

三位朋友拿出各自的午餐。她们用餐时，玛莎暗地盼望蓝顿真的会要她留下。他上一次从鳕鱼角打电话来时，暗示她不需要赶着离开，还补充说他接了好几份创作委托，大多时间都会在他的金属加工工作坊里忙。玛莎只是担心，一旦他意识到孩子会带来的干扰，也许会有不同的感想。

三位朋友吃完午餐，把纸袋捏卷成球。如果茱莉亚可以跟劳伦斯、奥黛莉、艾娃梅与贝蒂一起成长，不是很好吗？玛莎把她从娃娃车里提起来，紧紧抱住，然后往外眺望池塘。**"child"（孩子）这个词的历史是什么呢？"mine"①这个词的未来又是什么？**

---

① "我的"，这里指的是"我的孩子"，也就是茱莉亚。

玛莎开车转上南橙大道，茱莉亚在后座呼呼大睡。玛莎心想，自己在这里觉得好自在啊。这个区域房价高昂，是个帮忙看管屋子的理想地方。她们最终会有更多钱的；依娃来信说她认为很快就能找到农场买主，而且玛莎随时能重拾教鞭。不过，要教书也得等茱莉亚上了幼儿园才行，那离现在还有四年。**四年啊，**玛莎牢牢抓住方向盘，她都七十一岁了。每天艾娃梅与贝蒂都会谈起膝盖疼痛或害怕摔坏臀骨的事，玛莎自己也不得不承认该放慢脚步了。她觉得自己仿佛在参加一场竞赛：茱莉亚的自由 VS 玛莎的健康。她想起去年春天亨利用力关上道奇车门，快步走到驾驶窗旁道别时说过：**齐门太太，一切都会水到渠成的。**他说得没错，去年夏天蛮顺利的，所以她只要相信接下来的几个钟头、几个月也会一样（求求上天帮忙，她不想太过贪婪，但也盼望接下来的许多年都能平平顺顺）。

不过，她很清楚自己离开亨利的旅馆时，亨利在仓促之间送出的祝福其实是出自他惯有的乐观态度。就在沿着怀俄明大道、朝着蓝顿的房子行驶时，她忆起了那个恐怖时刻。茱莉亚人生的头几个月，她们留在旅馆的那段时光，时间平均分配在平静安宁、游戏嬉耍与养育孩子上。玛莎写信写得很勤，有时写给以后的茱莉亚，有时写给依娃在这一切最初发生时写信通知过的学生们（依娃当时要大家把信件转寄到她那里，她会先把信件装进牛皮纸袋，然后再寄往旅馆）。亨利也需要额外的帮手，所以有些日子的下午，玛莎会趁茱莉亚入睡时坐守在柜台帮忙。到了晚春，玛莎写给茱莉亚的信累积了不少，于是桂希拉给她一只纪念收藏盒——两英尺见方的木盒，盒内铺有毯布，盒面刻有花朵与其他动植物。顶端有条铰链，不管玛莎何时放进一封信，铰链就会发出雏鸟被喂食的欢喜尖鸣。那时玛莎就会想，**即使他们（不管是谁）来把茱**

莉亚带走，她都能紧紧握有我的话语。

然后，五月的某个周日——多讽刺啊，那天正是母亲节呢——她开车路过常带茱莉亚去喂鹿群的保留区，一面告诉自己不该去想那个日子。可是发生过一次，就还会再发生；她无法让自己忘记。

玛莎帮孩子们替桂希拉烤了个蛋糕，然后带茱莉亚回到一一九号房休息，等候晚餐时间。她穿着从农场带来的一件洋装躺下。就在半睡半醒之际，她听见有人跑到她的门前，态度坚持地敲着门。“齐门太太?”是桂希拉。

她一把门打开，桂希拉就飞奔进房，把门关牢:“大厅有个男人在找你。”

玛莎往后退了一步:“是谁?”

“他只愿意透露来这里是为了公事。”

“什么?”

“他不愿意告诉我是什么意思，他说他只肯跟你谈。”

“他没给你什么暗示?”

“他说……他说你有一个失踪人口的消息。”

玛莎强逼自己稳住目光，这样就不会转身去看茱莉亚。

“他……他是警察吗?”

“他没穿制服，可是他说他是学校过来的。”

“学校?”

“这说不通啊，失踪人口、学校，你都退休了。”

“你跟他说了什么?”

“我说你出门去了，说等你回来时，我们会打电话给他。他说他千里迢迢过来，想住下来等。我们没办法推说这里都已经客满了，因为整个停车场空荡荡的。”

“他人进房间了吗?”

“他在大厅。我想叫他离开,可是亨利说我们采取任何行动以前,都应该先跟你说。”

玛莎最后转身望去。茱莉亚,美丽的茱茱,正躺在摇篮里沉睡。她坐到床铺的一角,把手贴上茱莉亚的胸膛:“噢,天啊。”

“他一定是弄错了,你根本不晓得什么失踪人口的事啊。”

玛莎垂下手,搭在大腿上。

“茱莉亚,她真的是你的,对吧?”

玛莎点点头。她用手指拂过茱莉亚的小洋装,然后握住对方的小手,最后望着桂希拉。“我们一定要离开,”她说,“你能帮忙吗?”

就在那个小时里,她们离开了。亨利什么也没追问,只是帮她们从后门匆匆搬离。桂希拉负责坐镇柜台,大厅的那个男人频频查看手表。后来,就在亨利接下柜台的工作时,桂希拉拨电话给蓝顿。人已经在鳕鱼角的他说,玛莎整个夏天都能住他在枫木镇的房子。

这种状况不会是常态的,她沿着小路偷偷溜走时对自己说。可是,不晓得自己是怎么被找出来的。她竭尽一切力量躲藏,甚至愿意对那些还不认识的人使用假名。她寄信给依娃时,不会再标上回邮地址。

正当玛莎往枫木镇的房子开去时,蓝顿的那辆捷豹已经停在车库前面;他早已把车库改建成金属加工工作室。**请说我们可以留下来。**可是,如果有必要,她们还是会离开。

玛莎抱着茱莉亚穿过后门。厨房里弥漫着面条与辣酱的香气,客厅传来爵士乐,茱莉亚发出疑问的声音。她们穿越门厅,经过蓝顿等着抬上楼的行李箱，路过玛莎摆放他邮件的桌子。掉在地上的几个信封就留在原地。玛莎望着那片混乱。她有办法跟这么杂乱无章的人一起生活吗？

她们步入客厅，穿着黑毛衣与黑长裤的蓝顿正坐在椅子上，一手捧着电话，一手拿着信件。她们站在拱门底下，他在视线扫到她们时挥了挥手。“我得挂了。”蓝顿对着电话说。玛莎闻得到房间另一端的古龙水味。她都忘了古龙水的事了。当初他回到这栋房子把钥匙交给她的那晚，她还蛮喜欢那个香味的。可是现在，在这个有温牛奶、苹果酱与烤起司三明治的家里，古龙水闻起来有点格格不入。茱莉亚在玛莎的怀里蠕动不停，玛莎赶紧把她抱到饭厅里的游戏围栏。

玛莎坐在地上，越过围栏把茱莉亚最爱的娃娃递给她，那时便听到蓝顿挂掉电话，放声喊道：“齐门太太！”

她转身时，他正大步跨进饭厅。接着他往茱莉亚瞥一眼。“她长好大了！”他俯瞰着说。**我以前也是那样**，玛莎心想。现在她会弯下身与孩子同高。蓝顿还不打算那么做，于是玛莎站起身来。

“齐门太太，”他重复道，“这个夏天有你们帮忙看家，真是太棒了。”

“是我们的荣幸呢。”

“可是，噢，看看，”他把信用力塞给她，“你注意到这个了吗？”

“是什么？”

“是罗沙堤基金会寄来的，我拿到了他们的美国艺术大师奖助金！为了我对美术的贡献，要给我五万美金！”

“好棒啊！”

“我都乐翻天了。”他稍稍踮脚转了个圈，“不过，其中有诈，虽然对你，还有那个俏皮的小宝宝来说，没有什么影响。”

“有诈?”

“我必须要向大众实地示范几次,让他们看看金属雕刻家到底在做什么。可是他们会直接去我的工作室。你们根本连他们来这里都不会晓得的。”

“我确定我们不会的。”

“噢,我收几个学徒就是了,都是短期的。你不会在房子里四处碰到陌生人。”

她强逼自己微笑。

“我知道你一直在想能不能留下,所以我要直截了当地讲重点。留下来！留下来吧!”

她再次朝着游戏围栏弯下身子:“你听到蓝顿叔叔说的话了吗？他真是大好人啊。”

“糟了,”蓝顿说,“意大利面!”

她看着他朝厨房拔腿跑开,等到他离开视线范围之后,她才转而望向茱莉亚的眼睛。“我们现在要怎么办?”她说。

那天晚上玛莎哄了好久,茱莉亚才睡着,不过她根本不介意。她虽然对蓝顿很有好感,可是这种状况让人难以接受。然而她想象不出该怎么拒绝他的邀约。在教室里,玛莎要找到适当的字眼向来不难,可是这种能力却无法在教室门外持续下去。连跟厄尔也是(跟厄尔一起时**尤其如此**),让自己的主张、观点,甚至是偏好退居在他的后面,这样反而容易得多。她从没想过要质问自己,看看自己是否缺乏表达自我的勇气,还是说她觉得他比自己更为重要;她只是在配合别人时变得愈来愈得心应手。现在,她处于自己人生的新阶段,以前从未吐出口的那些话语，她说得出来吗？

她希望答案能够自然浮现。走下楼时，她发现蓝顿正在客厅，用酒瓶斟酒来喝。“厨房有茶给你。”他说。

她在双人椅里坐定，茶杯搁在身边，埋头忙起织毛线；他告诉她这个夏天的精彩之处。他滔滔说着在鳕鱼角生活的故事；她沉浸其中，最后在她喝完茶时，他转移了话题。“齐门太太，感觉起来如何呢？”他说，“突然有个婴儿要照顾？”

她望着他的盆栽。茱莉亚喜欢会开花的那几盆。

“我是说，跟你原本设想的一样吗？如果你曾经设想过的话。”

她定定瞅着手中的毛线，开始有条不紊地扯动它们：“我已经独居好多年了。丈夫还在世时，有他在身边我就能得到慰藉。只要听见他从其他房间传来的声音，就足够让人满足了。”她没提让人觉得有缺憾的地方；虽说想到现在每天感受到的乐趣，就会忆起过去曾经怀藏的不满。“时间晚了，”她说，“抱歉，我在胡言乱语。”

“不，拜托，请继续。以前我有过可能的对象，但结果惨不忍睹。除此之外，我不晓得自己人生中有没有过重要的人，更别说是小孩了。要承认这一点还挺尴尬的。”

“不用觉得尴尬，我咚咚跑来你家，还带着一个孩子呢。”

“那你也不要再觉得尴尬了。”

她织了一会儿毛线，最后说：“我想可以说，身边有茱莉亚，让我觉得自己的生活又有人陪伴了，虽然跟我过去失去的那种不同。”

“你的意思是？”

她停下编织的动作，合上双眼：“即使在楼下客厅，我都觉得自己好像听得到她的呼吸透过天花板传来。即使闭着眼睛，我也看得到她在摇篮里睡觉的模样。她的脸在透过窗帘照进来的街灯之下，显得好平静啊。我觉得她也晓得我在这里，那样……真的很好。”她睁开双眼。

他又倒了杯酒：“想喝吗？”

她摇摇头：“我丈夫生前一滴酒都不碰的。”

“不好意思，可是他不是过世了吗？”

“习惯久了都会根深蒂固。”

“是呀，某人都七十岁了，还带着外甥女的宝宝，离开她大半辈子唯一认识的家，还真是跟水泥一样坚固不移哦。”

她放任自己淡淡一笑。

“来嘛，齐门太太，享受一下生活。”他从架子上抓下玻璃杯，拿起酒瓶悬在上方，“只要一点点？”

“好吧。”

他倒满一杯：“这样你就能喝个痛快。”

她有五十年不碰酒了，却在这种状况下破戒，感觉蛮滑稽的。不过，让她诧异的是酒竟然颇为可口。**厄尔不在这里，**她啜饮第二口，**茱莉亚在这里，蓝顿在这里。我也在这里，不管我是谁。**

她放下空的玻璃杯，意识到自己有了歪斜的感觉。虽然她不希望有这种感觉，不过却因此减轻了与对她敞开家门的年轻人同坐此地的尴尬。她举高编织的物品，手移动起来有些吃力。

“我可以问你一件事吗？”蓝顿说，“不想回答也不用勉强。她不是你的侄外孙女吧？”

玛莎不由自主地对着织物微笑，然后，重新掌控住脸部表情，抬头说：“跟我说说你为什么有两个家，蓝顿。”

他用手拂过发丝：“有些人就是静不下来。记得我以前老是想把铅笔削尖吗？我一天要削大概十次，就是为了趁机看看窗外。”

“我记得。”她笑得更开了。

“我寄放在画廊的作品开始有销路时，就想要有第二个可以隐遁的地方了。你也知道，我爸妈在我上大学以前便搬去了新泽西，这栋房子离他们有点近。我不知道你的看法怎样，可是我跟某些人在一起时就没办法做自己。然而我又不想放弃这个地方，所以开始在夏天的时候离开，沿着海岸往北或往南租个地方住。我到鳕鱼角拜访一位朋友之后，决定在那里买个家。”

玛莎听到沉睡中的茱莉亚发出声音。

“你要去看看她吗？”蓝顿过于担心地说。

她摇摇头：“她做快乐的梦时，就会发出那种声音。我一开始也想不通要怎么分辨她做的是好梦还是噩梦，后来就愈来愈容易了。”

“你真的很爱她，对吧？”

她垂下脑袋点了点，感觉双眼盈起泪水。

“我想到了。我在鳕鱼角的住处整个冬天都空着。那里是那种整年人气都很旺的小镇，所以有暖气设备，也蛮隐秘的。你应该待在那里而不是这里。”蓝顿说。

“你真是……真是大方。”

“我们五月的那场谈话里我说过，能替对我人生有重大意义的人做点事，是很好的。况且，你也起了变化呢，齐门太太。”

“什么？”

“你看起来比较……噢，我很不想说出来，但还是说好了。你看起来比较没那么寂寞。”

她往上瞟着他。

“在学校，你都一副兴高采烈的模样，在圣诞派对上也是。可是，有时候你会露出另一种表情，就是悲伤的模样。遥不可及的样子。”

她内在的挣扎有这么明显吗？要是她连自己都藏不住，该怎么把茱茱藏起来呢？

“那就是我替你做那个灯塔人的原因，”他继续说，“我希望有东西能陪伴你。”

“真的吗？我都不晓得。”

“但你现在完全没有那种表情了，而且还穿起长裤跟女衬衫，不会老是穿洋装。发型也不一样了，没绑起来。”

她觉得自己脸一红：“有茱莉亚在身边，有时候梳头发跟熨衣服都不大方便。”

“重点是，你看起来没那么伤心了。我想这一切——不管是怎么回事——对你来说都很好。”

她瞅着他：“即使你不晓得是怎么一回事也是吗，蓝顿？”

他啜饮最后一口：“即使我不晓得也一样，我也不需要知道。”

于是十月的某日，就在树叶的色彩最为缤纷艳丽的时候，玛莎与茱莉亚开进了鳕鱼角哈里奇港镇的一条车道。

要向艾娃梅与贝蒂道别很难受，尤其是在欺瞒的阴云笼罩之下：她告诉她们侄女即将搬家，因此邀她一起同行。她承诺会保持联系，问她们能不能送她照片留念。然后她开车离去，因为失落而浑身颤抖。这样的生活她们能持续多久？除了浅交的友人，她能不能结交到知晓她人生故事的知己？

蓝顿的房子在主要道路二十八线道岔出的小路上，高高俯瞰着水面。与邻家一样，这栋铺有灰色木板瓦的双层房子，入口设在侧面。侧边有块小草坪，草坪上种有绣球花树丛、雪松、吊窗花盆箱，以及沿着后方篱笆生长的玫瑰果——放眼即可见平静的南塔克特湾。玛莎打开车门，把茱莉亚带出来，差点因为带盐的气味而心醉神迷。

她轻轻摇晃茱莉亚。"看，"她说，"我们的下一个家。"

她凝望四周，其他房子的窗里都没透出灯光。

"嗯，我们的确很有隐私呢，只是要确定隐私不会变成寂寞。"

她往街道瞥去。有栋房子外头架了把梯子，往上伸至二楼。男人正从梯子爬下，黄金猎犬忠诚地守候在梯子底部。

"茱茱，"她说，"你说我们该怎么办呢？"

茱莉亚望进玛莎的脸庞，伸出小手拍拍玛莎的脸颊。这是她们俩的诸多习惯之一，总是把玛莎逗得呵呵笑，也让茱莉亚自己笑出声来。

艾娃梅说过：**当你靠自己做决定时，总是最好的。**

"没错，"玛莎说，"我们可以交新朋友。"

她关上车门，用鼻子蹭蹭茱莉亚的脸，然后走去跟带着狗的男人见面。

鬼　魂

侯蒙

一九七〇年

撒玛用细棍敲击仪表板，指着前方路旁的停靠处，不过侯蒙老早就看到了。

他们同行这几个月以来，他有很多机会练习找到拇指乘客。有了第三个人就表示厢型车里会多挤一位，能够避开正积极搜寻相偕在逃的白人少年与黑人男性的警方耳目。有了第三个人也表示有另一双手可以帮助侯蒙，一起想办法把撒玛推入露营场地，或是当阶梯高到无法使用存放在厢型车里的携带型坡道时，将他抬上阶梯。那也表示多了一个同伴可以跟他们同欢共乐。不过，即使只有他们两人，跟撒玛共度生活也一直乐趣横生。他们进入这片红岩山峦的晴朗土地时，侯蒙想到，就是因为一直很有趣味，有时甚至让心系归巢的他暂时把寻觅返乡路的问题抛开。

眼前几位拇指乘客跟他们之前载过的都不同。首先，她们是双人组；再者，她们是女生。可是也许她们会跟之前那几个人一样好玩，像是邀请他们到老家过夜的长发小鬼，从路边摊位买豆子送他们的灰发健行客，伴随他们经历各种惊奇（白沙沙漠、凿进峭壁的房子，还有泛着红橙黄色彩、往河流陡峭直下的庞大峡谷）的各种年龄层与肤色的男人。他们跟这两位，又会有什么样的历险呢？

侯蒙把厢型车停靠过去，女孩们抓起背包，朝他们跑来。她们比他年轻多了，比撒玛年长一些。高挑的金发女生穿着蓝衣紫裙，暗色短发的那位有种女牛仔的气势，穿着白衬衫配红背心与牛仔裤。

如同先前的每个人，她们打开车门时相当讶异。厢型车前方有驾驶座位，不过副驾驶座那一侧设有用来固定撒玛轮椅的轨道。厢型车后侧没有座位，只有一张锁定不动的躺椅、平平摊开的蛋盒泡棉、携带式的坡道，以及他们的衣物。侯蒙倾身过去摇下撒玛那侧的窗户，他不晓得撒玛在说什么，不过猜想大概是：**欢迎，女士们，我叫撒玛，这是我的聋人朋友，我不知道他叫什么。我跟他做事情的方式跟你们不大一样。躺椅是要给我休息用的，免得在轮椅里坐太久。你们可以尽情享用躺椅，因为我也喜欢当副驾驶。不然坐在泡棉上也可以，那是我睡觉用的。你们就先安顿下来，跟我说你们打算到哪里去。我们没有特别要去的地方，所以你们想去哪儿我们就去哪儿。**

侯蒙越过撒玛的肩膀望去，女孩们的表情调皮起来，撒玛跟女士说话的时候总会发生这种情况。撒玛一头浓密的黑发、心照不宣的笑容、几乎时刻在闪闪发光的蓝眼，浑身散发出某种爱好享乐的神态与男童似的俏皮，总是让女生难以抗拒。也难怪金发女孩会咯咯发笑，她把背袋丢进厢型车，一股草莓香随之传来。她朋友随后跟进，肩膀扛着袋子，一边手腕上戴着串珠手环。**草莓**把自己往躺椅上一抛，**串珠圈圈**则坐在泡棉上。

侯蒙等着踩下油门，他们已开始聊天，撒玛一定是在问这些拇指人目的地要怎么走。草莓找出一支笔，往手臂上画了画（也许在画地图），然后往前倾身，把手臂架在撒玛的大腿上。他用拇指扫过她沾有墨水的肌肤。当她往后坐时，他比出他跟侯蒙先前发明的手势，就是他做起来很轻松的几种手势之一：把双手往空中一举，借由双手之间的距离表示接下来的车程。这段车程蛮短的，不过到底有多短（下午就到？明天才到？）侯蒙无法判断。他真希望撒玛懂得他的手势，可是撒玛几乎无法折弯手腕，伸出手肘的距离也有限。除了一根大拇指之外，他的手指比较像是用来撑场面，而不是用来活动的。那就是他为什么拿细棍指东指西，用带有把手的马克杯喝东西，选择可以撑起餐具的皮质袖套。他俩大部分时间都靠脸部表情与挥动双手来沟通，侯蒙一直把失望之情藏在心中，那就是他跟撒玛彼此相伴必须付出的代价。除了那个，还会害怕警察来追捕他们。这次的罪名是绑架。侯蒙把白色厢型车漆成棕色，撒玛也扔掉了他的藏青色套装。如果那样还不够，而他们最后还是被逮到，那么相比起来，当初要是因偷走银发夫妇的车子而去坐牢，简直就像到公园散个步那样轻松吧。

草莓那时往后靠去，露出灿烂的笑容，仿佛吃饱喝足的猫。撒玛用手指指前方道路，侯蒙再次感到体内那种焚烧的熟悉感觉。这种感受随时都可能发生（跟撒玛一起大笑、跟拇指人站在风景眺望台上畅饮橘子汽水），顿时侯蒙希望美丽女孩也在身边，然后又记起她为何不能。这种感觉随时随地都会降临，让他相当难受，但要是发生在早晨会更糟糕。美丽女孩会等着他，就像他当初迷路时那样，只是她现在会在窗户的远端。有时她在画画，然后望向窗玻璃。有时她会把小家伙从高椅上抬起来，然后凝望户外。他会走过去，反复比出手势：**早安，美丽女孩。**可是她们只会继续用目光搜寻着窗外。**你到底要怎样找到回去的路？**睁开眼睛后他逼问自己。接着他的目光会一举吸纳宏伟的景致，或是他朋友躺在泡棉上的景象，然后纳闷着：**找到回去的路以前，想先来点乐子，这样很过分吗？**

侯蒙用指节猛敲胃部，把那股烧灼往下推入身体深处，接着双手搭在方向盘上出发。

好几个月以前，跟撒玛度过的头一天，侯蒙猛飙车子远离教堂，撒玛像乐团指挥一样摆动前臂。两人放声大笑，时而开上马路，时而驶离，一路持续很久，就是为了甩掉任何紧追在后的人们。最后，在走过交缠纠结的路线之后，后视镜放眼不见人影，撒玛比比手势要侯蒙靠边停车，然后打开物品放置箱，拿出细棒，摊开一张纸。看到线绳似的图案设计，侯蒙就知道那是地图；比起旋转的红色警灯，看到地图让他更加消沉。他迷路了这么多次，地图上乱七八糟地缠成一团，而且撒玛也无法告诉他他们身在何处，侯蒙根本不晓得从站在收容者的卧房以来（当时小家伙睡在篮子里，他假装往美丽女孩的手指套上结婚戒指），自己已经离开多远。他绝望地把头靠在方向盘上。

片刻之后，撒玛用细棒轻轻敲他。侯蒙望过去，看到撒玛关怀地瞅着他。撒玛等了几分钟以后，才指指地板上的纸袋。

里面有一堆裹着银蓝包装纸的糖果。撒玛指示侯蒙帮忙拿一个，撕掉包装纸之后塞进他的拇指与食指之间。撒玛嚼着糖果，朝侯蒙点点头，要他自己也拿一个。侯蒙犹豫了一下。除了他在垃圾桶发现的之外，他从来不曾在陷阱马戏团之外的地方吃过糖果。撒玛推推下巴，催他去拿。于是侯蒙剥掉包装纸，咬下糖果，巧克力与薄荷味暂时将他的绝望一扫而空。

他循着撒玛用来指示的细棒将车开回马路。侯蒙不晓得撒玛想往哪里去，可是对自己的路线一无所知的他只顾得了开车，并尽量善用主控交通工具的优势。他找出了方向灯号，也弄懂怎么使用点烟器。他触按雨刷，结果反倒喷出水沫。开了几英里之后，撒玛唤起侯蒙对另一袋子的注意，这袋装满了口香糖。撒玛把一块抛进口中，吹出巨大的泡泡。侯蒙跟着试了试，却不晓得该怎么吹，最后撒玛示范给他看。经过好几回合的练习之后，他们很快就一起吹出粉红泡泡了。

经过了许多英里的路程，侯蒙也试着教撒玛一些事。他把糖果棒放在大腿上，把手指像嘴喙一样缩拢起来，碰了碰嘴，做出咀嚼动作并咂咂嘴唇——那是他表示糖果的手势。撒玛好奇地看着，侯蒙于是再做一遍，指指糖果。撒玛慢慢露出醒悟的表情。侯蒙用手比出动作，暗示撒玛可以尝试一下，可是撒玛因为移动手的能力有限，于是摇了摇头。

高速公路带着他们登上主街。他们漫游了几个街区，最后撒玛指出停车格，侯蒙把厢型车停进去。他们正在一栋建有石阶、外形肃穆的建筑前面。那不是住家——感谢老天。但那是什么？

撒玛朝着石阶指指。当然了，他需要人带他进去，而侯蒙可以帮上忙。把像树的人抬上阶梯，侯蒙有过许多次经验。侯蒙架起携带型坡道，然后推着撒玛的轮椅下车。撒玛替自己倒转方向后，侯蒙把他抬上阶梯，进入玻璃大门。

他们踏进地面铺石、宽敞凉爽、天花板挑高的房间，柜台高及胸膛。虽然侯蒙从没来过这样的地方，但他知道这是银行。

他们越过地板到一个柜台前方，那儿有个女士望着侯蒙，而侯蒙低头向撒玛点了点。她倾身过来，撒玛仰头跟她谈话。接着撒玛用手势要侯蒙从绑在他腰带上的皮包里拿出东西——也就是他存放厢型车钥匙的地方。现在侯蒙把皮夹跟一本薄本子都交给女士，她把一张撒玛签了名的纸递还（撒玛把笔像糖果一样夹在拇指与食指之间），然后给他一整个信封的钱。

情势愈来愈有意思了。

他们的下一站是平价商店。走道在他们面前高高延展开来，好似稻田里的玉米，只是眼前并不是植物，而是床单、杯盘、围裙、清洁剂与你需要的任何用品，全都包好折好，价格标签垂晃着。他们在走道中穿梭，撒玛用细棒指来指去，侯蒙把货品放进推车：罐装冻胶燃料、水罐、锅子、盘子、露营用刀、手电筒、打火机、给撒玛用的蛋盒泡棉，以及给侯蒙用的睡袋、毯子以及枕头。所以今天不是他们结伴同行的最后一天，侯蒙差点就热烈地鼓起掌来。

下一家是二手服装店。他们在那里试穿衬衫、夹克、鞋子与长裤，在镜子前面搔首弄姿，各自用脸部表情来品头论足，看看千挑万选出来的服饰对穿衣者有没有加分作用。撒玛想穿皮夹克、印有长发吉他手图样的棉衫、有着弹性腰带的睡裤。从来没有机会自己挑衣服的侯蒙下不了决心，所以任由撒玛定夺，买了绿红格子的西装和带扣的黄衬衫。他们还看到保冷箱与旧躺椅，撒玛点头表示也要买下来。

最后一站是杂货店。侯蒙只从人行道路缘看过这样的商店，走进一家弄得他眼花缭乱，所以由撒玛负责挑选：面包、肉片、洋芋片、布丁、可乐与糖果。接着撒玛指一指架上的杂志，他想要的放在高处，封面盖有牛皮纸。侯蒙拿杂志下来时往纸张后头一瞥，封面上全是女士袒胸露臀的照片。侯蒙高高挑起一边眉毛，往撒玛瞟一眼。撒玛装出天使的纯洁表情，两人呵呵大笑。

然后他们开了好久的车子，天色从白日转为黑夜。最后撒玛指示沿着从高速公路蜿蜒远去的支路行驶，在远离最后一栋房子的地方停妥之后，他们步出车外。天气冷冽，侯蒙生了火，用毯子把撒玛裹住。他们吃喝东西，真是可口。后来，发生了一件非比寻常的事。正当他们在品尝甜点时，撒玛面带疑问的神情，上下移动双手，指指布丁。侯蒙头一次看到那个手势，可是却懂得撒玛的意思：**比出你的手势给我看**。大吃一惊的他比出布丁的手势，撒玛点点头，然后再次用手发问：**口香糖、月亮、火**。侯蒙不停比着手势，感觉内心有什么伸展开来，好似从土壤里升起的嫩芽。

他把自己在陷阱里破解的魔术表演给撒玛看。他把汽水的瓶盖扳开，让它从一手消失，然后出现在另一手上。他把一根新鞋的鞋带拉起来，用单手打结。然后撒玛有了自己的点子——充满奇想的淘气做法。他们拿起当初装夹克的透明塑胶袋，把价格标签上的铁丝扭开，拿来穿过袋子底部。接着把瓶盖放在用铁丝做成的托架里，倒进冻胶燃料，再用火点燃。塑胶袋往上冉冉升起，他们惊奇不已地大笑。它愈升愈高也愈远，跟着星辰一起熠熠发光，在土地上方飘游。那是只有他俩才看得见的快乐鬼魂，即将永远航行下去的探险家。

一等它离开他俩的视线，撒玛要求：**比出你的手势给我看**。

侯蒙差点要用手语回答**天空**或**袋子**。但是最终，他指指撒玛，接着比出一个词，是他长久以来都不准自己去思索的词。**朋友**，他比着，**我的朋友**。

现在，从他们送出鬼魂以来已经几个月了，把女生拇指乘客接上来之后也过了半天时间，侯蒙意识到自己正朝着山丘里的一幢房子开去。

夜幕已降，户外照明朝他们四人迎面投来，使侯蒙看见停在车道与前侧步道之间的车辆。长形房子的屋顶平扁，所有窗户荧荧发光，窗里人影婆娑摇曳。那不是他跟撒玛跑来插花的头一场派对，但这场的规模最盛大，地点也最偏僻。为了来到这里，他们勇闯山区，沿途在枞树之间蜿蜒穿梭，仰头便见翅膀宽阔的鸟儿。

女孩们咯咯发笑，活力四射。一等他停好车，串珠圈圈就跳出厢型车外。草莓跟了上去，然后像舞者一般旋转身子，开始奔向房子，接着又转过身来。那时侯蒙已经下车，串珠圈圈（比同伴更乐意主动帮忙）正帮着他架起坡道。侯蒙领着撒玛下坡，草莓边说话边蹦跳着回来。当撒玛抵达地面时，草莓屈膝行礼。他接着把手掌贴在轮子的转钮上，沿着通往房子的步道推进。草莓也跟了上来，在他身边踩着缓慢滑行的舞步。

侯蒙转向串珠圈圈，后者正望着朋友摇摇头。她抬头看他，表情友善但不带挑逗，撇了撇脑袋要他们俩跟上去。

人满为患，要从前门进屋煞费功夫。侯蒙跟串珠圈圈利用肩膀推挤开路，踏进混杂了汗水、香烟、酒类、古龙水与近似发霉气味的房间。他透过双脚感觉到砰砰震动，知道现场一定正在播放音乐。穿着鲜艳衣服的身体紧紧互贴，又是舞动又是交谈。

侯蒙是房子里长得最高的人之一，很容易就找出撒玛的方位；群众闪避让路，好让撒玛转着轮椅通过。草莓走在撒玛身旁，撒玛跟每个面向他的人说话，一面比出想来一杯的倾斜手势。侯蒙挤过啃咬食物、吞饮酒水的人们；不管何时往后看去，串珠圈圈总是亦步亦趋。他们四人在群众中穿梭，他想到自己属于一个团体。他是俊俏少年与两位可爱淑女所组成团体的一员，他感觉自己正漾起笑容。他们走到了边房，在那儿排队等着拿琥珀色的液体，撒玛动动双手要侯蒙从他椅子背后的布袋里取出马克杯。虽然侯蒙没替自己拿一杯，可是似乎没人在意。他们的表现就等于把侯蒙当成自己的一分子。

这幢房子的屋主肯定财力雄厚。地板铺有铁锈色的瓷砖，墙上钉着动物皮革。大房间里四处摆设了松软的长沙发，也有一台彩色电视跟收录机，旁边摆着巨型盒子——侯蒙发现那就是砰砰声响的来源。厨房里有绿色料理台、透明桌子与两座冷藏柜。走道通向一间比一间还要花哨华丽的三间浴室，以及四间卧房，其中一间有像瓶中水一样上下起伏的床铺。侯蒙想象美丽女孩陪伴在身旁，相偕漫步参观房子的影像。他的胳膊搂着她的肩膀，她的手臂揽着他的腰，两人都睁圆了眼。

然后他的小团体就迈出屋外，踏上后侧门廊，门廊俯瞰着椭圆形的池子。草莓马上往下跑进透蓝的水里。池子里有若干人影，饮料摆在跳水板上，他们攀住浮力玩具，前后踢着脚。草莓转身朝向门廊，手臂一挥要大家加入她的行列。撒玛甩了一次头，匆匆表达不要的意思，难得没有露出那种情圣般的笑容。草莓噘起嘴，可是他没退让，也不肯直视侯蒙的双眼。就在他急忙转开轮椅时，侯蒙纳闷着，跳水入池是不是害得撒玛后来不得不坐轮椅的原因。

他与串珠圈圈跟随撒玛沿环绕房子后方与侧面的长廊漫步。草莓跑着追来，发丝翻飞、咯咯发笑。就在撒玛恢复招牌笑容时，他们走到了藤蔓顺着十字形篱笆往上攀爬的露台。藤蔓散发着他们最初走入屋内时侯蒙注意到的霉味。露台上的人们看见草莓，便挥了挥手，她跟撒玛于是就过去了。

侯蒙感觉有人搭住他的臂膀，串珠圈圈正望着他，眼眸流露出不自在。她把脑袋朝房子猛然一撇。

撒玛与草莓正在跟露台上的人聊天，人人一脸欢愉。

侯蒙在草莓右边的板凳上坐下，串珠圈圈在他附近入座，就在一张柳条椅上。撒玛主导全场，其他人双手支着脑袋，负责倾听。他正在讲故事，也许是关于跳水入池的故事。

侯蒙感觉有人轻拍他的胳膊。

草莓要递香烟给他。在陷阱里，大人物会用长烟管来抽烟；随身带狗的那个警卫会嚼烟草，瘦巴巴的警卫会抽烟斗。侯蒙想到要表现得跟他们一样，就觉得恶心，于是挥手拒绝香烟。

接着草莓做出他不曾看过抽烟者做的事。她把香烟拿回来，吸口气后传给另一边的人；那个人也如法炮制。静静观察的侯蒙明白了，原来让露台弥漫那种气味的并不是藤蔓，而是香烟，所以那不是烟草。可是如果那是霉菌，就不会一个人传一个人，大家都把它吸进体内。连撒玛也是，他用拿糖果与笔的姿势以手指握住。只有串珠圈圈没有举到唇边，而是继续往下传。

如果美丽女孩在这里，他心想，她会想陪这些吸烟的人留在露台上吗？还是会想跟他穿过阳台看到的那些情侣一样：与他结伴走开，坐在远处享受双人时光？他想象两人在屋外草地上一面比画着他的手势，一面开怀畅笑——然后才领悟到他可能再也没有机会退隐到两人私密的避风港——在那儿不管人生多么苦涩，尝来总是甜美。这番领悟随着体内的烧灼感，仿佛头一次朝他袭来。

他想借由冰冷驱逐那种烧灼。他想要起身逃到这个派对的边缘，逃到灯光照明之外，在那里找着苦苦等候他的她。他想要执起她的手，贴在自己的唇上，然后往上指向星辰，两人十指紧扣，有如当初在陷阱里做的那样。可是他置身在灯光之中、在这场派对上，而她却遥遥在天边。他在这里跟不会漠视、嘲笑或欺骗他的人在一起，他们把他当成自己的一分子。如果他在这里没办法有她为伴，那么索性努力融入人群好了。

当香烟传回来时，他接了过来。

嗯。温暖、辛辣，比他原本预料的还好。烟味进入他的嘴、顺着喉咙而下，钻入胸膛、穿过肚腹，然后沿着手臂与双腿，一路抵达手指与脚趾。呼吸仿佛让他升华到某个私密的所在；血液仿佛带着新生命颤动不已。

某人从他的手里取走了那根烟。他闭上双眼，感觉自己仿佛就是热气球，缓缓升腾入空。他不再是拼命想回家的男人，他是拥有永恒力量的一瞬间，是不想要转动的世界。他感觉自己跟星辰一样闪闪发光，辽阔无边。

他睁开眼睛，他们放声笑着。不是笑他这个人，而是笑他看来有多傻气，脸上一副乐不可支的模样。他们又递了另一根过来，他往后靠坐，尽量深地吸了一口气。

嗯，他想，没放开香烟。**嗯。震颤刺痒的感觉。**

不过，到了隔天早晨，有所转变的是撒玛。

他们把草莓与串珠圈圈载到另一间房子放下时，侯蒙才意识到这一点：这次的房子位于充斥着矮小房屋、尘埃漫天的城镇。一只小狗用鼻子把纱门推开，越过泥土院落跑来迎接他们。它舔着草莓的脸庞，侯蒙忖想他们是不是会在这里停留一阵子。可是撒玛漫不经心地透过挡风玻璃挥挥手，侯蒙与串珠圈圈互换了最后一次眼神，撒玛就比比手势，表示继续上路。

侯蒙的靴子往油门一踩，穿越城镇、开上公路。他望了望撒玛，那男孩的目光直直盯着前方。他主动要从袋子里拿巧克力，撒玛却摇摇头。他看到前方有拇指乘客时，撒玛却比了**继续往前**的手势。

到了中午，他们做了一件不曾做过的事。撒玛把地图摊在大腿上，目的明确地对侯蒙下达指示。

接下来的一天半，侯蒙埋头开车。起初他们在长长的道路上，路旁只有古铜棕色的沙漠，偶尔会经过以拖车当房屋的小镇，以及彩灯有如珠宝般发亮的城市。要是在过去的日子，他们会特别跑去欣赏这些景观。但是这一次，他们却只驱车路过，即使在进入浓密树林、蜿蜒穿过散着点点黑块的白岩山峦，沿着紧邻悬崖的道路奔驰时(他们看到下方远处有一座湖泊，看来好似世界的底端)，也都毫不停留。除了深夜在营地里休息，他们都待在预定的路线上。他们**的确**有特定的路线要走，要是侯蒙知道是什么就好了。

可是，一等他们把草莓与串珠圈圈抛在后头，他马上就明白撒玛为何变了。前晚在派对上，在吸过**刺痒**、吃了点食物后，他们全都走进了那个床铺一碰就会上下起伏的房间。草莓上了床，撒玛也想过去，于是侯蒙把他从轮椅扶上床。串珠圈圈在地板上铺了毛毯，然后跟侯蒙一起躺下来，两人的身体隔得很开。他终于来到有钱人的房子，跟女人躺得那么近，几乎闻得到紧紧攀住她肌肤的夜晚气味。他往床铺一瞥，草莓侧躺着，撒玛的手臂搭在她的臀上；她挪动脑袋，两人仿佛正在接吻。他转回串珠圈圈的方向，感觉体内蹿过一股电流。不过，他什么都没做，串珠圈圈也毫无动静，让他松了口气。

不久之后他醒了过来——跟撒玛在一起总是如此，他没办法自己翻身，侯蒙为了把朋友翻到另一侧，于是养成了半夜醒来的习惯——串珠圈圈睡着了，侯蒙在黑暗中坐起身，往床铺望去。

撒玛正要躺下，草莓背对撒玛坐在床尾，双臂往空中猛挥，侯蒙看到她动着嘴唇。她的表情似乎流露着愤怒或悲伤，她不停转向撒玛，然后又转开。只有在她站起身时，侯蒙才明白她穿着内衣裤。她一把抓起衣服，匆匆离开房间。

侯蒙起身，越过房间到床铺边。撒玛侧躺着，别开脸庞。**很好**，侯蒙心想，**至少他不是平躺的。**没错，他睁着眼睛，但定定地瞪着前方，脸颊闪现水光。他用双手做了动作，只是不是在对侯蒙说话。他的手往自己脸上伸去，可是手肘没办法照他所需那样弯折，于是侯蒙帮他抹去眼泪。侯蒙坐在床铺边缘，手贴在朋友的脸颊上，将泪水拂去。

离开草莓与串珠圈圈后开了很久的车子，他想不通自己跟撒玛现在要往哪儿去。他了解他们是往北走，离开了绕过悬崖的道路，进入绵延平坦的沼泽湿地，那是往西。他开了又开，努力不在心里思考未来的问题，也努力不去回顾今天早晨有美丽女孩出现的那扇梦境窗户。她把小家伙架在自己的肚子上，将她逗弄得咯咯发笑；她们从头到尾都没抬头望向窗玻璃。现在侯蒙凝视前方，好让撒玛能独自面对自己的思绪，他也能与自己的思绪共处，即便他并不想要。在某个时间点上，侯蒙看见天空中列队飞行的飞机，后来出现房屋，接着是一个比一个规模还大的城镇。他真希望他能问清楚他们要往哪里去。他真希望撒玛读得懂他所有的手势。他希望自己真的相信天空有一位大艺术家，这样对方就能告诉他，为什么他猛敲梦境的那扇窗户，美丽女孩却迟迟没转过来看他。

他们抵达那座山丘城市的大桥时，艳阳高照。

那是一座双层桥，他们在顶端那层。他开车时往外望向桥侧，烁烁发亮的海水宽阔无边，几艘货船正要驶离他们背后的海港，侧面有两座岛屿。这就是美丽女孩画给他看的图画（这张图他留在谷仓）里面的海吗？他看着撒玛，都快满两天了，撒玛依然故我：眼睛死瞪窗外，眉头紧锁，嘴角下垂。侯蒙转回马路，巴望撒玛赶快让精神振作起来。当他们穿越隧道，从另一端冒出来时，他明白他们正要越海往城市去。不对，离城市这么近，不可能是海洋吧。他从没见过这种模样的城市：山丘起伏、雾气弥漫，色彩鲜艳的房子如糖果般沿着丘顶林立。

他们离开大桥，开上拥挤的街道。撒玛指向右边，侯蒙开车过去，先是路过办公大楼，然后是住家与公寓。人行道上形形色色的路人掠过：白色、棕色、中国人、孩童、中年人、老人家、穿短洋装的女士、着西装的男性、一身制服的军人。然后，他在人群之中看到了美丽女孩。怎么可能呢？他放慢车速，仔细端详。撒玛比比手势要他继续行驶，可是他非得看看不可。她就在那里，往前走着。他慢下厢型车，准备停下时才意识到：这人太矮、发色太深，一点都不像美丽女孩。他又加快车速，内心重新注满了忧伤。他们沿着如此陡峭的山丘行驶，到了丘顶，他纳闷着山丘不知有没有底部。然后他们开下山丘，直接驶入雾霭。侯蒙往撒玛一瞥，心里想着：**你的心思一定要回到我这里啊，我现在也只有你了。**撒玛用拇指轻拍扶手。

他们接着开进住家林立的街道，街道顺着陡峭的山丘而辟。这些住家跟艾吉维尔里最显眼的那些颇为相像，就是最富裕的白人所住的房子。只是这些更加华丽，漆色更为活泼亮丽——有蓝、紫和白。有些住家的前侧小院落种了小树，每栋都有一道壮观的楼梯从人行道上升起。

撒玛指向一栋房子，于是侯蒙在前方停下。他转过身，正好看到撒玛深吸一口气。

侯蒙也吸了口气，要登上那些阶梯会很费功夫。首先，坡道搭上那种斜度的人行道，不可能很稳固。还有，连直视侯蒙眼睛都不肯的人，总不该要他耗那么大的气力搬运吧。可是侯蒙晓得那种被不快乐吞噬的滋味，也明白当这种情形发生时，身边需要有人陪伴，就像在高烧之后布鲁陪伴在他身边那样。侯蒙现在也希望撒玛能再扮演起同伴的角色。

所以他想出怎么架设坡道以便抵达人行道的方式，接着帮撒玛下车，锁上厢型车，从后侧把撒玛的轮椅抬起来。一阶。两阶。三阶。

当他们愈爬愈高时，他心想，等到要下来的时候就有苦头吃了。阶梯让他汗如雨下，他希望他们会在那里停留很久，放松一下，在舒适的床铺上好好睡个觉。土地从他们所在之处往下陡降，他从轮椅背后看见一大片银灿灿的水域，好似无止无尽。帆船在水面漂荡，鸟儿在上方飞翔。**这**就是海洋吗？除非他可以尝尝看，否则他无法知道。可是，它好美丽啊。想到“美丽”这个词，他不禁对自己摇摇头。他合上眼睛，回忆起她坐在办公室里画那幅图的模样。这就是了：塔在一侧，海洋在另一侧。对。他用的字眼没错。**美丽**。

终于到了最后一阶。

侯蒙上气不接下气，皮肤因汗水而湿黏。他把撒玛转过来面向大门，撒玛神情阴沉，侯蒙突然有种不好的预感。

撒玛先指指门锁，再指指侯蒙放钥匙的口袋。侯蒙取出钥匙圈，撒玛指出他们需要用的那把。

钥匙一入即合，他感觉到插锁退开。他往门把伸手——可是门把已经在转动。屋里有人知道他们在这里。

门打开了。

戴眼镜的高大男人站在他们面前，一瞬间闪现怀疑的神情，仿佛不晓得打开门锁的人是谁。然后他看到了撒玛，表情如释重负地软化下来。他张开嘴巴，侯蒙瞥见屋里有了动静。一位妇女狂奔过来，一路跑过时髦座椅、白色地毯与墙壁挂画，泪水淌下她的脸颊。他们两人同时露出惊恐、愤怒与高兴的表情——他看到撒玛脸上也混杂了同样的情绪。妇女冲到门口，猛地用手臂揽住撒玛。侯蒙认出她就是当时陪撒玛到教堂的妇女之一。

男人现在瞪着侯蒙，等妇女抱完撒玛，便看向撒玛，端出吼叫的脸孔。撒玛似乎也在回吼什么，可是男人继续下去，妇女也加入阵容。他们同时都在吼叫。他们一定认出他就是带着撒玛逃离教堂的男人。妇女现在满脸通红，男人踏出屋外，即使撒玛使尽全力挥动双臂想挡住他，他还是抓住轮椅背后，把撒玛转过来，开始将轮椅抬过门槛。撒玛那时跟侯蒙面对面，也端出了吼叫的脸孔，只是对象不是侯蒙。那是暴怒与抵抗的脸孔。男人用力拉扯，撒玛就进了屋里。

撒玛连忙转过身来，与男人跟妇女正面对峙，先指指侯蒙，再指向自己。男人与妇女理也不理他。男人把钥匙从前门门锁里抽出，塞进自己的口袋。妇女摇头表示不行。撒玛正在恳求，热泪四溅。

接着男人往口袋一挖，拉出皮夹，抽出里头所有的钱，拿在手中挥了挥，要给撒玛看。撒玛摇头表示拒绝，可是男人只是踏进门口，对侯蒙说了点话，然后把钱塞进侯蒙的夹克口袋。

一切发生得如此快速。

男人此刻逐渐退开，侯蒙的视线越过男人望向撒玛，努力想弄明白。

撒玛的双眸涌出泪水，可是当他的目光与侯蒙交会，脸上却出现了新的表情。那是比愤怒还要强烈的神情，是比恳求更加有力的表情。

那是在说:**抱歉**。

接着大门就当着侯蒙的面关上了。

他站在那里许久。他真不敢相信自己独自站在那里,而朋友已经离他远去。

最后他踉踉跄跄往下走回厢型车,每走几步就回头望向那栋房子。大门依然紧闭。

他在人行道上瞪着厢型车;他拥有的一切都锁在里面,新衣服,睡袋和食物。

他往厢型车走去,狠狠朝它出拳,一次又一次。没办法进到车里,毫无希望。他高声号叫,不晓得也不在意警察最后会不会发现他。他猛击厢型车,直到指关节血迹斑斑。

接着他拔腿狂奔。**归巢飞鸽**,他嫌恶地想着,奔上山丘往忙碌的街道跑去,丝毫不顾交通号志或车辆。他撞上带狗散步的男人。他站起身来,无所顾忌地狂奔。**你没比鬼魂更有分量。**

接着,当他再也承受不了时,就停在原地,在加油站的边缘朝着地面弯低身子。他再也无法借由自我洗脑来解除痛苦。没有人需要他保持坚强,于是他终于放声哭泣。哭的时候,他深深地抽噎着,脑袋弯垂碰地,掌心紧抵眼睛。他哭得如此凄厉,忧伤从脸庞倾泻而出;哭到最后,觉得自己已是一片海洋。

故 事 会

玛莎
一九七三年

“你看，奶奶！我找到一个 Y！”茱莉亚说，一面指着人行道。

鳕鱼角哈里奇港镇的清爽早晨，玛莎瞥瞥朋友皮特，他正走在她俩前方，黄金猎犬伴在身旁。皮特往后看，对玛莎露出好奇的表情，仿佛是说：**她在说什么啊？**玛莎绽放笑容，扫视眼前的街道，放眼尽是鱼鳞板房子与高大的榆树。可想而知，不到五十英尺外的车道上，一根细枝攫住了即将迈入五岁的茱莉亚的目光。“她喜欢到处找字母。”玛莎说。虽然七十多岁的皮特也当爷爷了，他的神情明确表示他没听懂。他为什么应该懂呢？除了上周她们刚回蓝顿的避暑住家时他送了晚餐过来，自从她们两年半前离开鳕鱼角以来，他就没再见过她们。他不晓得过去这个夏天，玛莎向学生约翰·麦克租了一间费城附近的公寓，教了茱莉亚二十六个字母。现在九月中了，茱莉亚不管往哪儿看都会看到字母。

“我可以把它加入我的收藏吗？”茱莉亚仰望玛莎问道。阳光把茱莉亚棕色卷发里夹带的金色衬托出来，玛莎认为那是她所见过最柔细的发质。茱莉亚比较喜欢她在电视上看到的直发，而把自己的头发叫作“卷卷”。玛莎说，如果她戴上发箍就可以同时拥有直发跟卷发的效果：上面看起来像直发，而瀑布般泻下的卷发会维持原样。对于这个做法，茱莉亚欣然表示同意。她对所有事情几乎都是这样。

玛莎说："我们来瞧瞧。"

她放开茱莉亚的手。茱莉亚往前蹦跳，绿洋装、仿麂皮白夹克配上漆皮娃娃鞋，这身打扮让她看起来比鳕鱼角当地的大多数人（偏好蓝牛仔裤与浅色夹克）都还新潮。皮特跟玛莎也打扮得很轻便。虽然退休了，皮特还是一身以前当木匠时可方便工作的法兰绒衬衫与卡其裤。玛莎穿着后来成为她平日打扮的服装组合：休闲长裤、灯芯绒夹克与网球鞋。

茱莉亚高高举起自己的战利品回到玛莎身边，再次握紧她的手。

"这个 Y 不是很大。"玛莎望着细枝说。

"可是它是大写啊，"茱莉亚宣称，"大写比小写字母好太多了。"

"是吗？"皮特说，"可以让我看看吗？"他检查那根细枝，"嗯，的确比较好。"

"连罗德尼都知道它比较好。"茱莉亚说，指指皮特的狗儿，"对吧，罗德尼？"

"汪。"罗德尼回应道。

他们全都扑哧笑了。他们是在茱莉亚十一个月大时认识的，那时玛莎与茱莉亚刚刚抵达鳕鱼角，皮特才把儿子住家的架构修理完毕，替即将转迁丹佛的盖瑞把住处张罗好。玛莎过来跟皮特与他的狗儿会面时，他微笑以对。接下来的八个月，他就是负责欢迎她们的代表。他是土生土长的鳕鱼角人，在本地建造房舍长达几十年时间，对于商家、图书馆与医生了若指掌。男人与狗儿每个星期都会结伴过来；每当走下吉普车时，皮特总是会吹响口哨。他的妻子住在疗养院里，他天天都会去探望，却还常来关照她们俩。玛莎告诉他，她们两个有多么感激，但他总说："敦亲睦邻而已啦，玛蒂达。"上星期她与茱莉亚回到鳕鱼角，他又说："好久不见了，小朋友长得好快啊。"他与玛莎四目交接，她说："能够见到老朋友真好。"她没多说的是，与新朋友建立友谊之后又要搬家，让她心生倦意。玛莎今天告诉他，她们要去图书馆参加故事会。当他问能不能一块儿去的时候，玛莎满心欢喜。

"你知道字母为什么有大写跟小写吗？"茱莉亚说，"因为小写字母是婴儿，而大写字母是大人，它们会照顾小写字母哦，就像一家人。"

"你不是说大写字母比较好？"皮特说。

"大写字母是比较好啊。它们会开车，会把苹果变成苹果酱，还会烤面包跟缝纫。它们什么都知道！字母宝宝只知道这么多——"她把手指举到眼前，仿佛正在检查一枚鹅卵石，"而已。"她又牵住玛莎的手。

玛莎多么珍惜能跟茱莉亚握着手的机会啊。那只手曾经和橡实一样娇小，现在却和枫叶一般大了。要是玛莎能像紧握这只小手一般掌握时间，那该有多好。

"那是什么啊？"茱莉亚问，"那只小鸟在撞树呢。"

"那个叫啄木鸟。"

"我听过哦，啄木鸟伍迪。"她发出卡通人物的笑声，"那个又是什么呢，皮特？上面那只红红的鸟？"

"那是红雀。"

"好漂亮哦。"

"还有啊，它跟大部分的小鸟都不一样哦。"玛莎说。

"因为它是红色的吗？"

"那只是部分原因。红雀也是唯一几种会——"

玛莎赶紧打住，要是她说"找终身伴侣"，可能会挑起关于妈妈与爸爸的讨论。几个月以前，茱莉亚追问她自己有没有妈妈爸爸时，状况就已经够棘手了。玛莎当时正用毛巾替洗完澡的茱莉亚擦干身体，这问题来得猝不及防，她尽量言简意赅，慢慢地说起在茱莉亚小的时候她的父母就过世了。“他们非常爱你，那就是他们要我……就是他们希望有人领养你的原因。他们希望找的是能永远照顾你、跟他们一样爱你的人。”“所以，我永远也看不到我的妈妈跟爸爸了吗？”茱莉亚说。玛莎把她拥入怀里，希望不会有人听到她杜撰故事时多嘴填补空白。“有我陪着你啊，茱茱。”她说。

于是，当望着红鸟飞到树枝上，开始活泼地引吭高歌时，玛莎提出红雀另一种知名的罕见特征：“大多数时候，红雀男士会唱很复杂的歌曲，红雀女士却完全不唱歌。可是有时候当红雀男士开口唱歌时，如果它爱的女士就在附近，它就会同时唱起相同的歌曲，这样它们要找到对方就比较容易。那会是你听过的声音里面最美妙的哦。”

“你是开玩笑的吧？”皮特问道。

“不是，那就叫歌曲配对。”

红雀正在唱歌，可是没有鸟儿回唱配对歌曲。

“它只有自己一个人。”茱莉亚最后说。

他们绕过角落走到图书馆前方。“我们到了，茱茱。”

“看我捡到什么。”茱莉亚说，把散步途中拿到的四根细枝给他们看：Y、I、T与V。“它们可以拼出什么单词吗？”

“不能哦。”皮特说。

“一定可以拼出什么笨笨的词吧，”茱莉亚说，“像是呜嘎布嘎。”她呵呵笑着。“奶奶，你可不可以放在口袋里，这样就可以带回家了？”她把拼不出词的字母递过去，然后奔过铺砖的人行道，跑向图书馆大门。

玛莎望向皮特。“你不一定要跟我们一起进去。”她说。

“我三点才要去看安。退休的目的就是要享受这种活动啊。”

“说故事?”玛莎莞尔一笑。

“还有之后会到面包店逛逛啊。”他说,往前点点头,“我们进去吧?”

可是这种伪装她还得维持多久呢?

她忍不住自问。她跟皮特在放置童书的房间里找到成人用椅,茱莉亚在儿童座椅里蹲坐下来,正常生活在他们四周回荡:吸吮拇指的学步儿、努力想装成熟的较大儿童、用手势要儿女守规矩的母亲、房间角落里紧抓着不含插图的书本的大哥哥大姐姐。要是玛莎真属于当中的一分子,这幅情景看来才会更正常。

他们等待说书人让孩子们安顿下来,玛莎暗想,这里不知有多少成年人怀藏着秘密。茱莉亚还没进入她的人生以前,她原本以为只有少数人会心怀欺瞒;一旦加入他们的行列,她才领悟到自己不知不觉早已成为他们之中的荣誉会员。她只是对着自己编造故事,自欺说过着心满意足的生活。也不是说她没感觉到什么缺憾——她每次朝厄尔伸手,他就转开身子,或是当她眺望小窗外的天空,便想起儿子无名无姓躺在坟墓里,这时就很明白自己有何缺憾。可是她的失望如此深不可测,从来不曾提升到思绪的层次。只有在她跟亨利与桂希拉碰面时,才想到自己过去几十年以来一直需要大哭一场。坐在这里的人们,有谁感觉到喉头哽着什么吗?

说书人把当天要读的头一本书举高。茱莉亚闪现笑容,继而换上严肃的表情,好像这本书是世上最重要的事。**她以后会是好学生的,**玛莎心想,**我一定要竭尽全力,确保自己能亲眼目睹。**

玛莎没转头,视线飘向皮特。他把厚实长茧的双手搭在大腿上坐着，唯一的装饰是婚戒。这里有个人诚实无欺地活着。他昨晚端着现煮的蛤蜊巧达浓汤过来给她们当晚餐时，就对她展现了这一点。他后来陪茱莉亚玩牌，然后在玛莎念床边故事给茱莉亚听时，竟然不可思议地主动把碗洗了。等茱莉亚睡着以后，玛莎替他泡了杯热可可。他们坐着谈话，往外眺望海湾，此时月亮正悠悠升上天际。

"安的帕金森病更恶化了，"玛莎壮胆询问时，他终于说出了口，"她没办法说话，我去看她时心都碎了。"

玛莎静静坐着。在厄尔身边时，她的沉默来自温顺；跟以前的学生与新朋友在一起时，她保持沉默是因为有所隐藏。过去这几年来，她也逐渐了解，沉默能够替别人的话语创造空间，对于那些需要被倾听的人来说相当重要。皮特就是那些人之一。

他坐着把餐垫的位置移来挪去，然后说道："我们以前什么事都一起做。她白天做生意，晚上我会帮忙做家事。盖瑞搬出去以后，我们还会相约去划船。现在我就跟罗德尼去，感觉好像把原本的老栎木实心门换成那种丑兮兮的空心门。你还是有门，可是也只剩门的样子而已。"

她点点头。

他继续说："这里的人都说，我是他们见过最忠心的丈夫，可是——要说出口很难，但我希望你不会介意我这么说——我已经习惯她不在身边了。原本有好长时间我都无法忍受，现在却会自言自语道：'嗯，皮特，晚餐要吃啥？'你最后还是会习惯新的生活方式。"

她想说，她好奇自己能不能习惯用"玛蒂达"的身份来生活。她想说，在那么多年的时光里，厄尔对她倾吐的话，都没皮特刚刚所说的多。她想说，**她**从来没跟**自己**说过那么多实话——直到她变成不同的玛莎为止。

皮特会觉得喉头哽着东西吗? 她暗想,此时说书人正在带领着做拍手游戏。不是因为他对自己说谎,而是因为他再也没有栎木门了?

"怎么?"他说,注意到玛莎在看他。

"噢。没事。"

"你确定?"

"嗯,我……只是担心罗德尼。"

他指向图书馆的窗户,罗德尼就在室外草坪,脚掌搭在窗棂上,往房间里头直瞅。"人类最好的朋友。"他含笑说。她任由自己扑哧一笑。

几位年轻母亲转过身来,她才意识到自己是在拍手活动停止时笑出声的。这就跟在课堂上传纸条被逮到一样尴尬。

她把手搭在自己的额头上,可是目光从手底下往皮特那儿偷瞥,看到他正对她露出温柔的笑容。"嘘。"他玩笑似的用嘴型说。

带有咸味的空气冰冷起来,树叶也慢慢镶了金边,皮特成为她们到图书馆短游的固定班底。玛莎如此期待这些有皮特为伴的早晨,过了好几个星期之后,她才意识到现在终于可以做点自己渴望已久的事。

自从在亨利的旅馆度过迷迷糊糊的头几个小时后,玛莎频频问自己一些问题,这些问题她不曾与别人分享,更不觉得自己准备好要回答。有天茱莉亚跑到了图书馆儿童室,玛莎拦住皮特,问他能不能陪着茱茱,她想自己到成人区坐下来看本书。她补充说,她只是想随便浏览,刻意让自己的要求听起来随性一点,甚至有临时起意的味道。她不希望让他知道有好几本书正等着她,有些是从老远的图书馆调借过来的,其他几本则是不供外借的。

“只要我们事后还能一起去逛面包店就行。”皮特告诉她。

那天以及往后的好多个星期，茱莉亚与皮特坐在儿童室里时，玛莎就埋首阅读。

她的阅读内容带领她跨越精神病院的历史，从最初的救济院开始，把身心障碍者跟受社会排挤的人（像孤儿与罪犯）收容在一起，后来发展成现在令人毛骨悚然的地方：庞大的机构里有几千位无所事事的个体，长年缺乏资金使得院舍破败不堪、雇用的职员数降到最低、医疗照护贫乏、环境污秽不堪，以及虐待事件频传。她再次想起琳妮，穿着白洋装看来如此美丽，在四十二号身旁如此快乐。然后玛莎想象她现在的模样。

情势一定要有所改变，玛莎在每场图书馆时段之后都会这么想，那时茱莉亚与皮特会站在成人区入口附近对她挥手。她会合上书本，头晕目眩地站起身。

随着树木摇落了叶子，玛莎时时想起她读过的恐怖景况，以及它们早已行之有年的事实。她几乎无法把心思集中在针线活与下厨做饭上。茱莉亚看电视时，有时往玛莎那边望去，会看到对方手里拿着毛线，织针动也不动。她会说：“怎么了，奶奶？”

“我想事情想到迷糊了。”玛莎会说。

“别担心，”茱莉亚说，“你不会迷路的。有我在。”

有一次，皮特可以来照顾茱莉亚，玛莎就开了长途车到一家精神病院去。那里不容易找，连当地的加油站人员也不确定它的所在。最后她抵达那里，在铺砖入口通道外面坐了好几个钟头。那里大得不得了，里面有那么多的“琳妮”。而且全国到处有那么多家类似的机构。

最后她开车离开，就在沿着乡间小路行驶时，瞥见一所礼拜堂，那里简直是厄尔表明他们再也不会踏进一步的地方的翻版。她把车停靠过去，一面告诉自己应该继续上路，一面却直往门口走去。双手一碰，门就开了。当她踏进去时，她瞥着透过彩绘玻璃洒入的蓝光与红光，看到沿墙而立的蜡烛照亮了成排的长椅。她伫立一分钟，门在她背后关上；当门咔嚓合上而无人现身时，她便晓得自己是孤身一人。她走到一张长椅前坐了下来。在寂静与彩光之中，她翻翻圣歌集与祈祷书，可是找不到似乎能够针对她心事提出建言的话语。于是她把头垂进双手，等待祷词自行降临。久坐之后，她的脑海里浮现了一个问题。

平凡小人物如我，可以做什么？

十一月中旬，皮特有好几周没有过来。有天下午他来电，问她们想不想搭他的汽艇去逛逛。茱莉亚之前常说想到水上看看，玛莎于是告诉他："这是我们的荣幸。"

皮特来接她们时神情肃穆，一板一眼地说着恰如其分的话语。他注意到粉红洋装与塑胶彩珠项链，于是说："打扮得好好看哦，茱茱。"他对玛莎说："不是故意要那么久不联系的。"他的语气有种沉重感，脸上也冒出了胡茬。行船十五分钟、快要抵达牡蛎池塘时，茱莉亚看着船身侧面读道："如走海路，挂两盏灯①。"然后他说："安是保罗·列维尔的后代。"玛莎就知道出了什么事。

---

① 美国独立战争时期的爱国志士保罗·列维尔(Paul Revere, 1735—1818)在一七七五年四月十八日得知敌情，连夜骑马向后方通报英军的前进路线，据说使用了这样的讯号"one if by land, and two if by sea"。皮特船身的字就是此讯号的后半段。

她们在船里坐定时，玛莎说：“真遗憾。”

“遗憾什么？”茱莉亚问，一面替罗德尼把救生衣绑在身上。

皮特看看玛莎，然后把头别开。“谢谢。”他轻声说。

他们开进牡蛎河，穿过史德居港口，往外驶入海湾。“哇！”茱莉亚环顾四周说，“我好喜欢这里哦！”她指着漂浮在水里的某样东西。

“那是浮标。”皮特说，预料她会发问。

她往外指向海平线：“那艘帆船真的好大。”

玛莎说：“帆船真是了不起，对吧？”

“我知道这些是什么。”茱莉亚望向覆满闪亮黑色兽类的长条浅滩，“是海豹。”

“没错。”皮特说。

“它们好像在开大型派对呢。”茱莉亚说。此时他们绕过一道长海岸，皮特解释那里是一座岛屿。“那是什么？”

“气象站。”

茱莉亚把罗德尼拥向自己，开始介绍沿途风光给它听，凡是她晓得的东西都指了出来——小鸟、鱼儿、远处的船舶。几分钟之后，皮特转向玛莎，就在茱莉亚继续跟小狗说悄悄话的时候。他非常轻声地说：“你想会发生什么事？”

玛莎望着他：“你的意思是？”

“等我们离开这里以后。离开世上。”他转回去，直望着前方。她听得到他使劲吞咽的声音。“你想呢？”

“我不知道我有什么想法。”

“我也不晓得自己怎么想。”

接着玛莎想起她在某本书里读到的东西，于是对皮特说：“但我喜欢那个故事，就是关于天堂跟——”她看着茱莉亚，“另一个地方，这两者之间的差别。”

“跟我说说看。”皮特说。

“有个男人要求上帝把那两个地方的差别展示给他看。上帝带他来到一间大厅，那儿有一群骨瘦如柴、悲惨兮兮的人围着桌子坐着，只要你想象得出来的食物，桌上都摆出来了。上帝说：‘这就是——’”玛莎用嘴型说，“‘地狱’。男人注意到所有的人都穿着金属制成的袖子，无法弯起手肘，拿起食物却无法放进嘴里。然后上帝带男人到另一间大厅，并说：‘这就是天堂。’跟第一间大厅一样，人们也穿着金属袖子，围着高高堆满食物的桌子坐着。不过，这些人呵呵笑着，满面春风，男人看出原因何在。拿起一片食物的人，都会转身传给旁边的人享用。”

皮特一时静默无语，接着说：“这故事还不错。”

“只是故事啦。”

“可是听了有帮助啊。就像有你跟茱莉亚在这里陪我，也很有用。”

茱莉亚突然嚷嚷：“快看那个！”她指向一长条陆地。

“老天。”玛莎说。

“那是什么啊，奶奶？”

“噢，是灯塔。”

皮特说：“那是查塔姆灯塔。”

“这里为什么有灯塔，皮特？”

“灯塔就是会把灯光送到水面的高塔，这样船只就知道陆地在哪里，免得糊里糊涂撞上陆地。”

玛莎说：“茱茱啊，我以前也有个灯塔哦。”

“真的啊？”

“不是很大，小小的，就像——”玛莎思考着，“你捡来的小树枝。那是很久以前蓝顿叔叔替我做的，我把它放在我的邮箱上。”

“是我们车道最前面的邮箱吗?”

“是另外一个。那时候我住在别的地方。我搬走时，就把那个灯塔留在原地了。”

“看起来就像这一个吗，奶奶?”

“不是，它的样子很独特。最上面，就是会发出光芒的地方，有一张男人的脸。”

皮特说:“蓝顿一定很有想象力。”

“是啊，他一直都很有创意。”

“他送你当生日礼物吗?”茱莉亚问。

“不是，是圣诞礼物。他说他送那个给我，是因为……我蛮寂寞的。他把它装在我的邮箱上，每天邮件送来时，邮务员会把原本直直站着的灯塔人扳下来。我会整天都等着听那一声吱嘎，只要声音传来，我就晓得自己有伴了。”

“信里面的伴吗?”

“是啊。”玛莎向外眺望这座灯塔。

“好好笑哦，”茱莉亚笑着说，“有男人头的灯塔。”

“是很好笑啊，它每天都逗我笑。那个灯塔人真的有用。”

“桃李满天下的感觉，”皮特说，“一定很好吧。他们当中有那么多人随时都准备为你付出。”

“我的运气很好。”她说。

接着她转向他，看着他直直往前望，双手搭在舵轮上。就像她给未来茱莉亚的信里会写到的，那时她苦苦寻觅的答案翩然来到。那里，就在水上，她让自己最后一次去感受哽在喉头的东西，接着伸过手去搭在皮特的手上。

那晚，玛莎写了封信给她的一位学生，告诉对方她从那些书里得知的事情，还有她希望对方能处理那些资讯。

翌晨，她跟茱莉亚散步到她们车道尽头的邮箱。当她们路过树木细枝时，茱莉亚读了读自己在地上看到的东西。现在她已经能用细枝拼凑出词汇来了，轻轻松松就能找到用来拼写她名字的树枝。

我可能只是个平凡的小人物，玛莎心想，**但小人物也可以立大功。**

“你想帮忙把这个放进去吗?”玛莎在邮箱旁边问。

茱莉亚从她手中接过信封:“是要寄给谁的啊?”

“你告诉我啊。”玛莎说。

茱莉亚用力看着信封，然后说:“约翰·麦克!”接着又说:“是在电视台工作的叔叔!”

“没错。”玛莎说。

她把邮箱的门打开。茱莉亚踮起脚尖，把奶奶的信投了进去。

跟书本一样大的转变

琳妮
一九七三年

琳妮还是没办法分辨时间。可是，就在她跟朵玲穿越小径朝凯特的办公室走去时，她晓得自从失去宝宝跟巴弟那晚以来，自己已经看过好多次树叶飘落的情景。此时，寒风把最后残余的树叶摇落，她仰起脸来，红色与棕色落叶有如五彩碎纸般纷纷飘下，让她为之心痛，每年都是如此。不过朵玲没有注意到叶子或是琳妮痛苦凝望的目光，她满心只想报道新消息，内容包括她稍早在送信途中的所见所闻。今天，她在大厅里听到两位行政人员正在讨论小屋播放电视的新政策：电视会装在铁笼里，只有员工可以转换频道。“他们说，这样可以减少打架的频率。可以才怪哩，你知道那真正的意思是什么吧，就是再也没有《家庭问答》、《客串农夫》①或者《芝麻街》可以看了，只剩下蠢死人的《指路明灯》②。”后来到了主办公室，她瞥见路加叔叔的秘书茉德桌上有副新眼镜。“我告诉你，如果你在街上看到她，一定会以为她是贾姬③。”朵玲说起话来就跟收音机广播一样放送不停，琳妮通常蛮喜欢听的。可是她今天不大能专心，不只是因为垂死树叶带来的悲哀气氛。

琳妮正要去凯特的办公室。每年秋季，有如今天，残余树叶从树上

---

① 前者 *Family Feud* 是美国益智游戏节目，后者 *Green Acres* 是喜剧影集。

② *Guiding Light* 是肥皂剧。

③ 指 Jackie O，肯尼迪总统的遗孀，后来改嫁希腊船王欧纳西，因而有此简称。

旋飞飘落的那日，凯特会送琳妮一本新书。琳妮就会坐在凯特桌边，在凯特朗读故事时，翻了一页又一页。书本让琳妮惊奇不已。在某本书里，一头寂寞的大象会遇上含藏全世界的一颗灰尘——然后为了拯救世界免于毁灭，大象出手对抗强大无比的敌人。一头温柔的公牛可能会被逼进斗牛场——可是它单是嗅闻淑女别在发梢的花朵就已经心满意足，于是最后被送回了家乡的花园。书本里会发生宏伟又巨大的改变。在这所学校里，改变都很微小。

拿亚伯特当例子好了，琳妮现在就能看到他在上坡的停车场指挥车辆驶入停车格，他是巴弟之外另一位聋人院民（**巴弟**！她心想，胃部好像鸟儿起飞似的往上提起）。亚伯特很爱穿制服，他们每周播放的电影，只要有男人穿制服出现，他就会欢喜地发出长长的尖叫声，琳妮一直想不通为什么——他的手势跟巴弟的不一样，巴弟也没办法了解他。可是就像巴弟，他也获得了上层的信任，得到的特殊待遇就是能挑选自己的工作项目，负责管控停车场。有人还送他一件旧制服，于是他穿着制服指挥员工开进停车格，用布擦净停妥的车辆。他现在似乎比较快乐了，虽然琳妮知道他在自己的小屋里，还是得跟别人共用一根牙刷。

可是她的视线穿越簌簌洒落的树叶望着亚伯特，注意到某件非比寻常的事：他正在指挥的汽车，驾驶员是好一阵子以前辞职的哈根巴赫医师。离开这里的人几乎都不会回来。不只那样，还有她不曾见过的两个男人陪着他来。她转向朵玲，可是她朋友还在喋喋不休地说着茉德眼镜的闪光。琳妮望向员工小屋，也许凯特对这件事有个解释。

琳妮去凯特那里不只是要拿新书；书本只是凯特取名为“琳妮日”的庆祝活动的一部分，但是琳妮不大懂这个节日的意思，也没意识到今天就是她失去一切的那晚的周年纪念。琳妮所明白的只是每年树叶落下、悲痛加深时，凯特就会邀请她到办公室来过“琳妮日”，请她吃蛋糕，并送她一本书，悲痛就跟着减轻了。琳妮现在有四本书了——近来，凯特练习跟她一起数有几本书，帮助她努力把每个数字好好地念出来：一、二、三、四。她想不通凯特为什么停在“四”那里——琳妮很喜欢看《芝麻街》，所以学会了一路数到十。然后今天早上，凯特在早餐时间看到琳妮，便走过来说：“今天又要过琳妮日啰！你准备好要说‘五’了吗？”

朵玲与琳妮绕过抵达凯特办公室以前的最后一个转角，看到史墨克斯、克莱伦斯与狗儿朝着男生聚居区从容地漫步过去。琳妮一时之间凝住不动，呼吸卡在喉头。不过，当朵玲继续往前、滔滔不绝时，琳妮提醒自己不应该害怕。员工小舍已经关闭，所以史墨克斯与克莱伦斯晚上已经不住在院内了。只要琳妮在白天轮班期间身边有伴，就会有安全感。然而她看到他们的时候，还是觉得双腿跟手臂都僵硬起来；她在夜里还是会惊醒，嘴巴一阵干燥，呼吸吃力。可是把她吵醒的声音不是她在记忆中反复听到的那种：男人吼叫，狗儿狂吠，玻璃破碎，家具砸毁，尖叫声在寝室里回荡不止并沿着她狂奔的走道传来，有人说出“**这里**”的字眼，还有门把转动的模样，“**不不不不**”的呼喊。现在，当她在半夜醒来，只会听到鼾声与梦话；她不会因为恐惧而浑身紧绷，只是会想起那享有自由的三天。她会想到，他们用老妇人的衣服打扮起来以后，巴弟用食指与拇指比出圈圈，将圈圈滑入琳妮的一根指头，仿佛送她一枚戒指。然后她也替他做了同样的事。他为她比了一个手势，也为自己比了手势，她晓得他的意思是**妻子**、**丈夫**。有时她在夜里醒来，会对自己比比那些手势，然后便能再次入睡。

“到了。”朵玲说，她们登上通往员工小屋的阶梯。

当她们进入那栋楼时，凯特正站在办公室门外。“嘿，亲爱的。”凯特敞开双臂说，琳妮走了进去，感觉那双手臂合拢起来，吸进了凯特的栀子花香气。

凯特一带琳妮走进办公室，琳妮就看到蛋糕与包装好的书本，两个都搁在窗棂上。其他一切几乎照旧——绿色金属桌、鹅颈般的弯细台灯、打字机、黑色玻璃烟灰缸、两把栏杆椅背的灰椅、凯特放有盆栽的档案柜，以及窗棂上的收音机。不过，今年夏天，书桌上出现了凯特新男友斯科特的镶框照片。斯科特站在用粉笔画了白线的场地上，身穿印有狮子图案的厚夹克。凯特告诉她斯科特是教练，那就表示他教高中男生打橄榄球。大概就是那时候，凯特开始协助琳妮练习说话。

凯特把背后的门锁上，接着就继续做她邀请琳妮来这里练习说话时总会做的事：把收音机转开。琳妮喜欢听排行榜前四十名的歌曲，此时正好在播放她特别喜欢的活泼歌曲：**把黄丝带缠在老栎树上……**

凯特的语调比收音机更低，但大声得足以让琳妮听见。“这是你第五次过**琳妮日**。”她笑容灿烂地说。

琳妮试着露出开心的模样，但是散步过来的途中所感到的痛楚还是存在。

“今天能替你庆祝，我真的很高兴。”

琳妮把嘴唇往上推，感觉脸上浮现了一抹小小的笑容。

凯特报以微笑，跟她对望了一会儿。可是，那并不是两人一起迷失在同种笑容里的镜像微笑，而是一种破碎的镜像微笑；两种笑容并不相符。两人各自想着另一个人没想到的心事，虽说同在一起，却也是分开的。

接着凯特说:“我可以先点蜡烛,或者我们可以晚点再吃蛋糕,先来练习。”她伸向烟灰缸,一如既往,里面除了一盒火柴以外空空如也。以前烟灰缸总是塞满烟屁股,自从凯特认识了斯科特之后,烟屁股愈来愈少,最后连一根也没有了。

凯特把火柴拿起来:“我应该怎么做呢?点蜡烛,还是练习?”

琳妮知道凯特想要什么。凯特跟她说过:“你沉默好久了,脑袋跟嘴巴都不晓得怎么合作了。可是如果你练习的话,即使每天只练一点点,我想你都能够再开口说话。”在会被人看到的地方,琳妮都拉不下脸来练习——说话是那么困难的事,她觉得嘴巴简直不像是自己的。唯一的例外是洗衣间,有时她会趁洗衣机与烘干机在运转、发出噼啪泼溅声与嗡嗡轰响时开口练习,这样在房间另一头装衣服的雪若与露德丝就不会知道。

不过,琳妮觉得自己这时还没准备好,于是指指火柴。

迷你火焰一簇簇蹿起,就在它们依序燃起的时候,凯特数着:“一、二、三、四、五。”暂停之后又补充道:“你想试着说‘五’吗?”

琳妮晓得如果自己试试看,会让凯特很开心。老实说,虽然蛋糕很可口,却让她想起巴弟的方糖。练习更能够把她的心思带离哀伤,于是她耸耸肩,开始运用之前学到的、能帮她鼓起勇气的惯用妙方。她垂下目光,紧握双拳,接着伸出一根手指抵在嘴上,张开嘴唇之后把声音推出去。“呃——”她说,感觉就跟棉绒一样柔弱。

“五。”凯特缓缓动着双唇与嘴巴,咬字过度清楚地说。

“喔——”琳妮回应道。

“很接近了!”凯特说,“很好。”

“喔——”琳妮重复,这回音量大了些。

“不错哟!”凯特说,一面把收音机的音量转大,“你知道什么东西是五个一起出现的吧?”

琳妮把手举高,展开指头。

“没错。”凯特说。

琳妮指指窗棂上的盆栽数量。

“不错呢,”凯特说,“你知道斯科特刚刚教过我什么吗?”她把手指凑在一起,作势要求琳妮有样学样:“这就是小鬼们得分时会做的事。”她往前倾身,用手掌往琳妮的掌心一拍。

好好笑的动作哦!琳妮笑出声来,再用自己的掌心回击凯特的手掌。“灾自!”她说。

“再来一次吗?”凯特把话讲清楚。

琳妮点点头:“灾自!”

她们又击掌一次,琳妮觉得心花怒放,知道自己快说出一个字了。练习虽然很困难,但是跟正确的对象一起练习就乐趣无穷。

她们笑着把手放下。“我知道,”凯特说,“我太急着练习了。我们来吃你的蛋糕吧。”

她把裹了香草糖霜的糕点从窗棂上拿下来,把它推过书桌。花饰的色彩全都是琳妮喜欢的——有蓝、绿、红与橙色。琳妮吸进了糖霜、蜡烛蜡味与藏于其内的巧克力气味。

“替琳妮庆祝!”凯特说。

琳妮吹熄蜡烛,随着每簇火焰一一灭去,在脑海里数着数字。

然后她把包装纸撕开,书本从纸里掉出来,落在桌上。

她坐下来,封面上的房子图案对着她微笑。

“这本书叫作《小房子》。”凯特说。

房子看来像是孩子的面庞，脸颊丰满，有双大眼。琳妮用手指摸摸封面，凯特在书桌对面坐下，将书本打开。琳妮感觉微笑占据了自己的脸庞，使劲力气想把她以前会对娜娜讲的话说出来："哇塞！"虽然她顶多只能勉强地说出："哎！"

"你今天很有聊天的兴致哦，"凯特说，"我想我最好把收音机开大声点。"

凯特走到窗户那里转动旋钮时，琳妮一直盯着封面。已经换了歌曲，现在她听到的是：**你是我生命中的阳光。那就是我为何总是留在身旁……**

琳妮也晓得这首歌，望着甜美的小房子同时跟着哼，所以她没意识到凯特还没回书桌边来。

"嗯，真有趣。"凯特终于说。

琳妮抬起头。

凯特仍然站在窗边，面向户外。她没转身也没再多说什么，琳妮起身走到她身边。

三个男人缓缓沿着小径走来，琳妮认出灰发的哈根巴赫医师，他指着建筑物说着话。可是她不认识其他人：蓄着毕雷诺斯①式的八字胡、长相俊俏的年轻男性，边听边点头，双手插在运动上衣里；还有一个身穿宽松外套、扎了马尾的矮胖男人。

"怪了，"凯特说，"怎么回事啊？"

男人们在悠闲漫步中停下，目光越过这片领地，朝着医院小屋望去，然后转身仰望钟塔。

---

① Burt Reynolds(1936—　)，美国演员。

琳妮想起上个月的练习，于是铆足全力：“喂？”

凯特转向琳妮，琳妮边指边说：“喂？”

“谁？”

琳妮点点头。

凯特带着引以为傲的笑容望着她，然后转过身去：“你认识年纪比较大的那位吧，他是哈根巴赫医师，就是从威尔克斯·巴里雇来的牙医。我以为他辞职了呢。”

琳妮点点头。她也这么以为。

“我好奇的是其他几位。我没见过那个壮壮的家伙，可是年轻的那个我晓得。他是费城一家电视台的记者，约翰·麦克·马隆。”

男人们驻足望着时钟，胖壮的那位把手探进外套，拿出琳妮从未见过的东西。他把它高举到眼前，对准那座塔。

“哇，”凯特说，“他们有相机呢。”她望着琳妮，脸上逐渐浮现惊愕的笑容。“相机呢！你知道那是什么意思吗？”

男人们沿着山丘往下，朝着院民小屋走去。

“来吧。”凯特说，连忙赶向门口。

凯特与琳妮尽量在不引起注意的情况下，快步越过校区。男人们擅自在此现身，算是违反了所有的规定，可是凯特脸上笑盈盈地一直喃喃不停：“也是时候了。”男人们转向琳妮的小屋，走上通往 A-3 的阶梯，凯特说：“他比我还有胆子。”

她跟琳妮迅速走到 A-3。

大门在身后关起，她们看到男人们正迈向交谊厅，白天轮值的看护康舒艾拉与哈奇正坐在播着《综合医院》的电视前面玩牌，A-3 的院民神情无聊地瞪着电视。男人们走进交谊厅时，哈奇转过视线，哈根巴赫医师向他走去。琳妮听到医生说："……牙医……带牙医系的学生参观一下……"哈奇向来不爱错过"他的故事"（他就是这样叫肥皂剧的），于是挥手让他们通行。

"我真不敢相信。"凯特说。

男人们先站在交谊厅的边缘观望。康舒艾拉与哈奇没再多看他们一眼，他们就赶忙往浴室去，接着又去寝室。

"我希望他们能走到Z-1那么远，"凯特说，"我也希望他们能走到墓园那里。"

琳妮还没意识到，男人们就已经回头穿越交谊厅，正迈步走向她。她意识到约翰·麦克·马隆的年轻脸庞有着扭曲的表情，就像那股味道初次袭来时她露出的神情。如同路加叔叔，约翰·麦克·马隆也散发着严肃的气息，走路时脚步沉重。可是他不会自鸣得意地东张西望，目光也不会视而不见地滑过墙上的污秽、天花板的破洞以及院民。他观看每个细节，快速但仔细，一脸忧烦。

接着，约翰·麦克·马隆突然大步走向琳妮。琳妮往凯特一瞥，凯特神情担忧地观察步步逼近的对方，然后抚着项链上的十字架，让自己的表情恢复正常。琳妮把视线放回约翰·麦克·马隆身上。

他停在琳妮的正前方，直勾勾地望着她的脸，说："你住在这栋楼吗？"

"小屋。"哈根巴赫医师纠正他。

"小屋。"约翰·麦克·马隆说，目光没从琳妮身上移开。

琳妮感觉凯特安抚似的伸过手来搭着她。

琳妮点点头，仍然面对着约翰·麦克·马隆。

“蓝迪，你可以拍她一下吗？”他说。

矮胖的男人挪动身子，转而面向她，相机藏在夹克衣褶里。

琳妮听到相机发出呼呼声。她瞥见某个东西（麦克风）出现在约翰·麦克·马隆的手里，她听见他说：“你喜欢住在这里吗？”

那个问题真荒谬；大家明明都恨死这里了。况且，除了凯特跟朵玲以外，没人认为琳妮会说话。这些男人一定没意识到她的缄默，如果他们连那份基本知识都没有，也许是真的不晓得答案。

“你喜欢吗？”约翰·麦克·马隆再次说，“喜欢住在这里吗？”

她不需要把拳头挤在一起，就能吐出这个字：“不。”

约翰·麦克对她露出忧伤的神色，说：“如果你现在可以从那扇大门走出去，永远不回来，你愿意吗？”

琳妮匆匆往凯特望去。凯特转向她，眼神表示怎么回答都不要紧。

琳妮点点头。

接着约翰·麦克又问了一个问题，一个简单的问题，是凯特几个月以前教她说过的用语：“为什么？”

有那么多事情是琳妮可以回答的，但是即使她的嘴唇与舌头完全能够适应词汇，要一举侃侃道出也有困难。可是她只有片刻的时间，正当她挣扎着要从数量大于五或四的答案中缩小范围时，她想起了狗儿。狗儿向来与史墨克斯、克莱伦斯形影不离，老是会让她忆起那个夜晚，让她想起破裂的玻璃、铿锵作响的桶子，以及那块破布——那晚，当事情结束之后，门打开来，史墨克斯说：**要是你说出去，就会发生这种事。**接着他把毛茸茸的软东西丢给狗群，它们在几秒钟之内就把那个东西咬成碎片。

她晓得那也会发生在她的宝宝身上，那就是她从来没把真相告诉巴弟、朵玲或凯特的原因。

那就是为什么不管她有多少答案，都不会透露任何一个。

她低头瞅着双脚。

“她话不多。”凯特对约翰·麦克说。

“她是谁?”约翰·麦克问。

“你不能播出她的名字。”

“我们不会的，但我的制作人会想知道。”

“琳妮，”凯特说，“艾芙林·戈德堡。”

接着琳妮不再听到相机声。等她抬头望去，男人们正要离开前门。

凯特望着琳妮，露出专有的最柔情的笑容。“你表现得很好，甜心。”她说。

要回到洗衣间，假装这天平凡无奇，做来真不容易。今天毕竟是琳妮日，她练习怎么说“五”、吹熄蜡烛，还收到一本新书，甚至看到一架相机——不是娜娜那种布朗尼儿童相机，也不是爸爸那种拍立得。不过，凯特解释过，是能够装胶卷，像是用来拍电影与电视的那种。

琳妮从烘衣机里把最后一披衣服拿出来，滚到钢桌上准备折叠。她想起凯特带她回洗衣间时说过的话：**我今天会留晚一点，我想待在这里，没准会播出来呢。**凯特跟着解释说“播出”是什么意思，琳妮懂了：就像你在玉米收割过后到玉米田去，什么人都能看见你。不过，你只是远远凝望自己的回忆，苦苦等候永远不会回到生命里的那两个人。你弯下膝盖扑倒在地，双手抵住泥土，多么希望能从土里把那些人拉出来。

琳妮不晓得自己会不会被播出来，也不确定自己想不想被播出来。

凯特把琳妮留在洗衣间之前，还说了点别的。她当时说：**你知道的，在很远地方的人也许会看到，那样就可能会发生大事哦。**

于是，当琳妮忙着收折裙子、裤子与袜子时，她试着想象远方的人们看着她的情景。老妇人会不会是其中一个？宝宝的眼睛会不会也恰好盯着电视？**翻过书页吧**，琳妮提醒自己，然后试着想象宝宝目前生活的模样。她好久没这么做了，可是现在她好奇起来。宝宝在老妇人身边吗？还是跟别人在一起？宝宝渐渐长高了吗？会像琳妮一样高挑吗？跟琳妮童年的照片相像吗？跟琳妮一样喜欢气味与拥抱吗？说话的方式跟大家一样（除了琳妮自己跟巴弟），话语顺畅地从唇间吐出来吗？

还有巴弟。**巴弟。**他会看到吗？他会的，他一定要看到。他离开那么久了，不可能是他自愿的选择。也许他被关进牢里了，也许暴风雨把他困在荒岛上。如果他今天晚上看到电视，状况就会改变。他会逃出监狱，就像电视上被坏警长关进监狱的好人会做的那样。他会打造木筏，划桨渡河，最后回来抱住她。

她把手伸进一堆温暖的衣物之间，把脸贴向柔和的热气，胳臂深深埋入其中。他们俩曾经抱住彼此，把宝宝拥在中间。他们唇贴唇，往对方的身体里咏唱一个完美的音符。

可是，当她们在六点前从饭厅回来时，琳妮还是期待今晚会如常照旧。苏洁特把电视转到她最爱的节目《梦幻岛》，A-3 的院民正要在多年据为己有的座位上安顿下来。琳妮走到平日坐的板凳前，朵玲也一如既往在琳妮右边坐下。

接着朵玲凑过来低声说，她刚才在行政办公室时，发生了一件怪异至极的事。琳妮望着朵玲，可是就在她吸口气准备说更多时，琳妮从眼角余光瞥见凯特走进 A-3。朵玲也注意到凯特了，她们一起望着凯特直接大步迈进交谊厅，走到苏洁特身边。在短暂的交谈之后，苏洁特一脸惊愕，于是转换频道。接着凯特往后退开，站在苏洁特背后，往琳妮那儿瞥去。

一开始，房间里的每个人都发出呻吟。《梦幻岛》是员工与院民都想看的少数几个节目之一。然而雪上加霜的是，凯特转到了新闻频道，大家都认为那比墙壁还要沉闷。可是，坐在新闻播报桌旁边的是约翰·麦克·马隆——琳妮再也意识不到四周人的存在。"你们可能会想转换频道，"他直接对着观众说，"但我要请你们把我们的报道从头到尾看完。来看看让美国为之蒙羞的现况，这一点相当重要。"

接着，就在影片开始播放时，院民的嘟哝牢骚很快就被倒抽的几口气所取代。

那是学校的大门。那是指着停车格的亚伯特。还有空荡荡的田野、电厂、行政大楼，以及时钟。

"是我们呢！"芭芭拉喊道。

"是苦牢内幕的彩色版呢！"露德丝出声附和道。

琳妮看着自己的世界，感觉血液澎湃起来。医院小屋里戴着耳罩的马可思，体育馆里变形的地板与缠满蜘蛛网的篮筐。在Z-1，克里斯多夫前后摇晃身体，提米不停转圈。通往隧道的入口。厕所地板上积了一洼丑陋的东西。

然后突然就是：琳妮！

整个房间陷入疯狂。"琳妮！"他们喊道，罗芮塔猛撞自己的背。

万一克莱伦斯跟史墨克斯看到她怎么办？她觉得恐惧紧紧抓住了

她的脸庞。

“你住在这栋楼吗?”约翰·麦克在镜头之外说。

电视上的琳妮点了点头,金色卷发垂落在脸庞周围。

朵玲戳戳她的身侧:“你是明星了呢。”

“琳妮准备要做特写了。”露德丝说。

约翰·麦克仍然在镜头之外,他问了第二个问题:“如果你现在可以从那扇大门走出去,永远不回来,你愿意吗?”

电视里的琳妮顿了顿,望出镜头的框架之外——琳妮记得自己当时是望向凯特。然后电视上的琳妮转回目光,点了点头。

交谊厅里响起了表示赞同的呼喊。

看护办公室里的电话开始铃声大作。“喂,别吵啦。”苏洁特喊道。

摄影机从琳妮那里切离,此时呈现的是校内其他区域,可是因为电话响个不停,琳妮无法集中精神。那是其他小屋的电话声。校内各处的电话。在交谊厅的每个人都亢奋不已,高喊着“是我们呢”,还有“我们出名了”。

于是没有人听得见约翰·麦克在说什么。不过他们看得出来:约翰·麦克走进茉德的办公室,她对他露出好奇的表情,接着他路过她身边,踏进路加叔叔的办公室。路加叔叔坐在办公桌,抬头一看,惊恐又困惑。约翰·麦克说了点什么,路加叔叔的眼眸先是闪现疑惑,继而愤怒。他站起身,茉德走进房里,模样慌乱不安。接着艾德格先生出现了,就是路加叔叔肌肉发达的司机,比画动作要约翰·麦克离开,还用手遮住了镜头。

房间陷入一团混乱。没人懂得那影片的意思,不过大家都知道那是前所未有的事情。他们竟然上电视了!路加叔叔看来好像小丑!到处电话铃声大作！

“唔，”朵玲对琳妮说，“有人要活该倒霉啰。”

琳妮往后靠，感觉自己的脸像书页一样，从恐惧翻到亢奋。

她的视线越过房间。凯特从座位上起身，高举手臂走过来。琳妮站了起来，也把胳膊举高。两人的脸庞露出镜像微笑，把掌心拍在一起。

接着她的目光经过凯特的面孔，眺望窗外的夜空。时钟仍在塔里荧荧发光，对大家撒下光线，一副颐指气使的模样。琳妮这辈子头一次气冲冲地瞪回去。

啊——提思克特，啊——泰思克特

凯特

一九七四年

阳光从二月的雪上熠熠反射回来，凯特沿着小径往停车场爬坡时，心想这真是奇迹。**谢谢你，耶稣，谢谢，**她祷告着，**谢谢你让这所学校把哈根巴赫医师吓得大惊失色，最后辞职求去。谢谢你派约翰·麦克·马隆来见哈根巴赫医师，赐给他们偷偷溜进学校里的勇气。谢谢你让约翰·麦克·马隆的揭发报道在宾州，也在更多州里播出。谢谢你让某间公寓的电视开着，有个女人正好在吃微波速食晚餐，凑巧从手上的珠宝工作抬起头，认出了那扇大门。谢谢你让那女人在接下来的几个星期里，慢慢又稳定地坚强起来，最后拿起了电话。谢谢你让茉德接到那通电话，跟来电者说她会请人查档案，看是否有一位叫艾芙林·戈德堡的人住在这里。也许茉德当初根本不会回电，不过媒体有如泰山压顶（州长终于来看这所学校了），没准她当初确实回电了。可是谢谢你，耶稣，让朵玲在那个时机去收取邮件。茉德把对方的请求交给朵玲，朵玲没直接跑到档案室，而是跑来找我，上气不接下气地把她手上的讯息告诉我。最重要的是，谢谢你让奇迹发生，那个女人今天冒雪开了长途车子来到这里，即使她原本得上"愚蠢又无意义的班"（她在电话里亲口这么说）。那是爱的奇迹啊。**自从斯科特双膝跪地求婚以来，凯特最近几天都这么想着，**爱是世上最伟大的奇迹。**

在停车场上，凯特看着自己的手表。十二点十五分。时间正好，亚伯特正在引导一辆生锈的福特猎鹰停入访客车格。虽然远道从纽约州伊萨卡过来不大可能把时间抓得这么准，但是凯特透过挡风玻璃一瞥，看到满头卷发的高挑女人汉娜，就晓得对方是个说话算话的人。

身穿双排扣短外套与飘逸裙子的汉娜从车里站出来，凯特挥了挥手。她花了片刻才注意到凯特；塔上的时钟似乎让她分神了。最后她的视线才扫过停车场，穿着铺棉外套与靴子的凯特正在冷天中挥舞着连指手套。

她们渐渐接近对方，呈现出强烈的对比：凯特满面微笑，轻松活泼；汉娜神态阴沉又尴尬。**她就是那个姐姐**，凯特心想，**她没理由觉得困扰吧。**可是凯特突然明白了：她一直是琳妮的家人，而汉娜原本认识的那个琳妮老早就不在了。

这两个素未谋面的人将对方拥入怀里。

“旧地重游感觉好怪啊，”汉娜说，声音虚弱得仿佛颤抖。两人走下坡到凯特的办公室。“这情景我常常会想到，常常出现在我的梦里。”

“你最后一次来这里是什么时候的事？”

“就是我们带琳妮来的那天。直到在电视上播出以前，我都没再看过这个地方。”

她发出呛噎的声音，暗色发丝就跟琳妮的一样卷翘。凯特从依娃那里得知，那个孩儿（不，她必须用名字来想那孩子）**茱莉亚**的发质也是如此。如果茱莉亚凑巧走进汉娜担任出纳员的银行，汉娜能不能认出自己的外甥女？或者不管汉娜接下来要换到哪里工作——二十七岁的她几年来一直“跳换工作”（照她自己的说法）——能不能认出外甥女呢？嗯，那种情形应该永远都不会发生。汉娜根本不晓得自己有个外甥女。

“我从来没跟人说过我有个妹妹，”她们开始迈步时，汉娜说道。“可是我记得好多事情。”她绽放笑容，“我们以前玩得很开心。我们会玩泡泡糖游戏，她会把我吹的泡泡戳破。我们有自己版本的捉迷藏。她喜欢吸湿毛巾，玩装扮游戏。我们还很爱唱歌，像是电视节目的曲子，锡盘巷①那种风格的。让她最兴奋的是‘啊——提思克特，啊——泰思克特’。我会站在桌子上，扯着嗓子大声唱，她就跟着在床上蹦蹦跳跳。”她唱起那首歌，然后愈来愈小声。风吹过空荡荡的玉米田嗡嗡低鸣。州长已经关闭农场，这些田野再也不见玉米的踪影了。

汉娜叹口气：“我爸妈从来就不去谈她。我弟弟们成长期间，我们甚至搬了家，这样他们身边就不会有人泄露秘密。你能相信吗？你能相信那么多年我都没质疑过那种做法吗？有些事情你就是摸摸鼻子接受了。”她默默走了一会儿，然后补充道：“我问过我妈两次，为什么我们要这么做。头一次是在双胞胎出生之后，她说如果我们来拜访，会让琳妮很困惑。第二次是我上大学的时候，她说是我爸不想让我们丢脸。而且我必须一直向他们保证我不会跟弟弟们透露。”

“他们有人知道你来这边吗？”

“我打过电话给我妈，跟她说了报道里的内容。她说——”汉娜揩揩双眼，“去吧，到时再跟我讲你看到了什么，然后我会考虑要不要跟你弟弟们还有你爸说。”

“那就是你过来这里的原因吗？担任家人的密使？”

汉娜呼呼指头，凯特这才意识到对方没戴手套，外套扣子也没扣

---

① Tin Pan Alley，纽约第五大道与百老汇街之间的地名，后用来指称十九世纪末至二十世纪初汇集于此的纽约市音乐出版公司与创作者，他们当时主导着全美的流行音乐。

上，仿佛不在意自己的不适。“不，我来是为了我自己。有个大家谈也不谈的妹妹，我没办法形容那种感觉给你听。”

“真抱歉。”凯特说。她没说下去的是：有些家庭**是会来**探望的，但不是很多。通常当事人的兄弟姐妹到了青少年阶段，就会变得很不自在。何必跟汉娜说要是她爸妈当初没照着医生的嘱咐做，她可能会有不同的感受——但或许不会。何必跟她说有谁的爸爸或妈妈来访时，有些比较寂寞的院民会走到窗边，看看走在小径上的人是不是他们的父母。只要有人的爸爸或妈妈靠近A-3，凯特都会知道，因为芭芭拉、吉娜与陆佩蒂都会哀伤地呼喊：“妈妈？”

她不会跟汉娜说这些事——也不会提到五年前十一月的某个晚上。

“我们到了。”凯特打开通往她那栋楼的大门。

汉娜用力跺脚驱逐寒意，然后望向凯特：“我很不想承认这一点，但我根本不晓得要跟她讲什么。”

凯特将双手搭在汉娜的肩膀上。“我想你什么都不需要说。”她笑盈盈地望着那双深色眼眸，“人来了才是重点。”

凯特打开办公室的门，琳妮正坐在桌边画画。她的视线往上抬，先看了凯特，再瞧着陌生人。

“琳妮，”凯特听到自己说，声音很遥远，“这是你姐姐。”

琳妮的精神集中起来。“娜娜？”她用柔软的语气说。

汉娜点点头，咬住嘴唇。

琳妮从桌边往后推开，更大声地说：“娜娜！”

“我要怎么办？”汉娜对凯特说，“我不晓得要怎么做！”

可是琳妮已经从桌边冲出来，用双臂猛地圈住姐姐。汉娜缓缓举起胳膊，揽住琳妮。紧紧依偎的两人也形成了强烈的对比：汉娜忘情啜泣，琳妮开怀欢笑。

来访时间相当短暂。路加叔叔怕自己丢了饭碗，所以不让访客停留超过一个小时以上，而且活动范围仅限行政办公室里。不过，凯特心想，也许短访反倒最好，至少一开始是这样。凯特看着琳妮把她的作品拿给汉娜欣赏，心里很清楚汉娜听不懂琳妮久未练习的口语；汉娜的目光总是转过来要凯特翻译。汉娜过去曾经是琳妮最有力的支持者，此刻却是如此，显然因而尴尬不已。她也几乎不知道要说什么，看到妹妹不仅过着自己的生活，也拥有特殊才艺。“这些画好棒哦。”汉娜一直说。她也不晓得要怎么看待朵玲。朵玲过来一趟，得知琳妮的姐姐来访，就突然摔门离开办公室。汉娜不可能晓得朵玲一直没有父母的消息，只有琳妮一副轻松自如的模样，翻着自己描绘马儿与玉米田的画作。不过，凯特晓得事情并非表面那样：琳妮展示的只是她最新资料夹里的图画，里面没有她跟四十二号共处的时光，也没有关于宝宝的内容。

可是她们走回汉娜车边时，她没对汉娜提起这些事。她只说，打从约翰·麦克·马隆把新闻播出以来，她就一直觉得空气中充满了希望，而汉娜的来访就是第一个重要的进展。

“还可能发生什么事?”汉娜问。

凯特告诉对方她替琳妮申请语言治疗师。如果院方雇请更多老师，艺术课就可能开得成，也可能会在小屋里进行物理复健疗程。而且路加叔叔可能会被替换掉。

然后凯特闭上嘴巴，不只是因为汉娜没料到还有其他事情会有所改变，也因为人们通常会想到的主要住宿选择都是家人，所以凯特不想触及任何关于住宿选择的话题。况且汉娜已经表明家人是不会接纳琳妮的。那时，凯特觉得自己绷紧下颚，不过她能体谅。正如其他许多家庭，这个家已经在没有某个儿子、女儿或兄弟姐妹的情况下过了几十年的生活。尽管当初造成了伤害，尽管充满了忧伤、沉默与秘密，但是完整又复杂的生活早已掩盖过那份缺席。要把某个人带回家里，会让好几个人的生活顿时陷入混乱，不管是家人或院民。不论结果好坏，这个体系已经给予院民某种属于个人的生存方式，即使琳妮的家人迫不及待要她回去，凯特也知道琳妮是不会去的。琳妮现在都是个女人了。她当然无法独力在社会上闯荡——她永远都会需要帮忙，可是她一定有办法在不依赖家人的情况下，在这些围墙之外生活。

她们走到汉娜的车边，汉娜转过身来。“我很快会再回来。”她说。

我希望，凯特心想，**噢，我希望你真的会。**

凯特把双手深深插入口袋，看着汉娜从停车场驶离。是的，汉娜能过来就是奇迹了。可是凯特意识到，自己还是盼望奇迹能再稍微多一点。

她合上双眼。“我不是故意要那么贪心的，耶稣。”她高声祷告，一面听着汉娜的车子噗噗穿过车道，“我不是要请你把世上所有的残障人士都医好。我也不是要请你把她的家人变成圣人。不是要请你把四十二号从坟墓里带回来，更不是要请你把茱莉亚带来学校。”

“我只是想请你用某种方式，让琳妮拥有我们都享有的最简单的东西：请把琳妮从这里带出去，请替琳妮找个家。”

红羽毛的那天

侯蒙

一九七四年

当他们离开过夜的大房子，往外走向田野时，阳光已经暖烘烘的了。侯蒙还是不晓得他们的名字，可是他知道，当自己独自在山丘城市的街道上游荡时，他们收容了他。今天清晨，如同多数早晨，他戴上草帽，走在两个男孩身边。那时他在加油站边缘呜呜啜泣，他们就跪在他面前，拿吃的给他，然后载他到这里来。他们两人都是一头长发的吉他手，现在走在他们前方的是个中国女孩，她用雕刻的白蝴蝶夹着头发。轮到她烹煮三餐的日子，她会料理他从未见过的食物：麝香味的棕色稀汤、拌有蔬菜跟有嚼劲白方块的米饭，以及炸香蕉。她的可口晚餐是来这个地方的众多意外收获之一，到目前为止还没有人催他离开。

蝴蝶在小径的地势高点转身，望着男孩们并动起嘴巴。她一定是在谈他，因为她的视线一直回到他脸上；可是他并不怕。这些人散发出某种他从未见过的精神，是某种逍遥自在的接纳态度，即使不是交叉双腿坐在公共休息室、两手合十祈祷的时候，也是如此。大多数的新来者很快就会离开，因为户外劳动或是每天两次聚众闭眼坐在软垫上的活动使他们心生反感。侯蒙虽然根本不知道他们在做啥，还是跟着有样学样。他身在有屋顶可遮风蔽雨、有食物可吃与人们态度慷慨大方的地方，心上重石落地，根本不在意自己懂或不懂。只有在他想起该要往东走的时候，心里才会有所不满。

他身边的男孩们不是这里唯一的乐手，每晚还会有别人到公共休息室来加入他们的行列，并把玩自己的乐器。同一时间妇女们会忙着清理，孩子们则到户外玩耍。每天到了这时候，侯蒙就会在人人同意由他专用(**属于他的!**)的椅子上安顿下来。那是一边扶手破了个洞、披上织布的大型填充黄椅，跟他与撒玛放在厢型车里的躺椅很像，不过这把有个深深的坐部，对他的长腿来说再合适不过。坐在那张椅子上时，他觉得这种生活简直可以永远过下去。

白蝴蝶用手指了指房子，两个男孩点点头，双手搭在手推车上。侯蒙好奇他们是不是打算把他送回屋里做他的白天职务。他从来就不晓得自己当天该做什么，他们想要什么他就照做，从耕种、收割到制作果酱，不一而足。不过他希望今天能被派到室内，因为今天比平常还要疲倦。他昨晚熬了夜，开车过来的鼓手们让他心醉神迷。他们把鼓搁在大腿上或夹在膝盖之间，用手掌来弹奏。那时他把双手贴在震动不已的地板上，去感受跳动的节拍，直到乐手上床就寝为止。可是有个鼓手熬夜不睡，是一位穿着绿橙两色衬衫的黑人，他拿颈子挂有圆形奖章、拳头高举空中的两名男人的海报给侯蒙看。鼓手试着说明海报的内容，可是侯蒙不懂。对侯蒙来说不懂是习以为常的事了，可是，当他了解自己弄错了，而不晓得什么是对的时，困惑与恐惧感会突然袭来，他把这种感受取名为：**不正确**的感觉。

男孩们对白蝴蝶点点头，然后一起继续往前越过山脊，迎面即是绿意盎然的宽阔溪谷。

他并不是对自己的所在之处完全**不**了解。他住在一栋男人、女人与孩子加起来大约有三十人的房子里。只有两位住户头发灰白，而没人患有他在陷阱或教堂那边看到过的病症。房子位于农场上，那儿畜养着动物，种植苹果、朝鲜蓟、花椰菜、甜菜、莴苣与洋葱之类的农作物。有些人负责制作乳酪，其他人则负责捆花束。每个人都会做点事，即使灰发的那两位也是——那是穿橘色外套的精瘦男人，以及一身飘逸洋装、优雅修长的女人。**橘色国王与长洋装王后**。这里由他们俩负责管理。

关于自己置身的地方，侯蒙还发现让他屏息的另一件事。他在这里的第一年时，某天有辆卡车发动不了，有人打开引擎盖，侯蒙往里头一瞧。他三两下就看出问题所在，用双手向他们比了比。比的不是他的手语（他们从没表现出多少兴趣，所以他老早就放弃了），而是听力正常者能够理解的简单动作。他们弄懂该要更换的部位是哪里，于是三个男人坐进跟乌龟一样又圆又绿的车子，挥手要他同行。他们一起离开农场，开往山丘城市。

沿着瘦长的道路行驶，一路上他涌现感激之情，他们当初在加油站找到崩溃的他，那时就有相同感受。他真希望自己只会有这种感受，虽然有时还会有别种情绪蹿上来，但他痛恨那种情绪到了不愿替它命名的地步。在他早期的流浪里，那种情绪是从肚子里的灼烧感开始，久而久之渐渐增长，不管他何时想起自己跳出收容者的窗户、被河流冲走、在洞穴里遭到毒打的情景，那股感觉就会忽地点燃。自从来到这里，清晨还能在脑海里看见美丽女孩与小家伙（大多只是模糊的形状，毕竟从来都无法跟她们相聚，景象也只能持续短短一瞬），那时他都会觉得五脏六腑惨遭烫烧。那种感觉会嗖嗖地蹿过身体，让他不禁用手遮住脸孔，希望没人（特别是他自己）晓得他的存在。他会想，**你怎么可以让这种事发生呢，你这蠢蛋？你不是应该比你那没用的老爸好多了吗？还**

好他们不晓得你是谁！那种感觉狠狠焚烧着他，让他只想忘却之前发生过的一切。每晚晚餐之后，他一定会让自己把一切抛在脑后。

为了故障的卡车零件而回到城里那天，他就没有这种感觉。反之，当他们开上雄伟的红桥（比双层桥还要壮观）时，他透过雾气瞥见水域，心里感到的却是惊奇。他们在大桥的尽头右转，沿着广袤无垠的水域行驶，他的敬畏感油然而生。他在车上看得目瞪口呆，前所未有地彻底投入眼前的景色，把双手贴上车窗。这就是他从撒玛家门阶梯上所看到的地方。这就是美丽女孩画过的地方。这就是他以前再三凝望的景象，就在他从稻草下把她的图画抽出来的时候。他终于来到了这里：这个眼泪变成的地方。

车里的其他人注意到他的目光，等他们把车留在修理行之后，就越过马路，走下楼梯到细沙遍地的海滩。侯蒙在阶梯底端驻足片刻，吸入那股咸味。天气冷冽，风呼呼吹着。他对自己比画手语，给它取个名称——**终于到海**——然后拔腿狂奔。到了沙滩边缘，他哗啦啦直接踏入海里，直到海水淹至膝盖才停下来。然后他用手掬起海水，伸出舌头一探，尝起来**的确像**眼泪。他放任自己遁入回忆：她的双唇触及他的唇，她的身体就在他的怀抱里。可是他这次没有升起那种无名的感受。他只感觉到自己的渴望，就像海洋一样无止境地延伸。他只感觉到一股浪潮在双眼里涌起。

此时，太阳高高悬在田野上方。他摘下草帽、抹抹眉梢，看到孩童们提着午餐桶进入田野，因而觉得开心。虽然这有点非比寻常：朝着他们走来的女孩只带了三桶，递给白蝴蝶跟那两个男孩，接着她催促侯蒙回屋里去。还因为昨晚而昏昏欲睡的侯蒙于是跟了上去。

女孩带他去办公室时，橘色国王与长洋装王后从桌边站起，用微笑来打招呼。昨晚那位鼓手也在场，就坐在角落的桌子旁，一边抽烟一边点头致意。女孩走至一旁，橘色国王指指桌边。侯蒙坐了下来，长洋装王后将门关上。

侯蒙其实没真正跟橘色国王与长洋装王后相处过。他们会在早餐与晚餐时分共用一张大桌，每天两次陪其他人坐在软垫上，可是大多时间他们俩都在办公室，橘色国王忙着讲电话，长洋装王后会把眼镜往下推至鼻梁。他们负责管理这个地方，角色等于是陷阱里的大人物跟他的女士帮手，除了橘色国王与长洋装王后是夫妻——他们戴着配对的戒指。橘色国王会把小孩扛在肩上。当有人一脸闷闷不乐时，长洋装王后就会陪在他们身边坐着，把手指搭在他们的胳膊上。侯蒙初来乍到时，在地板的床垫上蜷起身子、紧握拳头，国王与王后就过来了。他们一定晓得他的耳朵聋了；他们连嘴唇都没动，只是张开手掌指着他的拳头。他跟随他们的引导，将手指展开。他们把手往前伸来，把他当成重要人物似的，两人都跟他握了手。

一阵子之后，长洋装王后做了其他事情。某天，他帮着制作果酱的人把标签贴到玻璃罐上，王后在他身边坐下。她指指标签，上面有个模样淘气的太阳与他知道是字母的黑记号，然后眼神带着疑问望着他。他想起自己在陷阱里头几天做过的测验，他们指着玩具积木跟码表，当时的他不懂那些指示。当时那个测验他没通过，而现在这个测验他也失败了。他埋头继续手上的工作，她不久就走开了。

现在，侯蒙在角落的桌旁坐下，橘色国王与长洋装王后分坐两侧。鼓手坐在他对面，把一本书搁在桌上。

国王直直把书推到侯蒙面前，将它打开。侯蒙先看看他，然后才瞧瞧鼓手。鼓手指向书页，侯蒙轮流瞅着那些面孔。接着鼓手拿起侯蒙的手，放在一行字迹下面。那些字迹很像鸟儿的足迹——像不成对的鸟类脚印。侯蒙抬头望向鼓手。

鼓手将目光凝聚在那行字迹上，动着嘴唇。侯蒙怀疑对方想要他读唇语，接着才明白：**他要你读读看**。他望向王后，她对他比比手势，要他把目光留在纸页上。这个测验他一定也过不了，不过如果他装出努力尝试的模样，他们应该会让他继续住下来。于是他蹙紧眉头，面对字迹铆足全力。但就在他硬瞪着它们看时，那些痕迹就跟被风吹散的足迹一样难以跟随，他的心思开始飘离这个房间。尽管他每天都想要遗忘过去，但还是发生了。眼前有鸟儿的足迹，那让他不由自主。他离开自己人生的这个篇章，飞越多年时光，降落于记忆里的远方。

那件事发生的那天，玉米高得足以让人躲在里头。他跟美丽女孩溜进了一排排玉米之间，受到掩护的他们不用理会规定与守卫，于是手牵手沿着一排接一排的玉米奔跑，自由自在地欢笑。最后他们停下脚步，玉米茎秆环绕着四周，他们朝对方凑过去，彼此之间的距离近得超过红头发胖胖办公室所允许的。然后他们接了吻。对他们来说那是新的吻法，深邃又长久，她的嘴唇甜美而饱满。他觉得自己的身体同时变得既虚弱又强健，情绪朝着各种陌生的方向奔蹿。他把手臂绕过她的背部紧紧扣住，她的胳膊也牢牢揽住他。他希望这枚吻能够持续到太阳变成月亮为止。他希望她能跟他在一起，直到夏天转成冬季。

然后就发生了。当他们脚步暂歇、凝望对方时，有根红羽毛骤然从飞越上空的鸟儿身上落下。他们望着羽毛冉冉往下飘落，当它降落于两人胸膛之间时，他们就身子贴身子一起把它接住。两人同时抓住，这让他们不禁开怀大笑。侯蒙在快乐无比的当下，从两人胸膛上拾起那根羽毛，拿在他们之间，然后做出抵达陷阱那天告诉自己绝不要再做的事。他用嘴巴说了话。

Fuh uh①。

他原本没料到自己的嘴巴会吐出这个词，更没想到它会对美丽女孩产生任何意义——他知道她是不说话的。不过让他讶异的是，她望着他手中的羽毛，眼神从爱意转变成带有理解的爱。然后，她从他手中接过羽毛，眼眸牢牢盯住他的双眼，接着用上排牙齿抵住下唇，将他的手腕举到她唇前，让他感受她的气息：Feh，她把舌头移到上排牙齿后方，thuh。

他目瞪口呆地瞅着她，她则满怀希望地回望。他想也没想，就把手指往下搁在她的颈上，触碰她的肌肤，仿佛他就是贴在她骨骼凹处的项链坠盒。当她再说一次时，他的感觉更加清楚。Feh thuh，他发出笑声、合上双眼。她一次次地反复说着，语气愈来愈强烈，因为晓得他感觉得到她的声音，也因为自己能够说话而亢奋难抑。然后他把她的手指贴在自己的喉咙。是 Fuh uh。她摇头表示不对。对了，是 Feh thuh。她点点头。Feh thuh。Feh thuh。他好久都没这样运用自己的声音了，她也用自己的声音来回应。他们看着对方尝试，碰碰彼此的脖子，去感受对方怎么说话。

现在他往鼓手望去。侯蒙好想把手往上伸，摸摸男人的喉咙，猜猜对方在说什么。可是他想起当初兄弟姐妹嘲笑的脸孔，还有奔逃时期

---

① 侯蒙想发 feather（羽毛）的音。

火车站里陌生人的困惑表情。他想起警察逮住他，用手铐将他扣住，最后沦落到陷阱的过程。美丽女孩是他碰过颈子、让自己说出不止“我是聋子”这句话的唯一对象。碰触某人的颈子或是尝试说话，都会传达某种亲密感。他从没在其他人身上体验过这种亲昵感，连撒玛也没有。对别人使用自己的声音，直到讲出一个字，这种行为就像把一枚吻交付给对方。

鼓手最后还是放弃了。

那晚，有如每天晚上，侯蒙坐在自己的黄色椅子里。大家都以为他在晚饭过后来到这里，是因为大座椅很适合他的长腿。可是，其实有个隐而不宣的原因。他的钱就塞在座椅正下方深处，藏在覆盖弹簧的黑布里。要是让他们知道了，他们肯定会把他嘲笑一番，因为在这里所有东西都是大家集资合购的。不过，对侯蒙来说，他的钱很重要，原因不在于能用它来买什么，而是因为那是这些年来他一直紧紧掌握的唯一东西。

他刻意把黄椅子摆在公共休息室的中央，椅子拥抱着他。有人把一颗塑胶球滚给他，他喜欢在有人弹奏音乐时握着球；他把球搁在大腿上。就在那时，乐手们开始在吉他上拨弦、敲起鼓来，侯蒙感觉震动穿过他的双脚、座椅、扶手以及他抱着的球，他任由声音砰砰蹿过身体。这张椅子仿佛是一艘从四面八方摇晃着他的船只——伴随着他的钱、回忆，以及他不愿命名的感受。

他往前航行，感受着音乐。他抗拒不了——还是想起了美丽女孩。不过，并不是两人同在一起的回忆，而是她现在置身于陷阱里的影像：她躺在床上，往外眺望塔钟，等待永远不会返回的男人。

不准再去想她了。

有位吉他手照着每晚的惯例，点燃了一根**刺痒**。侯蒙从球身上抬起目光，伸出手把刺痒接过来，举到唇边。烟雾往上钻进他的脑海，好似烟囱扫帚，将他的思绪一扫而空。

他把香烟传给白蝴蝶，然后再次弯身抱住小球，远离美丽女孩，感觉音乐像暴风雨一般猛烈轰击自己的身体。

第三部

寻觅

游 行 队 伍

琳妮

一九八〇年

“你怎么可能还赖在床上?”六月的那天早晨，琳妮刚从梦境中苏醒，就听到朵玲说，“我还以为你等不及，希望今天快来咧。”

睡意仍让琳妮睁不开眼睛，她想不起朵玲到底在说什么。一切感觉起来都如同以往：硬邦邦的床垫、散发漂白水味的床单、其他院民的咕哝跟晨间的伸懒腰，以及学校的浓烈气味。其实，那与实情不符。纳税人现在要求有所改变，所以院民人数已经减少了。现在开始表达关切的官员也会四处打探，所以那股臭气已经被来舒消毒液全面遮掩过去。连朵玲的床位都远得让她不再能把手搭在琳妮床上，因为小屋已经搭起隔间，创造六人一间的寝室，每位院民床边的空间都很充足，还各配发有一架五斗柜——用来装个人的衣物。抽屉也不上锁，牙刷也不共用了，食物更不再烂糊成泥，工作治疗法有货真价实的课程作为补强。琳妮在艺术课上学习绘画、蚀刻，甚至镶嵌画。

不管何时想起这些改变，琳妮都会涌上一股快乐的骚动感，就像她在纸页上轻轻涂抹金丝雀黄、兰花粉红或莱姆绿颜料时会有的感受。可是，有个生活面是她不希望有所改变的：朵玲跟琳妮在同一区就寝。有个朋友陪在身边，滔滔说个不停，直到两人飘进梦乡为止，就能让琳妮有勇气面对每晚的空虚。只要晓得朵玲到了日出都会用手肘撑起身子，翻阅现在获准取阅的杂志，就能赐予琳妮(尽管她无论何时想到巴弟与宝宝，仍会看到影子般的形象）每天睁开双眼的动力。

自从约翰·麦克·马隆让改变有如骨牌效应似的在学校里接连发生，前后已经过了七年。在那段时间里，琳妮逐渐理解改变会带来惊奇，却也叫人不安：当艺术老师头一次把粉彩笔带到课堂，或是朵玲首次获准订阅《人物》杂志时，改变让琳妮的精神欢欣鼓舞。可是，每当重新调整床位，琳妮就得面对这个可能性：朵玲也许会被调到遥远的房间，然后琳妮就会再度陷入巴弟与宝宝消失以后所感到的麻木与迟钝。感谢老天，朵玲总是会表示意见，直率地说："你们以为我真的会搬啊，你们最好再想清楚啦。"她们一直躲过了这种最惨烈的改变。

"嘿，"朵玲再次推推琳妮的肩膀，"你要起床了吗？"

"给我一点时间。"琳妮说，吐出的话语比起语言治疗师安缀亚向她保证的更加缓慢与模糊。不过，话还是说出口了。再次学习说话是个漫长的过程，是由许多微小的步伐所构成，而每一小步都得耗费无数充满挫折的午后。幸运的是，在琳妮心中颇有分量的人们，都已经习惯朵玲戏称为"琳妮话"的表达方式，而不会露出困惑的神情，也不会粗鲁对待她过于小心的咬字发音。而他们的耐性则让琳妮得到了鼓励，愿意继续尝试。其他人的反应其实就是她对于改变所学到的另一门功课：当改变发生在个人身上时，也会发生在周遭的每个人身上——有时候是以她所希望的方式，有时则违反了她的意愿。

琳妮睁开眼睛望着朵玲，对方着装完毕，站在她的床畔。

"那你会去啰？"朵玲问，她的声音带点恳求的意味。

此时琳妮忆起今天是什么日子，她往上伸手，指头包住朵玲的手："嗯，我会去。"

朵玲把琳妮的手抖开："哼，我才不去咧。"

“别那样。”

“我又没怎样。”朵玲往她床上重重坐下，并说，“我只是不去而已。”她拿起枕头，抛向隔板，然后把自己蜷成一颗坐着的圆球，说她不要去吃早餐，虽然那是她们在这里的最后一顿早饭。

琳妮踏出 A-3 走入初夏的阳光，看见两名看护正在两根手持的棍棒上系绑横幅布条，心情没有她原本预料的那么振奋。她瞥见马戏团卡车开入停车场——停车场仍然由穿着制服的亚伯特(今天之后他该何去何从?)掌管——还看到带轮笼子里的骆驼、马匹、大象，全都披着同样闪闪发光的鞍座(都是马戏团多年来不再到访以后她便没再看过的)，她的内心也没有蠢蠢欲动的感觉。“那是个大日子哦，”新任主管裴宁顿先生在上周的电影之夜告诉她们，“所以我们要把动物带回来庆祝。”再次回来的还有约翰·麦克·马隆跟他的摄影机，这次是光明正大地使用。过去许多个月以来，琳妮一直在想象这个早晨，她确定自己到时会觉得“活力四射”——那是她听安缀亚讲到今天时所用的许多重要语汇之一，虽然难到让琳妮念不出来。可是对于这些庆祝以及院民面临的重大事件，朵玲却表现出抗拒不从的态度，因此削减了琳妮的兴致。一路下来，朵玲毫不隐藏自己的感受。当时有传闻说学校终于要关闭，人人将要搬往裴宁顿先生所说的“在社区内重新安排好的住处”。“我才不想要重新安排呢，”朵玲说，“我一星期大时就住在这里了，这里就是我的家。”琳妮能够体会；不过，就像多数院民一样，她迫不及待想要离开，也许只是因为她曾经知道围墙外的世界：她跟娜娜曾躲在厨房橱柜里唱歌，她曾在餐桌底下玩贝茜威茜洋娃娃，曾经在餐厅里尖叫“堡包”。可是也许那是因为她在那个世界里过了灿烂辉煌的三天，所以对外头并不觉得恐惧。朵玲就是那样称呼的——**外头**——把这个词当成烂掉的食物一样啐吐出来，可是琳妮知道朵玲只是太害怕而不敢下咽。

有那么多事情都是最后一次了，感觉起来真怪：走到用餐小屋、看到看护（再也没有负责劳务的小伙子或女孩，看护也不再穿制服）喂饭给需要帮忙的院民吃（再也没人会说“低能”，大家都说“严重”、“重度”或“低功能”）。琳妮纳闷着，他们每个人接下来会怎么样呢？她已经开始想念吉娜与马可思，他们的父母已经把他们接回家了。芭芭拉会去哪儿呢？克里斯多夫呢？陆佩蒂呢？他们的家人从来都没出现过。凯特说：“有家人热情参与的那些院民，以后的状况会比较好。”琳妮问为什么有些家庭就这么凭空消失了，凯特说：“可能的原因有很多，可是我可以向你保证，那些家庭每一个里头都会有人感觉自己心里破了个洞。”

“也许朵玲的爸妈会来参加游行。”布尔昨晚说。可是等到琳妮吃完早餐，朵玲本人或朵玲的父母都没出现。唉，琳妮把薯饼与玉米肉饼的气味抛在后头，心想自己会继续怀抱希望，即使朵玲表示她根本不在意。如果琳妮改变的幅度可以大到能够学习说话，那么朵玲的爸妈也可能改变才对。

琳妮踏上小径，走向凯特的办公室，努力想把心思放在充满希望的思绪上。要不然，她知道自己因为即将失去朵玲而感到的哀伤，可能会跟此时路过的其他哀伤结合起来，像是凯特赶来救援以前她被安置的那间小屋、她认识东妮特的医院小屋、现在杂草蔓生的玉米田。有那么多的哀伤，连马戏团的动物都无足轻重了。

琳妮把目光从那些景象中移开，逼自己看看更有欢乐气氛的地方——那样的地方还不少呢。上级终于要求路加叔叔离职时，史墨克斯与克莱伦斯也跟着辞职了，所以有整整七年（七！琳妮现在每个数字都会说了，可以一路数到一百呢），她都能独自在院区里散步了。等到规定稍微放宽了，她甚至可以拿着画纸四处漫游。农场动物与拖拉机都已卖掉，就像裴宁顿先生所说的，以便“作为收入的新来源”，可是空荡荡的谷仓依然存在。她现在就看得到通往谷仓的步道，想到她每次出发到那里打发下午的时光，心里有多么喜悦。她会在红色谷仓门外安顿下来，心满意足地待在阳光里，把眼前看到的小故事画下来，关于松鼠、狐狸与鹅。汉娜说，琳妮是个很棒的艺术家；汉娜之所以知道，是因为她多年来一谈到自己靠什么维生就蹙紧眉头，于是在历经那些工作之后，终于独立开了家艺廊。某次探访结束，她带了琳妮的几幅画回去。事后她告诉琳妮，当她把那些画拿给顾客看的时候，他们都瞪大双眼说：“真的不赖啊。”

对于琳妮的艺术作品，她父母没有太多表示，不过他们曾经来探访过。琳妮与汉娜团聚之后过了几年，她父母从亚利桑那州的养老院搭机过来，先在机场与汉娜会合，然后在学校出现。他们看起来不像琳妮那张照片里的人，不过她还是大方地给了他们拥抱。他们在汉娜的催促下，跟着她与琳妮的脚步在学校里面到处参观，母亲频频露出害羞的笑容，父亲则老是清喉咙。她把艺术老师钉在墙上的图画指给他们看（画的是蓝绿两色的马匹，是根据汉娜的小玩具画成的，那个玩具琳妮还放在自己的小袋里），他们顶多含糊地说了声“不错”。他们还一直从她身边退后一步。她想不通为什么，可是当她照着平日站在朵玲或凯特身边的距离，往他们靠过去时，他们又会退开一步。等他们带她回到下榻的旅馆时，气氛可能会轻松一些，只是难处不同罢了。妈妈用面纸轻擦镜片后方说："整件事情都做错了，琳妮。"爸爸说："我们当时别无选择。"然后，好像就没人晓得该说什么了。她想跟他们聊聊她的"琳妮日"书本，讲讲荷顿、费迪南[①]跟其他的角色教会她怎么按顺序画出系列来，这样一页页加起来之后，就会累积成一个故事。可是那些字眼她几乎都不大懂得，而且不知为何，她的嘴比平日更不合作。即使汉娜竭尽全力向大家提示对话的内容，琳妮却开始觉得自己仿佛穿了永远不合身的衣服。最后汉娜旋开了电视，琳妮松了口气。

她明知道自己应该爱他们，可是当她看着他们，却感受不到她对汉娜或对院区里认识的那些人（朵玲、凯特、巴弟与宝宝）的感觉。她知道自己在某个时期曾经爱着父母，可是大家后来都有了转变。

琳妮每年都会跟汉娜见几次面，不过她只跟妈妈或爸爸另外见了一次，那是在几年之后。他们再次带她到下榻的旅馆房间，说打算庆祝逾越节。琳妮并不认识在房里等候她的人——有人告诉她，那是她的弟弟与弟媳。弟弟们马上拥抱她，然后一样快速地放开。他们用鼻子发出假笑。每个人都坐在折叠桌与折叠椅旁，太太们拿出用保鲜膜盖住的食物。然后大家打开一本几乎没有图案的书本，大声念出某个故事。故事讲的是法老、摩西与"放我族人自由"，琳妮想要把故事听懂，可是一半的词用的是另一种语言。爸爸一直说："注意听，琳妮。"妈妈不停说："琳妮，别乱玩叉子。"汉娜一直要大家别再干扰琳妮，说她需要时间把词念出来。弟弟们一直互使眼色。琳妮不能自由取食，只有在他们告诉她可以吃这块无酵饼或那匙果仁蜜糖拌酱时，她才能进食。

---

① 前者为苏斯博士的绘本 *Horton Hears a Who* 里的主角大象，后者也是经典绘本 *The Story of Ferdinand* 的主角小公牛。

然后，等她吃了些苦菜，却觉得好像有蜜蜂在叮她的鼻子。她离开桌边往后靠坐，合上眼睛。之后他们开始争吵，一面说着“这点子真蠢”“你永远无法原谅因为她而拒绝你的那家犹太会堂，然后我们突然虔诚起来了？”“你没办法弥补失去的时光，覆水难收。我敢打赌她连上帝是什么都不晓得”。

“我晓得。”琳妮说，用的是安缀亚会评为“太过柔软”的语调，所以他们从头到尾都没听见。她真的晓得上帝是什么，因为她在电影之夜看到过他。有时他是一根吓人的火柱，有时他是对人很和善的乔治·伯恩斯①。凯特说，上帝创造了一切，他爱所有的人，可是就像阅读、跟家人相处以及轻松说话，认识上帝似乎是只有其他人才能做的事。

她现在不应该去想上帝的事，她应该到处看看以后再也见不到的地方。有好多地方都让她想起巴弟，而每个地方都带回了最甜美的感受。这棵树，他们当初躲在枝繁叶茂的树荫里，她在这里笨拙地练习巴弟的手语，他耐性十足地等候。这扇窗户，她在那里看着巴弟把一头母牛从牧草地领回来——不久之后他还替那头母牛接生呢。那番好身手让她知道，他有能力替她助产。噢，还有这个隧道入口：就是他先跑去搭梯子时她挥手与他道别的地方，他们后来就用那把梯子逃了出去。

这些地方每个都让她觉得充满了世上拥有的各种色彩，但同时却也把她困在麻木无感里。他走了，宝宝也走了，现在琳妮也即将离开。等他回到这里，就再也找不到她了。至于他与宝宝，她手上只剩回忆而已。

也许那就是为什么当凯特的办公室最后一次映入眼帘时，琳妮放

---

① George Burns(1896—1996)，美国喜剧演员与作家。

任自己去想之前从不允许自己思索的事。这些岁月(**都十二年了**),她从没跟凯特谈起宝宝的事。她甚至连宝宝的图都没画过,除了头几周那唯一的一次。可是后来的几年,史墨克斯与克莱伦斯带着狗儿来来去去,她没办法冒那个险。当他们终于离开学校,她还是害怕宝宝会落入进到育儿室的命运。

不过,或许该跟凯特说点事情的时候到了。凯特跟琳妮说过,她的新家会安全又有保障。琳妮会有自己的钥匙,在那里工作的员工会挡住所有不该进来的人。如果那确实是真的(如果会把她宝宝丢进学校的史墨克斯、克莱伦斯跟官员都无法接触她),那么琳妮去谈宝宝的事应该就没关系。不:是谈谈那个孩子。不:是谈谈她的女儿。这些字眼像彗星一样冲进她的脑海,留下让人愉悦的亮闪闪尾巴。宝宝现在都比琳妮当初来到这里的年纪还大了,而她是琳妮的骨肉血亲。她有琳妮跟汉娜都有的艺术天赋吗?她喜欢唱歌吗?有十二年的翻转纸页有待查明——她的女儿几乎是少女了。现在凯特会帮她查查关于那位少女的事。她一到凯特的办公室就要发问,问凯特能不能带她到老妇人的农场上。

“琳妮!”汉娜从凯特的办公桌后方喊道,“大日子终于到了!”

琳妮最后一回站在凯特的门口通道,目光从汉娜移向凯特。汉娜原本应该在游行开锣时才会抵达,可是凯特已经拉开了档案柜,正握着一叠琳妮的图画。汉娜正用胶带把一只箱子封起来。

“你来早了。”琳妮说,压抑不住自己的失望之情。

“你不介意吧?”汉娜说,笑容逐渐退去,“我是想帮帮凯特。”

“没关系。”可是琳妮现在要怎么对凯特透露任何事情呢?

“这阵子你话说得真好。”汉娜说。

琳妮明白汉娜想要随口闲聊，把差劲的对话开场抛开。安缀亚教过她：说话远远不只是呼吸、音量与发音；说话是知道何时自己要主导，何时要让其他人掌控全场。汉娜望着琳妮的模样，好像把她的说话能力当成辉煌的成就——的确是的，安缀亚与凯特总是这么说。于是琳妮决定晚点再跟凯特谈，并且决定现在不要露出失望的模样，而要展现出她真心感受到的得意。

“我都会练习啊。”琳妮说。

“嗯，辛苦总算有了回报。”

“我想要愈来愈进步。”

“你会的。离开这个地方以后，你的生活会产生很多变化。你会接受更多的语言治疗。你会学习在商店里买东西。你会过跟其他人一样的生活。”

“那里是团体家屋。”琳妮纠正她。

“嗯，就跟其他人一样啊。”

“其实不是。”

“好吧，可是那是属于你的家。是你的，还有安娜贝尔的，也是朵玲的哦。”

“朵玲不肯离开。”

“她还没想通啊？”

“有好几位院民还希望我们继续经营下去。有些家长也是。”凯特说。

汉娜叹了口气：“我原本希望他们会改变想法的，我猜那样是要求太多了。他们在开会时曾经表达过很激烈的意见。”

琳妮想起汉娜跟她说过那些会议的事。首先，行政阶层希望把这所学校办得更好，所以会议的主题是要整修建筑物、重新训练员工、替院民创设活动。其次，有些家长说学校应该直接关闭，但其他家长又说学校对他们孩子而言是最安全的地方。大家开始互相叫骂，连律师都卷入了战局。琳妮之所以会知道，是因为每场会议汉娜都参加了。“我站在主张关闭的那方，”汉娜说，“那不表示我不担心你在外头的生活状况，你是我妹妹，我会替你担心。”那就是为什么琳妮晓得自己永远不能跟汉娜讲出狗儿、巴弟与宝宝的事。琳妮也因此知道，自己某天将会到其他地方去住。

“这里面什么也不剩了。”凯特一面关上档案柜一面说。

“那我们就完成啰。”汉娜说。

琳妮还没准备好这么快就离开这个房间。这里曾经充满了那么多的喜悦，她怎么可能再也看不到了呢？她现在把一切尽收眼底：收音机、打字机、植物。巴弟曾经在她的图画上压碎一块方糖，把星辰的形状展示给她看。

“我知道很难割舍，可是你会喜欢新地方的。”汉娜说。

琳妮点点头。

“开心点，妹妹。”

琳妮垂下目光。她想起自己看过巴弟的双脚踩在这片地板上。那时她替他画了张图，内容是他们逃出去以后，会穿上好衣服与好鞋子。她想起套上老妇人拖鞋的情景，它们让琳妮觉得自己像个新娘。

“琳妮？”

她抬起头。

“你看，我帮你做了个小礼物哦。”汉娜把手伸进口袋，“本来想等你搬到新家时再给你的，可是也许我现在就应该送你。”

“为什么？”

“因为那是你一直留在这房间里的特别的东西。我知道这个房间是你画画的地方，所以有点像是纪念品，你知道吧？”

汉娜从口袋里抽出手并举高，然后展开指头。

她正握着附有银色链子与玻璃坠盒的项链。保存在坠盒里、免受空气与时间侵蚀的，就是那根红羽毛。

琳妮伸出手，用指头抚过玻璃盒。

“这是个老单片镜，”汉娜说，“我加了东西当垫背，然后焊接起来。”

“汉娜想要用你装在小袋里的东西，而羽毛是最适合的。”凯特说。

“你为什么……为什么挑了红色的？”

“我希望这样可以。”汉娜语带担心地说。

“很好啊。”

琳妮从姐姐那里把项链拿过来，套在自己头上。羽毛就停在胸膛，正是那天她跟巴弟一起接住羽毛的地方。“为什么挑红色羽毛呢？”她重复发问，一面窃喜安缀亚不在房间里。她晓得自己的话语里面含藏了回忆。

“因为红羽毛很罕见，”汉娜说，“如果你找到了一根，就应该永远保存下来。”

当她们走到行政小屋前方的小径时，摄影机已经开始运作。壮硕的裴宁顿先生身穿西装、打了领带，头戴马戏团主持人的帽子，正站在平台上。“这是历史性的一天。”他对着麦克风说，凯特那时把她上周制作的布条的一边撑竿交给琳妮，上面画有学校大门敞开的图案，“联邦的人民已经不再需要**为天赋异秉的孩子与成人所设的宾州居所**。它为我们服务了八十年的时间，现在我们最后一次向它致意。”

琳妮环顾四周的院民，他们三三两两或四人一组站成一排排，准备参加游行。这些人曾经在用餐小屋里坐在她附近、在公共小屋里一起看电影、在洗衣间里站在旁边折衣物。这里有能靠双脚、拄着拐杖、戴着腿部支架或使用轮椅走路的院民。这里有那么多她认识的人，每位都戴着酷帅的墨镜、最爱的棒球帽或穿着新衬衫，以表示这个场合的重要性。有些人举着自制的标语，其他人则拿着喇叭、铃鼓与沙铃。骆驼、马匹与大象站在他们所有人的前方。约翰·麦克·马隆正在一位摄影师身旁振笔写着笔记，镜头对准院民们。

放眼不见朵玲的身影。

接着裴宁顿先生步下平台，走到队伍前方。大象把帽子从他头上举起来，逗得大家笑呵呵。裴宁顿先生把它抓回来，喊道：“五、四、三——”大家跟着一起喊，连那些不能说话的也是，“二、一。出发！”于是他们迈开步伐，用乐器发出噪音，一面高声欢呼，路过员工、家人与记者时就朝他们挥挥手。

琳妮瞅着人群，希望能看到朵玲的父母。她根本认不出他们，这样做好像蛮蠢的。可是，当大家朝着小屋走去时，她还是频频张望。人群疏疏落落，每个旁观的人都一直往前跑，想抢先抵达用餐小屋，那里就是游行的终点，所以轻而易举就能看清所有沿着路线移动的人们，她就是这样瞥见克莱伦斯的。他正远远站在一旁，穿着牛仔裤与夹克，似乎比以往更加削瘦。在属于她的好日子里，他竟然来了。就在她想请凯特找出女儿的这一天。

如果他今天能来这里，那么随便哪天哪个地方他都能去。

身边有个男人正敲着鼓，她伸手把一根鼓棒抓来，开始击打手里的布条撑竿。这样一来，她就听不到脑海里的狗吠声，还有她哀哀恳求时桶子滚开的声响。

接着她感觉身边有人出现，于是一转身，是朵玲！朵玲走进队伍，就站在她身边！

朵玲的神情并不愉快，不过模样已经跟早上不同了。相反地，她给琳妮一个会意的眼神。“我也看到他了，”她高声盖过游行者所发出的喧闹，“我才不会让你一个人留在外面呢，不管我的感觉怎样。”

“那你要跟我一起走啰?”琳妮说。

“我会跟你一起走。”

琳妮挪挪布条的位置，这样两人可以合力握住撑竿。她们彼此对望，把它高高举入空中。摄影机捕捉到两人一起绽放的笑容。

第二次机会

玛莎

一九八三年

皮特接起了电话。

在小客厅另一端的玛莎不敢去听电话内容。她甚至不敢接听电话。只要茱莉亚出门不在的晚上，每次电话一响她都有这种反应。玛莎总是希望来电者会是篮球教练或茱莉亚较有责任感的朋友之一。可是，几个月以前茱莉亚过了十四岁生日，从那之后，不管电话何时响起，皮特都会从书上抬起目光，对上玛莎担忧的眼神，然后起身去拿话筒。

足足有几秒钟，皮特不发一语，然后才说："对，她就住这里。"

不会又来了吧。她明明是个好孩子啊。不管她做出什么事，那都不是真正的她。

"我是她爷爷，"皮特说，眼神此时紧紧扣住玛莎的双眼，"她的继爷爷。她跟我们住。"

皮特倾听时，更多的寂静降临。这会儿又出什么事了？几星期以前，问题出在她的成绩单。茱莉亚的成绩连续拿了多年的 A，现在却开始出现 B，甚至是 C。她把成绩单藏起来不让玛莎看，一面咕哝说学校还没发。最后玛莎说："我明天打电话给校长，问问到底是什么拖延了时间。"茱莉亚突然想起自己那天下午就已经拿到了，不过玛莎跟皮特听到茱莉亚砰砰冲进自己的房间，打开衣柜，往某个地方挖啊挖，就是为了挖出成绩单。

之后，一位老师来电，一开始对茱莉亚逐渐失色的在校表现表示担忧，再来就谈到更为一般的困扰。“她以前会跟最勤学的小孩交朋友，”耶里内克先生说，“可是，自从跟新的这群人打交道以来……”

“什么新的一群人?”玛莎问，电话好像结成了冰。

显然，茱莉亚受到一个女孩集团的吸引，那些女生会从专卖店购买昂贵的服饰，而且除了足球队之外的人，她几乎都避不来往。茱莉亚为了融入那个团体，最近都会提早到校，然后换上这些女孩会穿的同类毛衣；放学后跟着她们窝在溜冰场瞎混，或是大摇大摆逛着海尼斯购物商场。而玛莎还一直误以为茱莉亚提前到校是为了练习篮球，放学晚归是为了参加戏剧社团。

毫无成果的对话持续下去。茱莉亚还算值得赞许，因为她的确承认自己有了那些新习惯。不过，让玛莎(与皮特)心灰意冷的是，当玛莎坚持要她回到当初那种凭良心做事与诚实的习性时，她竟然一脸僵硬、两眼无神地说:“我会试试看。”

后来，晚上便开始频频接到来电。米兰达的妈妈质问玛莎晓不晓得茱莉亚某晚在二老就寝之后就溜出家门，从他们位于查塔姆、鳕鱼角风格的朴素小屋，步行一个钟头到米兰达一家位于西尔斯岬角的华宅，趁米兰达的妈妈外出看诊晚归，结伙把音乐放得震天价响而吵醒邻居。电影院的经理逮到茱莉亚跟朋友们从后门偷偷溜进去。篮球教练发现她到哈汀海滩参加啤酒派对。

“知道了，”皮特说，“我们很感谢，警官。”

警官。玛莎的内脏仿佛遭到雷电劈击而猛然一闪。

“我们马上过去。”

他挂掉电话，看向玛莎。“喝醉酒在店里偷窃。”他说。

当威廉森警官与商店保全队长打开通往后室的门时，茱莉亚一字不吭。她弯身坐在金属桌旁的塑胶椅上，双臂揽着自己的腰。玛莎站在门口通道，茱莉亚从棕色卷发的缝隙之间望着她，含有懊悔与怒意的目光一片深暗。看到可爱的茱莉亚在荧光灯底下受着玛莎难以理解的欲望所啃噬(或许茱莉亚自己也无法了解)，让玛莎觉得恶心欲呕。玛莎的学生告诉她，正值青春期的孩子就是对灵魂的一项试炼，不过她向来笃信自己与茱莉亚的关系如此亲密，怎么也不会遇上那些麻烦事。她与皮特先到治安法官那里证婚，然后搬进他位于查塔姆的房子，不久之后皮特就指出，茱莉亚的态度似乎认真到不寻常的地步。茱莉亚当时七岁。玛莎也说过，或许等住家稳定下来、有两位成人陪伴时，那种安全感就能让茱莉亚的个性阳光起来。可是在威廉森警官的要求下站起身的，却是一个郁郁寡欢的女孩。她摇摇晃晃地站着，一语不发，兀自散发酒精的臭气。

玛莎与茱莉亚尾随威廉森警官穿过明亮的走道，经过员工储物柜时，那份沉默持续了下去。茱莉亚步伐不稳地走着，玛莎在内心挣扎着该怎么做，一面纳闷(她过去几个月以来都是这样)如果孩子是自己亲生的，或是自己距离青春期只有十几二十年，面对孩子的恶劣行为时，处理起来会不会比较得心应手？皮特当时笑道，说他当初跟安两人都是凭着感觉即兴而为的。“拉拔孩子可不是木匠工作，”他说，“测量两次、切割一次？算了吧。每天都要一次次重新测量的。”

威廉森警官把通往装货码头的门打开，他的警车就停在停车场的一边，皮特的吉普车在另一侧空转引擎。威廉森警官转身对茱莉亚说：“就像我说过的，没有第二次机会了。”

茱莉亚没搭腔，玛莎连忙插话：“她不会需要第二次机会的。”

茱莉亚滑进车后座，玛莎坐进前侧。车内虽然暖烘烘的，却无法带来丝毫的舒适感。两扇车门同时砰砰甩上，接着皮特在后视镜里对茱莉亚点点头，然后打挡启动车子。

玛莎真希望皮特能够开口训斥、质问，什么都好。可是两人老早以前就建立起这个模式：皮特绝不会接手处理，更不会坚持玛莎要照**他的**方式教养茱莉亚。

玛莎终于说了她唯一讲得出口的话："为什么啊，茱莉亚？"

更多的沉默。又驶过了四分之一英里。

"酒是你从哪儿弄来的？"玛莎补充道。

"米兰达。"

"她把酒带到购物中心？"

"酒放在她家。我们后来才去购物中心的。"

"然后在店里顺手牵羊？"

沉默无语。

"你为什么要让自己堕落到这个程度？"

"谁叫你从来都不到购物中心买东西，"茱莉亚说，"你老是说太贵。"

"你不能拿那个来当开脱的理由。"

"我就是需要一件 Jordache 牛仔裤啊！"

皮特开上六号道路，朝查塔姆驱车前进。

"算你运气好，威廉森警官放了你一马。他原本可以逮捕你的。"

"要是他认识真正的我，他可能就会。"

"真正的你又是谁？"

"我想跟其他人一样！"她咬字虽然含混不清，可是要点却清清楚楚。“其他人都在穿 Jordache 牛仔裤，其他人家里都有彩色电视、撞球桌、大帆船，其他人在冬天的时候都会离开鳕鱼角，米兰达就会去佛罗里达州度假！”

“你总不会以为——”

“其他人都有爸妈。”

这些字眼在温暖的车内回荡，顿时让人透不过气来。

“也许时候到了，该说点什么了。”皮特说。

他俩仰躺在床上，书碰也没碰，阅读灯还亮着。

“我说不出口。”

“我倒不觉得她是因为一无所知才乱来的。可是你口风那么紧，也没什么帮助啊。”

“她明明有我们啊。”玛莎往他那里看去，“她有一堆阿姨姑姑叔叔舅舅，我们以前都会去拜访。他们每年夏天都还会来探望我们。”

“她知道他们是你以前的学生。”

“她都已经失控了，要是让她知道真相，谁知道她会做出什么事情来？我根本无法想象。”

“她想知道更多。”

“她太年轻了。”

“那她什么时候才算够大？”

“我不晓得。”

“玛莎。”他目光温柔地望着她，“玛莎、玛莎、玛莎啊。当初你跟我说你不是玛蒂达时，我大大松了口气。”他滚到她身侧，把手搭在她的臀上，“那就说明了你们来去不定的原因，也解释了你转开身子、默默不语的时刻。”

“你以前说过了。”

“是啊。可是我不确定有没有跟你讲过这一点。”他用手轻推她，于是她转过身面对他，“你对我实话实说时，我就意识到你是信任我的。”

她让自己漾起微笑：“这你以前也说过了。”

“是啊，可是我没跟你说过，在你对我坦承之后，我也能够信任你。”他把手贴在她的脸上，她觉得自己好像摇身变回二十岁的女孩（她在他怀抱里的时候，常有这种感觉）。他说：“一旦我知道你做了什么——你几乎马上抛开一切，就因为对走投无路的年轻女子许下承诺——我认为我认识的人里头，你是最不可思议的一个。”

“任何人都可能会这么做。”

“不，他们不会。”

“也许当初**我**不该这么做的。”

“那才不是你真正的想法啊。”

“我当时以为那件事是对的，现在我没那么确定了。我当家长不是很在行。”

“大多数的父母都那么想，我认为为人父母就会有那种情况。”

她什么也没说。

“目前的状况只是一时的。盖瑞以前也会啊，他以前会跟朋友狂灌啤酒。还记得他在法尔茅斯撞烂我的车子吗？要是你当初没那么做，想想茱莉亚的人生会变成什么样子。”

“我想象不出来。”

“想想你自己的人生又会是什么模样，或是我的人生。我们现在就不会在这里了。”

玛莎用胳膊绕住他的背。他比厄尔还要壮硕，个性温暖开放，能够给人带来安慰。琳妮不只给玛莎一个孩子，还给了玛莎第二次机会。

玛莎打电话给以前的学生，要他把某个故事公之于世时，也给了琳妮第二次机会。

“你可以跟茱莉亚讲一些基本细节。如果她真的想知道更多，而你还是不想亲自告诉她，就把纪念盒交给她吧，里面写给她的信已经够多了，还有剪报跟有的没的。她会渐渐明白的。”

“我不确定。”

“睡一觉以后再说吧。”

“我都拖了十四年。”

“这可能是你拖延的最后一夜。”他说。

她躺在皮特身边，望出窗外，云朵飘过月亮前方。去年秋天她取消茱莉亚的零用钱，直到学校成绩有所改进为止。在米兰达家的派对之后，玛莎宣布每晚九点就是茱莉亚的宵禁时间。结果她还是再度惹上麻烦，这次竟然还牵扯到酒。玛莎现在想要彻底执行规定：茱莉亚上学之外的任何时间都要禁足。玛莎还应该加上复杂的真相吗？

也许她应该要。真相可能会让茱莉亚懂得：世上有人比她还不幸——要是那晚的风雨没有那么狂暴，或是茱莉亚的爸妈没在警察抵达之前把她藏起来，那么她也会成为他们之中的一分子。不过，这种做法感觉会很像玛莎因为顺手牵羊与喝酒两件事，一气之下才想让茱莉亚搞清楚自己的身份。茱莉亚甚至可能会控诉玛莎说谎。如果玛莎一头热地打开纪念盒，茱莉亚甚至可能会控诉玛莎沽名钓誉。而茱莉亚如果有这种想法，可能也没错，玛莎的确非常希望茱莉亚能看看她当初怎么回应琳妮的要求，然后像皮特一样满心钦佩。这种图利自己的冲动，看来正是保持沉默的充分理由。

这些想法在脑海里盘旋好几个小时以后，玛莎干脆起身。要是睡不着，倒不如下楼看看书。

她走出卧室关上门。月亮躲在云朵后方，没有月光照进缝纫室或浴室的天窗。穿过阴暗的走廊时她用掌心扶壁，一路摸黑走向楼梯。皮特总是要她把灯打开，免得跌倒；她明知自己应该这么做的，去年夏天只是往碗上敲鸡蛋，就把自己的手腕弄得骨折。他们甚至计划要把床铺搬到一楼。可是玛莎为了督促茱莉亚遵守规矩，打算冒着摔断臀骨的危险，暂且留在这层楼。

所以，当玛莎用手拂过茱莉亚的门，却发现门留了个缝时，她相当讶异。

茱莉亚又溜走了吗？她现在就在外头的暗夜里游荡，自以为比朋友们都凄惨许多，不计一切代价就为了拥有归属感？

恐惧戳着胸膛，玛莎的目光绕过敞开的门板。

茱莉亚靠坐在床上，头戴着耳机听音响。房间里唯一的光线来自扩音器，可是已经亮得足以让玛莎看到他们的狗儿鲁本也在床上，毛茸茸的脑袋靠上茱莉亚的大腿。她正轻抚着它。

玛莎越过房间，往床上一坐。茱莉亚显然感觉床垫有了动静，于是睁开眼睛。一开始她吓了一跳，接着摘掉耳机。

“对不起，奶奶。”她说。

玛莎望着茱莉亚笼罩在扩音器蓝光下的脸庞，想到她看起来长大好多：“你是为了今天晚上做的事道歉吗？”

“我做了蠢事。”

“我很高兴你看出来了。”

"我连酒的味道都不喜欢,可是她们把酒传给我,如果我说不要,就会变成真正的孬种。"

"茱莉亚,你明明晓得自己不是孬种。"

"然后我们到购物商场去,大家都拿我愚蠢的旧裤子开玩笑,米兰达打赌我没胆子偷一条好的牛仔裤,所以我就走进法艾林百货,然后……"茱莉亚吐出一口气,卷发从额头上蓬松飞开。

"噢,茱莉亚,你以前交的朋友明明好多了。"

"可是,米兰达跟她朋友,她们是学校里的公主。她们一旦觉得某个人很酷,大家都会跟着这么想。她们开始让我当跟班时,感觉起来……就是**很不错**。"

"我不晓得你以前感觉不好。"

"你不会懂的,奶奶。这就是酷女生,大家都想跟她们一样。所以有一天——"她把眼光别开,仿佛在回想——"我买了色彩最棒、四条一组的唇蜜,然后带到学校。练完篮球以后,我到她们每天早上都会碰面的浴室去。跟我原本预期的一样,米兰达走了进来。我开始拿其中一根唇蜜涂嘴唇,本来很怕她会跟平常一样理也不理我,可是她——"茱莉亚愉悦地叹口气,"她说要试一条。她以前从来没跟我说过话。后来戴安与佩缇走了进来,说我的嘴唇看来有多美,然后我就觉得,哇,把其他的唇蜜传给她们用。当我们走出浴室时,已经变成一个团体了,我觉得大家都用新的眼光来看我,棒极了。你看不出来吗,奶奶?我从来没有那种感觉过。我一直觉得自己笨手笨脚,觉得自己是丑八怪、穷光蛋。就好像……好像我是**智障**还是什么的。"

玛莎屏住呼吸。她想抓住茱莉亚狠狠摇晃,让茱莉亚了解自己刚刚说了什么鬼话。

相反地，玛莎靠着呼吸撑过沸腾的情绪与激愤的心情。等她吹出第五口气时，便听到自己说："我对你很失望。让你觉得自己配不上的朋友，并不是真正的朋友。"

茱莉亚不发一语，但泪水开始滚落脸颊。

"你的未来太过珍贵，不能为了任何人而抛开。"

茱莉亚再次保持沉默，双眼瞪向天花板，仿佛试着召集力量。

"我们以后要每天载你上下学，你必须提高自己的成绩。不能再参加篮球队或是戏剧社了。除了上学以外，你被禁足，任何课外活动都只能用打工的名义进行。你懂了吗？"

茱莉亚拉下视线，直直望着玛莎："为什么你从来都不谈我爸妈的事？他们是社会败类还是什么吗？"

玛莎往后靠去，感觉自己的胸膛起起伏伏。在继之而来的沉默里，她望进茱莉亚的眼眸，在对方的挑衅态度后面看出自我嫌恶、酒精的影响，还有琳妮。玛莎直到现在才晓得，自己为何迟迟无法把整个故事全都告诉茱莉亚。不只是因为她希望自己能忍住狠狠教训茱莉亚的冲动，也不是因为她想要茱莉亚对她的牺牲表示感激，而是因为茱莉亚的自尊心低落，害她步入交错朋友、小错不断，以及现在讲出这种偏执话语的歧途。也许某天茱莉亚会准备好接受真相，但此刻她对她父母那类的人抱着如此轻蔑与不屑的看法，就不适合面对真相。

"不，茱莉亚。"玛莎终于说。她清清喉咙，把声音里的怒意推出去，然后用平日那种柔软与关怀的语调补充道："他们不是坏人。他们一点都不坏。"

"那他们是谁？叫什么名字？"

玛莎吸了口气："琳妮。你妈妈叫琳妮。"

“我爸呢?”

他的影像此时在玛莎脑海里浮现。她把目光移开,惆怅地说:“很英俊的男人。琳妮……她好美好美。”然后转回视线。

茱莉亚在哭,但一抹微笑从泪水中浮现。

隔天,茱莉亚还在学校时,玛莎跟皮特带着鲁本去海滩散步。他们以前每天都会带着罗德尼散步两英里。等它过世以后,他们养了鲁本,玛莎的步调已经变慢,于是他们把散步的距离缩短成半英里。现在他们只会沿着海滩走一小段路。

“我们当初认识的时候,”玛莎说,“你跟我说茱莉亚有一天会让很多人心碎。我想她已经先粉碎了自己的心。”

鲁本沿着水边奔跑时,皮特望着她:“盖瑞在青春期时,也痛恨我们所做的一切。你只要继续坚持下去,总有一天他们会恢复人性。”

“你当时还年轻,有的是时间,我可能没时间了。”

“要是你出了什么事,我会陪在她身边的。”

“你又没比我年轻多少。”

“还有盖瑞啊。他跟洁西卡说过,要是有必要,他们会介入的。”

“丹佛那么远,而且她几乎不认识他们夫妇俩。”

“一定没问题的。”

“只要答应我一件事。”

“什么事?”

“要是我走了,她还是……这个样子的话——”

“别再说这种话了。”

“我非说不可。我必须想想你该怎么行动。”

“她很快就会度过这个阶段。”

“那我倒是没把握。”玛莎转向他，握住他的双手。她露出忧伤的笑容：“只要向我保证，直到她成熟到可以听真相以前，你都不能告诉她。”

他把手往前伸，将她的白发往后抚平。在他的双手里，她觉得自己甜美可人。在他的眼眸里，她觉得自己深深被爱。她觉得脆弱又担忧，却又确信这样做才对。

“好吧，”皮特终于说，“我保证。”

玛莎突然觉得很轻盈，一切看起来正如原本应该有的模样。跟学期末的最后一天很相似，那时她可以望出窗外，目送最后一名孩童走回家，然后她就会知道自己的工作完成了。

比出你的手势给我看

侯蒙

一九八八年

那天早晨，侯蒙没料到会有人来。那是他休假的日子。平常休假时他喜欢在睡垫上慢慢移动，把手伸进陶碗，卷起一根烟，然后吸进刺痒，作为一天的开始。然后他会把那天花在自己设计的计划上。今天他打算测试他的新型排水沟清洁工具，就是一端以铰链接合金属耙子的长杆。好几个星期以来，他一直在摸索怎么制作，或者也可以说是放着没动，因此至今尚未完成。刺痒就是会对人产生那样的影响，让他不在意成天呆坐在黄椅子里，怔怔盯着电视。幸运的是，国王不介意侯蒙走到哪里都散发出的辛辣气味，单是接待客人就已经让他忙得不可开交了。客人们开着时髦房车来到前侧停车场之后，国王会带领大家聚集在地板铺满竹片的房间，然后用细棒敲打铜钹，大家就会一起跪坐呼吸。王后则埋首处理文书工作。其他人都离开了；农场也没了。国王与王后早已往北迁到离城市更远的地方。既然侯蒙是个称职的员工，他们也带着他同行。当初他在农场上负责耕种作物，在此他转而负责清洁打扫与修缮。这里位于山区，是一栋形状不规则伸展的木砌房子，四周围绕着栎木与松树，地板铺有垫子，个人私用的寝室里还有秃头胖男人的雕像。宾客来来去去，有些是他在电视上看过的演员。这个安排还是蛮好的。侯蒙每周工作六天，换得的报酬是：后侧的一栋小屋，想吃多少稻米与蔬菜都随他，也没人计较他在自己的花园里种植刺痒。

当他思考的时候，心里会想，**这才叫人生啊**。可是动脑思考并不是他的习惯。

因此他差点忽略了这天早晨绕着天花板的圣诞灯饰正闪个不停。这些灯是他们才搬到这里不久他就完成了的计划。他发现自己喜欢隐私，所以拿电铃来东摸西弄，最后电铃能启动一串圣诞灯饰，使灯泡明灭闪烁，直到唤起他的注意力为止。当他把自己的发明呈现给国王与王后看时，国王因为佩服而扬起嘴角。于是侯蒙也在主屋里串起灯饰，可以在宾客不该开口讲话的时候用。起初看到门铃灯光大闪，宾客们总是备受惊吓，后来等他忙着替地板打蜡或是照料那片土地时，无意间会瞥见他们脸上流露出的敬意。

他从睡垫上起身，把前窗的垂帘往旁边推开。

站在门边的是国王与年轻女子。她看来就像许多女宾客一样：以织物打结扎起的长发，在微风中沙沙作响的宽松长裤，还有柔软飘逸的女衫。可是她比较年轻，肩上裹着棕色披巾。

国王不曾带人来过侯蒙的房子。侯蒙让窗帘落回原处时，想起自己注意到上周有些人在停留时间结束之后还流连不去的情景。他们往上指指圣诞灯饰，然后到办公室与国王跟王后谈话。也许国王决定雇请更多的帮手，而**披巾女士**就是一位。侯蒙忖度以后会不会跟她同床共枕，就像白蝴蝶的朋友出现把她载走之前，他跟白蝴蝶做的那样。白蝴蝶离开以后的好几个月，他也跟**紫头发**那样做。他已经有好久都没同事为伴了。好久都没想起这些事，现在也不愿意开始去想。

他困惑地打开门。

披巾女士对侯蒙粲然一笑，她的手从披在胳膊上的布料下面冒出来。只有在侯蒙也向她伸出手之后，他才意识到有点不对劲。披巾女士的手就在手肘那里。

他的手在半空中凝住不动，由她主动去碰触他。

接着国王比出驾驭车子的动作——是他用来表示到城里走一趟的手语。他挑起眉毛，仿佛在问：**你可以接受吗？**

侯蒙不确定。从有女人跟他同床共枕以来，已经过了很久，而他遇到与常人不同的人也是遥远以前的事了。他瞟着**披巾**的同时，竟然想起了陷阱，那是多少年来的头一次啊？他不想去数。

国王指向自己的车子，王后从主屋越过院子走来，侯蒙看得到她背后那个地板铺了竹片的房间，运动女士正在带领宾客一一做出动作。到底有什么要紧的事情，非得立刻跟着披巾进城？侯蒙回头往自己的小屋里一瞥。他可以现在就把门关起来，然后点燃一根刺痒。可是他还是转回来了，人人带着期待满满的神情。

那么多年以来，他们一直对他不错。

他谨慎地踏出屋外。

他知道进城的路线，他们一年会载他过去几次，就是需要有人帮忙把日用品搬上车子的时候。有一次他甚至坐进了驾驶座，想起曾跟撒玛共享的欢乐时光，边开车边吹泡泡。撒玛为了引起侯蒙的注意，还会用细棒轻拍他。可是那时国王露出笑容，表示**你这玩笑开得还不赖**，侯蒙因此决定自己更喜欢在刺痒的烟雾里乘云驾雾。所以在前往山丘城市的那些旅程上，他扮演的都是乘客的身份。每次他们从山区下来，都会看出世界又有了多大的改变：更多房子、更多商店，马路上有更多线道，线道上有更多车辆。他们愈接近城市，改变也愈多。新餐厅陆续出现，许多都建有金色的拱门，设置了孩童游戏区，有小丑对着车辆挥手。

然后是广告看板:在月亮前骑脚踏车的男孩,身穿蕾丝内衣裤、手拿麦克风的噘嘴的金发女郎,除了黄色字体之外没有其他节目的胖电视。在每趟旅程上,愈来愈多的改变让他坐立难安——这世界正在转动,而他却没有随它一起转动。他看着眼前的景象愈来愈拥挤,无法命名的感受就在他的体内闪现。等他回到家时,便会卷一根粗大的刺痒,自我麻痹到根本不想尝试踏出家门为止。

今天,除了诸多的不安之外,披巾还跟他坐在车子后座。王后一直从前座转身跟披巾说话,不过披巾只是点头或摇头,每次都会对侯蒙露出害羞的笑容,仿佛不希望因为讲话而冒犯了他。不过他明白这种想法很愚蠢。**没错,她跟陷阱里的障碍人士一样,只是那里的人不会这么客气。**

不,你错了。美丽女孩呢?她还更客气。她——

进城的路程感觉比平常还久。虽然他满心不愿,但是,好几年来头一遭想起陷阱里的人,却连带让他想到自己失去了多少喜爱的人。布鲁、麦林托克斯跟妈妈。矮冬瓜跟旋转陀螺。撒玛。白蝴蝶。虽然没人跟美丽女孩与小家伙一样在他心里留下空虚感,但是所有的人都在他内心留下了忧伤。他现在忆起自己曾经把人生想象成一幅大图画,可是那种想法后来显得很蠢。人生不可能是目的明确、合情合理的创造物,看看他就知道了。不管他对任何一人倾注多少感情,当布鲁站在兰迪斯先生步枪的射程之内,或美丽女孩遭到警方逮捕,或撒玛消失在一扇关起的门之后,他人生的那些篇章就随之结束。那又有什么意义呢?每个人必须为自己的图案负责——如此而已。可是当车子驶上那座红桥,侯蒙想起好多年前站在盐水里的情景,不禁质疑他是否能够掌控自己的人生。

在城市里，他们沿着山丘底部徐徐前行，在挤满车辆、单车、年轻人、人行道摊贩与乞丐的街道上穿梭前行。披巾突然往前倾身，指向一片停车场；国王转进去，停在一栋单层建筑物的后方；披巾指向某个停车格，国王熄掉引擎。接着国王、王后与披巾打开车门，侯蒙也是。他站起来看着他们说话。披巾在这个停车场上显得自信满满、轻松自在。这到底是什么地方？他看了看，长长的坡道沿着这栋建筑物的一侧而建，有位男性盲人在狗儿的陪同下登上坡道。侯蒙回头望向披巾，她露出微笑，开始走向坡道。盲人与狗儿走进侧门时，她比比手势，要他们跟着照做。她一定在开玩笑吧，穿过那扇门？然后被困在里面好几年？

他在胸前支起胳膊，瞪着她。

他们怎样都无法哄劝他进去，最后有个年轻男性踏出门外。他身边没带狗，也没有那种独特的手臂。其实，他看来就像电视上的歌手，又高又瘦、一身黑衣，头发剪得像印第安人，一簇簇直直竖起。披巾向**印第安发簇**挥挥手，他也挥手回应，怪的是他没张嘴说话。他现在逐渐靠近他们，听力正常的人在距离这么近的时候，下颚老早就已经摆动不停，难道是——

接着，印第安发簇在侯蒙面前停步，友善地看着他。侯蒙转头，国王与王后就在他背后，后者笑盈盈，前者纠着眉。情势愈来愈让人困惑，尤其在他们比了手势要他再面对前方时。接着，他看到印第安发簇开始比出他的那种手势——弯起手肘，揉搓指头，把掌心往外压，用拇指指指胸膛，垂下肩膀，绕转脑袋。看到熟悉的动作让他一时兴奋，直到他意识到它们没有任何内容。这些手势就像陷阱里的官员对他试用过的，它们不具意义。

侯蒙望着披巾，她牢牢盯着他，不过眼神不是他所能了解的。他缓缓转回去面对印第安发簇，后者放下了双手。

侯蒙先看看前一位，然后才望向另一位。他们的眼睛流露出等候的意味。

接着，侯蒙做了自从美丽女孩离开后就再也没做过的事，他用手比出了完整的句子：**你比划的东西让人看不懂。**

印第安发簇往披巾抛出不自在的眼神。他再次面对侯蒙，做出更多毫无意义的手势。

他是在嘲笑侯蒙吗？大家眼巴巴地看着，仿佛在等……等什么呢？

你为什么要嘲笑我？

印第安发簇比出更多手势。

我又不是傻子。

侯蒙飞奔到车子那里，狠狠把自己抛进后座，将车门猛力摔上。披巾还真大胆，竟然设计这种圈套陷害他！国王与王后竟然还跟她一搭一唱！他希望他们害他那样被嘲弄会觉得很过意不去。他希望他们干脆把车开走，让他永远不用再看到披巾。他用双臂环抱胸膛，火冒三丈瞪着前方。过了好多分钟之后，他才往外看到他们四人沉着脸站在周围。**他们**竟然好意思露出凄惨的模样？他倚在远处的车门上，把脸颊往窗玻璃贴。他真希望自己随身带着刺痒，他在玻璃上轻轻敲出缓和情绪的节奏。

所以他才会错过最后一件事。就在国王、王后从披巾与印第安发簇身边走开时，在建筑物里办公桌前工作的某个年轻人正好往窗外一瞥。他看到车里有张熟悉的面孔，对方正把脸颊贴在玻璃上安慰自己。年轻人马上转身，以最快的速度推着轮椅穿过大厅，在同事走进建筑物时才把轮椅刹住。

有个梦在那晚突袭了侯蒙。

梦境从一处荒凉的地方开始。那里的土地像坡道一样倾斜着，有着沙漠的古铜色沙子与干巴巴的树丛，天空不是白天，也非黑夜。他手里握着一瓶酒。有个男人从远处现身，踽踽独行。侯蒙用不到酒，决定把那瓶当礼物送出去，接着才意识到这位就是站在那栋建筑物之外的盲人男性。侯蒙拍拍双手，好让男人在这片沙漠土地上找到他。男人转而面向侯蒙，对他比画手势——手势的确传达了意义。**你还不到山穷水尽的地步。你只是还有很漫长的路要走。**

突然间，侯蒙看出他认识的人们都站在周围，全都是与常人不同的那些，有矮冬瓜、旋转陀螺、像树的人。撒玛。麦林托克斯兄弟。还有布鲁。是布鲁啊！他拔腿奔向侯蒙，脸上满满是兄长之爱；他往前凑近，快速兴奋地用双手说话。

跟我说说你的近况，小弟。讲讲你在外面宽阔世界闯荡的情形。跟我说说你见识过的事情。

我好想你啊。侯蒙比着手语，感觉自己泪盈满面。

我也想念你，可是我只能透过你而存在。你必须为我们两个努力。他比出把其他人包含在内的手势，**为了我们大家。**

努力什么？

赢啊。

什么意思啊？

你明明知道赢的意思啊。

我不晓得，跟我说说吧！

布鲁靠得如此之近，视线里只剩他的脸庞。**别让任何事情打垮你，连你自己也不可以击倒自己。**

侯蒙顿时惊醒。他正在自己小屋的床上，可是呼吸吃力、汗水满身。能够见到他失去的朋友们，感觉美妙无比，可是布鲁的话使得那个无法命名的感受猛力蹿遍他的全身。他僵硬而湿漉漉地躺在那里，试着找理由把它驳倒。他脑袋上方有屋顶庇荫、肚子里有食物、椅子里还藏了钱。他的老板们心善又尊重人，即使在昨天那趟灾难般的旅程过后，也不改原有的和煦态度。他的工作进度由自己安排，可以尽情栽种刺痒，何时想离开这个地方都随他。所以，为什么布鲁的话语会触动那个无法命名的感受呢？

他意识到在他梦里，有两张脸庞没有见到。

他把双手贴在喉咙上。Fuh，他说，想起那天在玉米田上她双手的触感。Fuh uh，他感觉到震动，于是晓得自己发出了声音。可是他已经遗忘二十年了，这仿佛就像试着把一场消失的梦境拉回来似的。

他放下双手，终于明了那个无名的感受。他没成为自己立志要成为的人；他没成为她期待他成为的人。多年以来，他连尝试动手描绘自己的图画都没有。那种感受的名字就是“羞耻”。

黎明升起，他陷在恶劣的情绪中。他连忙起床，没碰刺痒，还略过电视。他耸肩套上衣服，在水槽那里往脸上泼水，匆匆刮完胡子——可是还没到来不及看看镜子里的面容的地步。

他的头发夹带点点灰丝，眼睛与嘴唇周围的皮肤发皱。身材仍然精瘦，即使都五十八岁了，比布鲁活在这世上的时间久得多。不过，侯蒙又拿自己多得的人生赢到了**什么**？没错，他是有个遮阴的屋顶，可是他不会阅读、不会用钱，也无法理解任何人或让任何人理解他。他的脸在自己眼里显得好老，只是他看出的不是年龄本身，而是这个事实：自从河流把他冲到下游之后，都过了那么多岁月，他却无法更接近美丽女孩。

他披上外套。够了，别再挑起他无法完成的事情了。

然后他重振精神，着手工作。他并不是想把地板清理得更干净，他只是受够了自己，想要更卖力、更快速地进行一切而已。这种工作方法几乎跟猛踢树木一样具有发泄的效果。

他以前所未有的速度完成室内工作，然后毫不间断地去做户外的杂务。他清扫人行通道的力道比以往更粗蛮，拔除杂草的力量也更凶猛。他从工具棚里抓出沟槽清洁杆，突然想到自己要是用力过度，可能会把铰链耙子弄断。可是那又怎样？他顶多需要爬上扶梯到屋顶，亲手处理这项劳务罢了。也许他会从屋顶上摔下来。也许他是**应该**干脆从屋顶上跌下来摔死算了。

站在饭厅外面的露台上，他暴躁地举起他的发明物。那是一根长竿，就像可以伸缩的船长望远镜。他把竿身的长度拉到足以触及沟槽的程度。他把它当魔杖一样举在面前，把底部的铰链松开，手指穿过内部操控顶端耙子的环扣。

他深深沉浸于暴怒之中，没留意到饭厅的圣诞灯饰正闪烁不定。反正他就是把心力集中在手指上，上上下下移动着，利用耙子收拢栎木叶子，然后从沟槽斜斜移开，把树叶丢往地面。

他现在知道他的发明物行得通。不过，意识到这件事并没有让他愉快，反正操作起来也不是完美无缺——头一次只捞起三片叶子。可是需要调整的不是这个新装置，他只是必须改进移动手部的方式。

他吸口气，准备认真学习怎么操作自己的发明物。**上下移动手指的力道要更轻。找一个角度。现在并拢指头。对了，感觉好像抓到一大堆树叶了。没准最后还是可以让这个东西成功。也许你不是该死的**

无名小卒，瞧：你把一大捆叶子从屋顶捞起来了。学起重机那样先移到另一边，再把那个耙子打开。看看现在有多少叶子洒下来了吧？

他垂下目光，望向滚落在地的叶子。

这可能是真的吗？

不，有如雨水纷纷落下的叶子后面，有一位发色深沉、坐着轮椅的男人眉开眼笑。这一定是他自己的想象吧。他一定是受够了自己，连醒着都做起噩梦来。

叶子完全落地了。

那张脸继续笑意盈盈。

他好像花了无尽的时间，才把抓取叶子的扣环取下。可是撒玛只花几秒钟就滚动轮椅到了他身边。

侯蒙猜也没猜到，还有更多事情会接踵而来。撒玛竟然来了，还带了两根巧克力棒，是他最爱的那种——包在银蓝包装纸里的圆形糖棒。看来这样就够了。好多年前那个男人当着侯蒙的面把门轰然关上，要是能把原因查清楚当然会很好。要是也能查出这些年来撒玛的遭遇，还有撒玛是怎么查出侯蒙在这里的，也会很不错。可是单单看到撒玛就已经让他心脏狂跳。他替自己与对方剥开包装纸，那种心情连笔墨都难以形容啊。侯蒙只管呵呵笑着，撒玛也是。侯蒙把剥掉包装纸的巧克力棒递还给朋友，搁在对方的拇指与食指之间，回忆一股脑儿涌来：点点星辰之下的夜晚，侯蒙教他怎么生火；撒玛买了黄色杂志；两人望着塑胶袋往上飘腾、自由自在地飞离。

他怎么找到你的？他怎么来到这里的？无所谓了，反正人都来了。

撒玛把巧克力棒往上拿到嘴边，啃了一小口。侯蒙尽量大口一咬，合上双眼咀嚼。糖棒跟他记得的一样可口，撒玛也跟以前相同。侯蒙咽下去，睁开眼睛。

撒玛还没吃完巧克力棒，目光投向了侯蒙肩膀上方。

侯蒙往后一看。

印第安发簇就站在那里，国王与王后也在，还有一位身穿黄洋装的女孩。

侯蒙猛地转身再次面对撒玛，撒玛神情愉悦地望着他，同时越过侯蒙肩膀跟那些人说了点话。接着印第安发簇与女孩子就绕过来，站在撒玛旁边。

侯蒙的视线在这些人之间流转，"不正确"的感觉有如效力最猛的刺痒那样，狠狠蹿遍全身，刺入肺脏，热煎胸膛。他想把那种感觉硬吞下去。他想拔腿逃开。**可是撒玛在这里！即使撒玛跟这些怪人是朋友——他一定是，要不然怎么知道你在这里——但他还是撒玛啊！**

撒玛拿高巧克力棒。接着，不可思议地，就像他在两人同行的旅途上做过很多次的，他举起双手对侯蒙表示：**比出你的手势给我看。**

撒玛知道侯蒙平常用来表示糖果的手势，除非是忘掉了。撒玛当然忘了，他们都那么久没碰面了。可是这跟印第安发簇与**黄洋装**有什么关系啊？为什么国王跟王后也来到外面了？他们把他当成什么了，难道是怪胎秀里的人物吗？

侯蒙想起他们一起共享过的欢乐。不管撒玛想做什么，侯蒙都乖乖配合——即使最后沦落到在加油站痛哭的地步。可是撒玛当初并不希望房子里的那个男人把门关上。当初如果可以，撒玛应该会邀请侯蒙进去，陪他走到厢型车那里，**跟他待在一起的**。撒玛在凄惨的那一天毫无选择可言。

侯蒙现在能够做选择了。

即使他搞不懂眼前的情势，晕眩、盗汗、发烫，觉得孤单至极，还是可以选择去怀疑——或者可以选择去信任。

他压拢手指，状似鸟喙，往上碰碰嘴唇，做出咀嚼动作之后咂咂双唇。

撒玛做出非常怪异的事。他望向印第安发簇，然后要求：**比出你的手势给我看。**

印第安发簇转向撒玛，把食指拿到嘴唇的一侧，扭动之后微微一笑。

侯蒙停止了呼吸，他回望撒玛。

撒玛抬头看着印第安发簇，用质疑的表情指指他的巧克力棒。

印第安发簇点点头。

然后印第安发簇转身正对侯蒙。他伸过手来，拿起撒玛的巧克力棒，面带微笑地啃咬一口。咀嚼的时候，他跟侯蒙一样举起手，以鸟喙形状的手势碰碰嘴唇，继而做出类似咀嚼的动作，然后舔舔双唇。

侯蒙俯视剩下的巧克力，内心猛然抽动。

印第安发簇说的是同样的字眼，只是用的手势不同！

“不正确”的感觉消失了。当然了！如果听力正常者会说英文跟中文，那么聋人一定也会比出不同的语言。印第安发簇不是在嘲笑他，只是他的双手说的是别种语言而已！

侯蒙把食指贴在脸颊上扭了扭，就像印第安发簇做的那样。

然后侯蒙转个圈，指向一棵树，比出**树**的手势。

印第安发簇的一只手臂变成一棵树，前臂是树干、手指是枝丫，另一只手臂是地面。他扭扭举高的手腕，在脑袋附近摆动手指，有如风中的树叶。

侯蒙往外眺望露台旁边的草坪，然后比出自己表示**草地**的手势。

印第安发簇掌心向上举起手，展开手指抵在下巴下面，往外指着。然后他的手微微绕圈，先往上打转，接着返回下巴正下方，好像青草在微风中碰触他的脸颊。

侯蒙停不下来。**天空。房子。山峦**——印第安发簇用自己的手势一一回答。

那天下午，太阳挪移穿越天际，侯蒙一直继续下去。他终于明白了：他并不是孤立无援的。他并不是无名小卒。

他能让国王与王后引以为荣而容光焕发。他能让至交好友喜极而泣。他能让印第安发簇在空中挥摆双手，击出全世界都看得见的掌声。

忏　悔

凯特

一九九三年

“不好意思，凯特。”

凯特刚刚抛起一枚十分硬币，左手正搭在右手腕的上方，盖住了投币的结果。她的视线越过手臂，经过刚刚放在塔德先生跟艾斯克里奇先生面前的棋盘（他们总是坚持以抛接铜板来决定谁黑谁红），往上望向明亮的日光室。那时她的目光对上了塔瓦娜的双眼，她是西溪养老院里较为年轻的助手之一。

“嗯？”

“抱歉，打搅了，不过外面有人找。”

塔德先生跟艾斯克里奇先生抬头望向塔瓦娜。

“男的还是女的？”塔德先生说。他穿着运动夹克，带有德州腔的鼻音。

“男的，”塔瓦娜说，“其实呢——”

“一定是斯科特。”艾斯克里奇先生虽然退休好几年了，却还是穿着实验袍。

“斯科特没来探过班，”塔德先生说，“也许是你儿子要给你一个惊喜。”

“都不是，”塔瓦娜说，“这个男的穿的西装质料还不错。他说他叫肯恩，说他很久以前就认识你了，至少洁若丁是这么告诉我的。”洁若丁坐在柜台那里。尔文也是，他是保安，平常顶多负责跟前来探访的孙子们打招呼。“洁若丁要我来跟你说。”

“肯恩？我想不起任何叫肯恩的人。他长什么样子？”

“偏高偏瘦，老一点。”

“洁若丁没跟他说我在上班吗？”

“他说他愿意等。”

凯特回头看着棋盘，她还得先把这些男人打点好：她的手还盖着铜板。

凯特来这里工作已经十年了，从来没人来此探望她。最初一阵子，她可能会把这种状况归因于自己除了斯科特在印第安纳理工的同事之外，没有其他熟人了。不过，既然他们俩都已经在两人的生活里安顿妥当，原因就变成了朋友们晓得最好不要随意来探班。凯特服务的对象是患有失忆症的病人。她随时都可能要去安抚福林特先生，他的儿子刚刚“纠正”他说，福林特太太不是出门购物去了，而是已经过世二十二年了。不然就是在帮桑德小姐穿上丝袜与洋装，因为桑德小姐仍然喜欢打扮得漂漂亮亮。

那并不表示访客就**不能**过来——这个地方不像以前那所学校那样层层封锁，而且不像那所学校的特点还有一个，就是这里对院民一般都很尊重。起初凯特老是在做这些比较，不过最后终于停了下来。那所学校再也不存在了，她有九年没去宾州了。要不是她会跟琳妮互寄节日贺卡，那所学校她根本连想都不会想起。

“你尽管去吧。”塔德先生用手轻推她说。

“先让我们看看那个十分硬币。”艾斯克里奇先生说。

她回头瞅着自己的双手，然后抬起左手：“是正面。”

"那就是我先,"艾斯克里奇先生说,"我要挑黑色。"

"好像这就会影响输赢似的。"塔德先生说。

"我不会花太久时间的。"凯特边说边起身。

"你慢慢来吧,"艾斯克里奇先生说,把自己的棋子摆在方格里,"一切都在控制之中。"他露出笑容,"这就是拥有特权的好处啊。"

"他就在前侧大厅。"塔瓦娜说。

凯特连忙走开。离开日光室时,她听到塔德先生说:"这次抛硬币我可能没赢,但不代表这盘棋我就会输。"

凯特踏进大厅时并没有看到那位访客,只在穿越座位区之后,才瞥见前门附近有一位高挑的男人,他背向洁若丁的办公桌,看来正望着户外的三层喷泉。天空一片蔚蓝,阳光灿烂,因此除了削瘦的身形与光秃的脑袋,双臂靠在身前,两手交握之外,凯特并没有看出什么。

她朝洁若丁跟尔文瞥一眼,洁若丁耸耸肩。

她继续步向前门,走到他身边,进入他的视线范围。

一张蓄有胡须的脸庞往下俯瞰。在他一板一眼的表情消散之前,她正好有足够的时间从他的眼镜后方察觉出某种熟悉感。

"凯特?"他问,嗓音粗哑沉静。

她端详着他的嘴唇与脸颊,搜寻可以说明他身份的线索。她望着他现在贴在身侧的手。手指修长,戴有戒指。他的西装不贵,但保养得当,式样简单的鞋子刚上过油。

"现在是凯特·卡塔尼斯了吧?"

"你是哪位?"

他咬咬上唇说:"你以前认识我的时候,我叫克莱伦斯。"

她感觉怒意攀上喉头，于是再次集中目光。如果她把他的一些胡子移开，把眼镜放回去，抹除几年的岁月痕迹，就会看到那晚把琳妮带回来、蓄有山羊胡的看护。“你为什么来这里?”她问。

“我知道这看起来一定很怪，越过大半个国境突然出现——”

“学校都关闭了，克莱伦斯。我不知道你要我怎样，可是我跟那个地方已经没有任何关系。”

她注意到洁若丁跟尔文正往这里瞧，这才意识到自己拔高了音量。

“我并没有要你做什么的意思。”

“那你为什么来这里？你从来就不是我的朋友。我们彼此没什么关系。我现在也不想要有什么关系。”她说道。

“我知道这看起来很——”

“很怪，而且很可疑。”

“也许还可以用很多方式来形容，可是我来这里是有理由的。”

“你的老搭档到哪儿去了?”

“史墨克斯吗？我最后一次拿到的地址是靠近哈里斯堡。”

“他晓得你来这里吗?”

“我住巴尔的摩，现在过的是全新的人生。我们有好几年没说过话了。”

“我跟你也是啊，但你竟然突然出现——”

“我知道要是我事先联络你，你会不肯见我。”

“所以你就选择趁我上班时突袭我?”

他往办公桌一瞥，尔文现在站了起来。“我们可不可以私下谈谈?”

“为什么我要配合?”

“因为你懂得忏悔的重要性。”他瞅着自己的皮鞋说。

她定定瞪着他，然后望向柜台："我们就在外头。"

"好吧，"凯特说，坐在喷泉四周的横木上，"有话直说吧。"

他低身坐在她身畔。她现在很容易就看出他的身份来，可是如果当初是在街上与他擦身而过，她是不会多看一眼的。凯特一时想起，自己在日前得知目前服务的老人里面，有些人曾经有过令人不齿的过去——有个男人金屋藏娇，有个女人强迫女儿嫁给富裕但傲慢的男人。艾斯克里奇先生曾经为了报复一位才气横溢的年轻同事，投下决定性的一票，让他得不到终身职位。凯特原谅了他们的罪过；他们目前的困境多少遮掩了她对他们过去的看法，况且她何德何能可以去评判别人的是非对错？她自己也对前夫诅咒了好几年。

克莱伦斯开了几百英里的车程，就为了道出自己打算要说的事。她不用全心拥抱他，但她应该好好听他倾诉。

他瞪着喷泉，即使那是个温煦的十月天，凯特还是感觉不到阳光。

"我一直想弄清楚该从哪儿起头，"他说，一面用掌心搓着裤子，在布料上留下一道道湿痕，接着转向她，"我就从这里开始好了：我在跟你讲这件事时，如果你中途愤然离开，我也会理解的。你有权利这么做，连现在的我都不敢相信自己当初做过那些事。"

他深吸一口气，话语疲倦但相当急促。他最早是个庞克族，痛恨学校，九年级就辍学跟朋友们鬼混。他帮人装设铝制壁板或除草赚些零花糊口，根本不去思考真正的谋生之道，他的唯一要务就是夜里跟朋友们买醉。时光飞逝，其他家伙一个个搞大了女生的肚子，不得不去找份正式差事，不然就是从军去，最后只剩他跟史墨克斯。他向来都没怎么留意史墨克斯。那家伙住在那所学校里，所以不算是固定酒友，他话也不多，浑身散发乖戾易怒的气息。不过，史墨克斯勤于用威士忌来冲洗情绪，这一点克莱伦斯倒还可以接受。后来，克莱伦斯十九岁了，父母说他们受够他了。他既无天赋也没兴趣，只要有片屋顶遮蔽便能寻欢作乐，那他该做什么呢？归纳到最后，只有到工厂出劳力或是担任长途运输驾驶了。他差点就要去卡车公司面试。面试前一晚，史墨克斯正好坐在那所学校附近的酒吧，于是要他到那里工作。他跟克莱伦斯说，那里会包食宿，薪水胜过其他差事，他们会玩得很愉快。克莱伦斯不大有兴趣在“一群脑残”（史墨克斯的说法）的身边工作；不过史墨克斯说，一旦你让他们晓得谁是老大（这一点做来简单），做起事来就易如反掌了。史墨克斯说，院民不会思考，也没感觉，而且顺从乖巧，可以从他们身上找些乐子。除此之外，他哥哥是主任，所以“不会有人呛声”。

无人监督克莱伦斯与史墨克斯，有好长一段时间他们如鱼得水，爱什么时候来去，都随他们高兴。如果他们想要，还可以每天编出新规定。他们可以尽情畅饮，也这么做了。其实克莱伦斯没那么喜欢喝酒或嚼烟草，但他喜欢跟史墨克斯一起瞎混；他收拾不了的场面，史墨克斯总是三两下就能解决。史墨克斯还有那种神气活现的姿态，以及能够惹得职员忐忑不安的凶狠眼神，这些都是克莱伦斯所羡慕的。他之所以会这样，有时是因为职员把他惹毛了，有时只是因为他可以作威作福。

“做些事情让别人怕你，”克莱伦斯对凯特说，仍然盯着自己的鞋子，“感觉起来不错。我不敢相信自己竟然会这么说，可是那是真的。”

“你们没对我做过什么。”凯特说。

“你一直离我们远远的啊。”

她很想告诉他，当初她可是拼命闪避他们。有好几次她看到他们羞辱某位职员，或是怀疑他们痛殴某位院民，都很想直接跟他们对峙，可是她隐忍不说；如果想保住饭碗，可以出力的地方就会少之又少。她因此常常深感绝望地返回家中。“你朋友的狗会让我害怕。”她说。

“怕的人不只是你。”他又吸了口气，“史墨克斯也没放过我。他以前都叫我……他说我像个女生。他会对我臭骂一通，然后要他的狗攻击我，只差几英寸就要咬到我时，他才会用力扯回去，让它们噎到往后退。如果我退缩闪躲，他就会说他得到了证明，准备要跟全世界说我是个娘娘腔。我那时又没有女朋友可以指着她说：‘看吧，你错了。’所以当狗牙刺来时，我学会站在原地不动。”

有种恐惧揪住凯特的心，他该不会是要说——

“我还是不懂你为什么现在要跟我说这个。”

“因为……”他揉揉眼睛，然后往后望去，“因为你那时候关心她。”

“谁？”

“就是我们叫**不不**的那个。”

“琳妮。”

“我忘了她的名字。”

“你来这里就是要查她的名字？”凯特站起来，“那我要走了，因为你说得没错，我以前关心她，现在也是。”她匆匆转身，跨步走开。

“等等。”

她停下脚步，但没转身。

“我不是来找她的。以前我曾经让她不好过，现在也不想雪上加霜。”

凯特留在原地，她看得到尔文透过玻璃望着她。

“那就是我来这里的原因，”克莱伦斯仓促地继续说，“她不会讲话，所以你永远都不知道。这段时间以来，这件事一直压在我心上，我必须说出来。”

凯特犹豫起来。琳妮从未交代事情的来龙去脉，即使在重获说话能力时也没说。她给凯特的印象就是，事件是混乱黑夜里人们四处流窜的后果。无人能够理解的一夜。

凯特转回身来，但仍然站着。

他说，某天路加叔叔叫他跟史墨克斯进办公室，跟他们说他预计几年内要竞选州长，也许选参议员。他说话的方式，只是彰显出他跟史墨克斯之间有多么不同——兄长读完医学院，弟弟一事无成。路加叔叔说，如果计划成功，史墨克斯到时可以跟着走；他们也许能替他谋个职位。“当然，那会让我很操劳，”路加叔叔一面哈着烟，一面告诉他，“不过，要不是有我啊，你早就穷得流落街头了。”

当他们离开办公室时，史墨克斯早已怒火中烧。他们回到员工小屋，对饮了好几个钟头，想出一件件可以破坏路加计划的计谋。等他们准备要值夜班时，史墨克斯已经彻底焦躁不安。

他们做的头一件事，就是把小屋里最具攻击性的小伙子们聚集起来，方式就是猛敲他们的铁床，把他们揪出来，大喊说要玩一场游戏。两人用棍棒与细枝把小伙子们武装起来，鼓吹大家去测试自己有打破多少东西的能耐，还说如果不认真表现，嗯，很难说狗儿会有什么反应。小伙子们大显身手，砸烂自己的窗户，痛打对方。史墨克斯把他们小屋的门猛力撞开，怂恿他们前进。他们鱼贯踏出屋外，一面狂吼一面用棍棒劈打路过的每棵树与每个路灯。最后史墨克斯临时起意，等经过 A-3 时，他就要放他们进去。职员们眼睁睁看着史墨克斯、克莱伦斯、狗儿与一群小伙子暴冲进来，他们的车子以前被人用钥匙刮过漆，所以才不打算介入。可是那波噪音一定让里面的院民们早就有所警觉，因为等暴民们闯入交谊厅时，很多院民都已经想办法躲进床底或浴室里。小伙子们大多都困在交谊厅里，四处乱掷家具，玩得不亦乐乎。在这种群魔乱舞的状态中，史墨克斯看到琳妮奔进储藏柜。他知道克莱伦斯抱怨过她的事——说她会咬人，曾在克莱伦斯的手上留下伤疤，而且到目前为止，她是长相最好看的院民。所以当史墨克斯冷冷地笑着说“把狗抓稳了”，然后往橱柜门伸手时，克莱伦斯并未表示反对。每当史墨克斯对其他女院民“毛手毛脚”，或是要低能小伙子对彼此做些下流猥亵的肮脏事，克莱伦斯都会视而不见。说到底，克莱伦斯必须证明自己的男子气概——他们对他来说算得了什么？于是克莱伦斯冷眼望着史墨克斯把门拉开，瞥见她退进暗黑的空间，接着门就关上了。他听到她的呐喊，但她只是发出“不不不不”，声音到最后闷糊不明。在狗儿狂吠、女孩们惊声尖叫、小伙子们砸断椅子的喧哗鼓噪之中，克莱伦斯心想：**给她一个教训，教她不准再乱咬。**那种彻底的骚乱害得一只大老鼠从浴室里窜逃而出。就在那时，史墨克斯拉着裤链，从橱柜里冒出来。他往那只动物瞅了一眼，逮住它之后丢给狗儿，让狗儿将它撕扯成碎片，然后再次转向橱柜说：“要是你说出去，就会发生这种事。”

凯特站着俯望克莱伦斯，拳头举在嘴前。她垂下手来：“发生这种事，你怎么还能过得心安理得？”

他摇摇头：“不管我说什么，都不会有意义了。”

“你说说看啊。”

“我当时跟自己说，她是自作自受。”

凯特愈来愈想吐：“你真的很恶心。”

“没错。”他点头，“我可以把错推给酗酒，或者推说院民被占便宜是家常便饭。我可以把错怪在因为我需要讨……朋友喜欢——”

"朋友。"

"我不想找借口,因为怎样都站不住脚。"

"你那时候为什么不讲出来?"

"怎么可能?我所知道的一切都在那里。揭发任何事情,就等于是把我自己的整个人生毁掉。"

"知道出了什么事以后,你难道不会觉得很困扰吗?"

"我想说自己当时觉得很困扰。要是现在,我就会饱受折磨,才不会去管工作、朋友或什么事情,甚至不会愿意掺一脚。"

"所以你就这样让事情过去了?"

"很久以来都是。"

"完全没受到良心的谴责?"

"很悲哀地,并没有。"

"连她跟四十二号逃走时也没有?"

他边叹气边摇头。

"你怎么可以没有?"凯特说,差点放声尖叫。

"那是脱逃事件。那种事又不常发生,不过……的确没有,发生那件事也没让我多去思考。"

"竟然没有。"

"拜托,凯特。"

"你觉得她为什么要逃走?"

"她找到可以帮她越过院墙的人。我的意思是,我猜我当时意识到她一定很害怕——"

"你觉得她是因为**害怕**才离开的?"

"唉……是啊。"

“你没考虑到其他原因吗?”

他怔怔瞪着她:“你在暗示什么?”

“为什么她档案里的那几页都不见了?”

“你去看了她的档案?”

“我当然去看了。你们两位可能是为了找乐子跟消遣才打破规则，可是我们某些人有更正当的理由。记录那整段插曲的纸张——她的脱逃跟返回——都消失了。是你们拿走的吗?”

他抬起头点了点。

“为什么?”

“因为如果有记录在案,说我们弄丢了一位院民——”

“**弄丢了**? 你们明明找到了琳妮,还带她回来。”

“对,可是那天晚上我们弄丢了四十二号。”

“为什么你们不拿走**他的**档案?”

“我拿了。”

她当时不知情。她从没想到要找他的档案,只想到要找琳妮的。

“你拿了**他的档案**?”

“没错。”

“我真不敢相信,那表示他曾经存在过的记录全没了?”

“嗯,要是消息传出去,说我们让一名院民逃走,还迟迟找不到他,路加绝对保不住饭碗。我们当初只是不希望他的大头症变得更严重,那晚造成的动乱已经让他暂缓往政界发展的野心。可是等四十二号失踪时,我们才意识到,要是路加丢了学校主任的工作,我们两个也会跟着完蛋。”

“四十二号的档案,你动了什么手脚?”

“我努力想找出他的下落，就先把档案留在身边。”

“找他的下落？”

“有那么奇怪吗？”

“你为了找他，做了什么事？”

“我从琳妮的档案里拿到了那位老妇人的名字。我希望她能告诉我他的下落，可是等我到了她的农场，她已经无影无踪了。然后我想他可能躲进她的谷仓，或是树林什么的，只是我没找到而已。我知道有个镇上来的小鬼负责看管那个地方，所以我试着套套他的话。他就是罕斯贝利家的儿子，跟爸妈住在药房那里，不过我什么也没打听到。”

“那你怎么办？”

“威尔斯巴顿在那时候是个小地方。路加查出老妇人要卖掉她的地产，也查到罕斯贝利家的儿子负责照顾那里，就要求邮政局长说只要有她寄给罕斯贝利家的信，都要通知他。”

“你们竟然**监看邮件**？”

“我没有。那时候的情况已经超出我的控制范围，是路加主导的。他甚至派他的司机艾德格到每个回邮地址走一趟。”

“花那么多功夫只是为了找到四十二号？”

“老妇人在四十二号逃出我们掌握之后的那天早晨就消失了，感觉很诡异。我们以为他可能把她绑走了。”

“你明明知道他不会干那种事。”

“不然就是她护着他。不管是哪种，他们多少都牵扯在一起，所以找到她就等于找到他。”

“那么——”她拼命装出诚恳的语调，“你找到了吗？”

“艾德格在纽约某家旅馆差点就堵到人，可惜还是让她溜走了。”

“后来呢?”

“后来就没有她发出的回邮地址了。我们只好放弃。”

“你觉得出了什么事?”

“四十二号吗?”

她点点头。

“我常常去想那件事。可能那个冬天在树林里冻死了。”

“你真的觉得是这样吗?”

“我戒酒以后常常思考,可以用清晰的眼光看待事情。我不晓得他出了什么事。不管是什么,都不会是好事。”

“他不应该有那种下场的。他是个很棒的男人。”她摇摇头,想起自己曾经在办公室里替他安排与琳妮的秘密聚会,“他喜欢琳妮,会把羽毛捆成一束送给她。”

克莱伦斯没有回应。凯特说:“就这样了?”

“对,那就是我来这里的原因。我想向某人为了这件事表达歉意。”

“为什么不去找琳妮?”

“学校关闭那天,我……我到学校去了。我想说点什么,可是那时还没戒酒,我还没准备好。”

“那为什么现在不去?”

他一时支吾,然后才说:“事情都过去那么久了,我不想害得她一头雾水。”

“为什么不去报警?”

“报警?”

“那是犯罪行为,克莱伦斯。你是某人犯罪的帮凶。”

“那是二十五年前的事了啊。”

"所以你不肯去找警察自首?"

他一脸错愕:"我现在过的是崭新的人生。我替某个学校体系做事,协助有家庭问题、吸毒问题的孩子,努力别让他们的学业中辍。我有太太跟孩子。这样的事情——会把我毁掉。"

"你原本可以把这件事情藏在心里。"

"有啊,很久以来都是。我只是——凯特,你不会知道那种感觉的,就是心里一直晓得自己当初竟然任由那种事情发生。"

"那倒是真的。"

"也许我不应该告诉你。"

"不,我很高兴听到完整的故事。"

他的脸庞放松了些。

"所以,就这样了吗?"她问,感觉眉头绷得更紧。

他点点头,然后说:"我的确还有一个问题。"

"我也是。"

"你有问题要问?"

"克莱伦斯,"她说,定定地平视他,"我希望你百分之百对我坦白。你不觉得琳妮会挑那个时间逃走,是有原因的吗?"

他震惊地望着她:"你在说什么?"

"算算看啊,往前倒数。她是十一月逃走的。"

他的眼神闪烁:"不会吧。"

"克莱伦斯——"她对他满怀暴怒,对自己当初未做的事充满歉疚,对其他人满心忧伤,"算算嘛。"

"你该不会是要告诉我——"

"是真的。"

"都二十五年了!"

"没错。"

"他在哪里?是他——还是她?在哪里?"

"是她。"

"噢!我的天哪。她在哪里?跟四十二号在一起吗?"

"四十二号死了,他那天晚上就溺死了。"

"天哪。"

"我的朋友们替他举行过告别式,可是一直没有找到他的尸体。"

"那她在哪里呢?"

"我不知道。"

"你不知道?"

"有好长一段时间,我都知道她在哪里。她跟那位老妇人在一起,就是玛莎。玛莎一定都会让依娃·罕斯贝利晓得她们的行踪。她们漂泊了好久——就为了躲避你们。她后来再也不在信封上留回邮地址,可是一直寄信寄到女孩十四岁为止。"

"你在开玩笑吗?"

"没有,克莱伦斯。"

"在那之后,你就没有那孩子的消息了?"

"我知道的最后一件事,就是她有机会搬到丹佛附近。不管她最后在哪里落脚,她都过得不错。比她妈妈过的人生好得多。"

现在他弯起身子,仿佛陷入痛苦。他用双手抱头。

凯特感觉自己浑身颤抖,再次转向门口。洁若丁与尔文此时就站在屋外观望。她在这里待了那么久,都忘了自己在上班。塔德先生跟艾斯克里奇先生到现在可能已经下过好几盘棋了。已经超过带伊拉纳太太到花园散步的时间很久了。凯特慢了足足二十五年。

“克莱伦斯，”她说，转身俯视他的秃顶——他展开手指覆住头皮，“你还有别的问题吗？”

他垂下双手，搁在大腿上，然后抬起脑袋：“也不是非问不可啦。”

“我怀疑我不会再见到你了，所以你应该把握机会现在就问。”

他别开视线。她看到他的目光返回时光隧道，他肯定在那里找到了曾经看来像他的人。接着他脸色一白，说：“我本来想问你恨不恨我。”

凯特垂眼看他：“我不是你该担心的对象。”她转身走开。

走回大楼里面时，凯特踩着重步经过洁若丁与尔文，举起手来阻止他们发问。她继续穿过几扇门，越过大厅迈向日光室，怒气让她全身僵硬。可怜的琳妮！漫长岁月里，她都怀着恐怖的经历过日子！那就是她必须藏起宝宝的原因。那就是为什么四十二号要带她逃出去——自己却命丧黄泉！

凯特走到了日光室，却发现里面空空如也。她瞧瞧手表。她失去了时间感；西溪的院民已经回到用餐区吃午餐了，她必须回头执行自己的职务。可是，怒火如此炽烈，令她动弹不得。她瞅着透窗流泻进来的正午光线，自问道：**我现在该做什么？**她感到内在那股推力的回应：她总是跟他人说，那股力量就是她的直觉，可是她晓得那是上帝的意旨。不过，它并没有告诉她该怎么做。它告诉她该要忏悔。

她在一惊之下往后踉跄，用手捂住心脏，希望那不是真的。接着她抬起脑袋，发出一声压抑多年的深深的哭喊。在那个世界里，一位接一位院民日复一日、季复一季地遭受掌掴、唾弃、辱骂、束手缚脚与“毛手毛脚”的对待，而她曾经是那世界的成员。虽然凯特自己不曾做出任何残酷的举动，虽然她致力于保护与支援所有服务的对象，却不曾付诸行动来遏止事情发生。除了琳妮以外，还有多少院民曾经受到那类无法言说的攻击？除了凯特之外，有多少人压制了自己的良心？有多少张嘴巴紧紧抿住——如此之久——就在弱势者遭受无边苦痛的当下？

她双膝落地，祈求宽恕。

这件事她不需要跟斯科特细谈。她甚至不需要回家一趟。

一等轮班结束，凯特就开车到最近的公共电话亭。她从便利商店停车场里踏出车外，匆匆忙忙走过去，一面想到自己当初到那所学校工作，正是一种赎罪之举。现在又是她另一次的赎罪。

电话响了五声才有人接听。

“喂？”电话线的另一端传来女人的声音。

背景是音量极大的电视声。

“我想找琳妮，”凯特说，“请跟她说是凯特打电话来的。”

那个人走去，不再是朵玲了。琳妮搬过两次，住进别的团体家屋，室友一直变动不定。

“凯特！”琳妮抓起电话时说。

“琳妮，”凯特说，因为听到对方声音里的快乐而如释重负，“我好久没看到你了。”

“都九年了。”琳妮说。

“没错。你猜怎样？我有事情得赶快到宾州办一办，没准就是下个星期哦。我可以来探望你吗？”

替自己发声

琳妮

一九九三年

“往上看，凯特。”琳妮说。

她们站在哈里斯堡的国会大厦，在巨大的圆顶房间里。那房间的名称琳妮念起来还是颇为吃力：“圆形大厅。”

琳妮在五年前的十月第一次看到圆形大厅，当时她来州议会大厦参加一场会议，学习怎么成为自我倡议者。从那之后，她每年都会回来参加这种会议，因而愈来愈熟悉这处宏伟的大厅、大理石地板、彩漆壁画、大旋梯、彩绘玻璃，与让人瞠目结舌的高耸的天花板。今天她终于有机会深入这栋大厦，对“国会议员”(另一个她说起来有困难的词)讲话，就在他们三点举行听证会的时候。

不过，现在才九点三十分。琳妮带着凯特提早抵达，把在旅馆举行的会议抛在后头，因为她跟凯特要趁听证会开始之前做点别的事情。

“很美吧？”琳妮对凯特说，两人站在通往大厅的入口，仰起脑袋往上望去。

“是啊，我懂你为什么想先过来这里了。”

“美”曾经是琳妮能说出口的最响亮的字眼。她的语言治疗师安缀亚曾经告诉她，**等你充分掌握了那个字，进步空间就永无止境了。**安缀亚说得不太对——琳妮并没有因为“美”这个字而跨越语言门槛。她所知道的字词远远不足以表达她所有的观察与洞见，即使只是在心里想也一样。当她有能力运用适切的有限语汇来表达某些观察与洞见时，嘴巴仍然需要经过一番挣扎。可是安缀亚说得没错：琳妮一旦能够顺利念出“美”，就会发展出新的自信心。从那之后，她逐渐改善自己的发音与步调，愈来愈有胆量增加句子的长度与数量，对自己音量的控制也渐入佳境。她甚至学会一些“附加做法”（安缀亚这样称呼），像是与人对话时要跟人隔开“恰当距离”。所以，不可思议地，琳妮竟然能够找到需要开口说话的工作——**桥梁路**的接待人员。桥梁路就是负责经营她居住的团体家屋的机构。

“这个地方真是了不起，琳妮。”凯特说。

“听起来也很美哦。”

“你的意思是？”

“闭上你的眼睛。”凯特向琳妮抛出好奇的眼神，但琳妮只是掐掐她的手。

琳妮也很喜欢圆形大厅的这个特色：当她合上眼睛，鞋子咔嗒咔嗒、衣服咻咻轻拂、珠宝饰品丁零当啷、人们说话嗡嗡嗡，这些声音膨胀，扩张到整个房间的宽度，让她意识到一个远远大于她的世界。

“有回音呢。”凯特说。

“如果你站对了地方，会更好。”琳妮张开眼睛并追加道，“继续把眼睛闭着，我给你看。”

接着她领着凯特走到她当初凑巧发现的地点。那时她跟朵玲第一次来这里，朵玲正在跟她说话，就在圆顶最高点的正下方，圆形大厅的中心。“说点话吧。”琳妮对凯特低声说。

凯特做做鬼脸，仿佛把自己的话语排成一行，努力想挑出一个字来。

“而且要大声说哦。”琳妮补充道。

凯特点点头：“我好以你为荣啊，琳妮。”

琳妮漾出笑容，差点希望凯特正看着她，然而她说：“再大声点。”

“我好以你为荣。”

“再大声点！”琳妮咯咯笑着，音量大过安缀亚所认为的“恰当”。

“琳妮让我引以为荣！”凯特喊道。

就是需要那样的音量。凯特的声音引起了共鸣，声响在圆顶底下就会这样，变得如此强烈，感觉好像扫过凯特与琳妮的双脚底下，将她们往空中抬起。

凯特放声大笑，两人紧紧掐住对方的手。她们引来人们的侧目，可是琳妮何必在意呢？她跟自己最喜爱的人之一在一起，身处她最钟爱的地方之一，教导对方她独自发现的事情。还有什么会比这种状况更加美妙呢？

其实，有几件事情可以比那种状况更好。

比方说，现在，琳妮可以跟凯特相偕出席会议，而不是坐在凯特的车里往乡间驶去。凯特以前从未参加过自我倡议者的会议，昨晚宴席上她兴奋得晕头转向。她频频向越过大舞厅的人们挥手，认出他们是从当初那所学校出来的院民与职员。她甚至抢在 DJ 转动唱盘以前跟朵玲叙了叙旧，朵玲把几年前发生的事情告诉她。朵玲说，有天邮差带着一封需要她签名的信件来到团体家屋。当她把信封撕开时，他们才得知她的父亲过世了，留给了她一大笔钱。“噢呼！”朵玲当时细声尖叫，跳来跳去，“迪士尼乐园，我来啰！”但问题发生了：朵玲发现得到意外之财之后，便无法持续接受政府的协助，因此桥梁路无法再帮助她。

不过，扯着嗓子盖过《大家舞动吧》的乐声，朵玲告诉凯特事情后来都顺利解决了："我有了自己的住处，也请了看护。现在我不用忍受愚蠢的规定，也不用忍受那些自以为是的人了。"凯特说："那真的很棒。"接着，一身银色亮面洋装的朵玲把凯特与琳妮拉进舞池。等她们汗水淋漓地笑着回到房间时，琳妮恨不得自己跟凯特在隔天的会议期间能闲着没事。

不过，上周凯特打电话来，表示想尽快过来宾州拜访，也跟琳妮说了克莱伦斯的忏悔。"虽然是很久以前的事了，"凯特说，"可是应该把史墨克斯绳之以法。"许久以来，狗儿的低吼总会把琳妮带回到那个夜晚。凯特解释，法庭会要求琳妮出庭作证，将整件事重温一回。琳妮告诉凯特，单是想到要那样做，她就觉得不堪忍受；一开始凯特虽然觉得心烦，最后表示至少要查出史墨克斯在哈里斯堡城外的住址，当面跟他说她晓得他干了什么好事。"我也想那样做。"琳妮说。她甚至可以在哈里斯堡跟凯特碰头，反正都要到那里参加会议。这就是凯特为什么等到昨晚才搭机飞到这里，也是她俩此时正驱车穿越宾州乡间的原因。

那就是今天原本会更好的第一件事。

还有第二件事原本会更好，不过琳妮一直拼命把它推出脑海。其实没有她想象的那么困难，因为凯特要她把喜欢的歌录进录音带拿来，她们此刻正用琳妮自己用钱买来的录音机播放：葛洛丽雅·伊斯特芬、邦乔维、菲尔·科林斯、手镯合唱团。凯特也带了一盘自己喜爱的音乐集锦录音带，她说如果琳妮想要，她们可以在回程的时候听。

"我可以到时再决定吗？我可能会难过的。"

"当然。不过，你要记得，你还是可以改变主意，我可以马上掉头。"

"我想做。"

“为什么?”

“因为他那时候做了坏事,我想告诉他。”

她们继续开车,在听完另一首歌以前都没人开口说话。接着凯特转向琳妮:“巴弟也会以你为荣。”

琳妮绽放笑容。桥梁路工作坊里有个叫戴夫的胖男人,有天晚上邀请她过去他家作客,可是他只想看橄榄球赛,让她觉得无聊透顶。再来是米格尔,他老是穿扎染衬衫,是她每周二晚上会见到的特殊奥运保龄球队的成员。他带她出去吃过三次冰激凌,每次都喋喋不休说着自己的事。经历过那几场糟糕的约会之后,琳妮跟朵玲说,没人像巴弟一样。朵玲回答:“你竟然还痴痴等着某个让你失望的人。”琳妮受伤地说:“巴弟哪有让我失望。”“都过二十五年了,不然你要怎么说?”朵玲说道,“放弃吧。我的意思是,如果我是你啊,我一定气疯了。”

昨晚在旅馆房间里,凯特问琳妮想不想查出宝宝的经历,琳妮用力点点头。凯特说她很高兴听到这个回应,于是拿起话筒要打给某个叫依娃的女人。可是凯特一直没提到巴弟。

今天还有另一件事原本应该更好的。如果琳妮查出宝宝的状况良好——就证明朵玲是大错特错了。

“这个地址不可能是对的吧。”凯特说,一面把车停靠在人行道旁。

她们就在低矮破败的排屋前方,位于狭窄的死胡同里。其他街道呈阶梯状在这条胡同上方层层叠叠,那里的房子没那么残破。这里有条小溪,到处丢满了塑料袋、汽水瓶、购物推车,四周围绕着暴露在外的树根,沿着她们的车子侧面蜿蜒。这个街区的其他住宅情况没有好多少。那些房子矗立在钢丝栅栏或杂乱蔓生的树丛后方。有些房子甚至用木板条条封起，好几面墙盖满了霉菌。

凯特瞧瞧手里的纸条，然后抬头望向房子。“号码没错，”她说，“可是他家那么富有，真不敢相信他们竟然会让他住在这里。”

“也许号码错了。”

“克莱伦斯说，这是他手上的最后一个地址。”

“我们可以去看看。”

“你觉得你准备好了吗？”

琳妮看着那间房子。她准备好了吗？她真的需要这么做吗？万一单是看到他，就让她再次失去说话能力，那怎么办？

她非这样做不可。她必须说：**你对我做了一件很过分的事。**凯特说克莱伦斯已经良心发现了。“有些人啊，”她快速眨着眼睛说，“最后会看出自己的过错。”琳妮必须尽自己的力量，才能让史墨克斯也看出他的过失。

可是单是来到这里，就让她想起他的口臭。她何德何能，竟然以为自己能戳醒他的良心？尤其是在她说话还常结巴不清的时候。有时候在保龄球场，路过她团队的小鬼们会窃窃私笑；虽然琳妮会在座位上生闷气，但是真正开口喊出“喂，笨蛋，你们希望脑袋被保龄球砸砸看吗”的是朵玲。有一次，叫作卡门的看护正在训练琳妮跟其他桥梁路的消费者怎么购买日常杂货，有位女士走过来说：“**他们**来这里干吗？”琳妮只能想到要说：“我们在买东西。”自我倡议者要向国会议员发表演说的最大理由之一，就是只要有新的团体家屋准备开张，有些邻居就会强烈抗议。琳妮向来过于害羞，不敢参加那些会议。感觉好像很多人都希望学校那样的地方能再次开放，如此一来，就能把琳妮这样的人赶开。所以，她凭什么以为自己能说出足以撼动某人良心的话？

可是又有什么能让她自以为做不到？

琳妮打开车门走出来。

街道散发湿冷阴沟的臭气，让她想起了学校。凯特走到她身旁：“住在这里一定很不愉快。”

她们一起大步走上覆满污泥的短步道。庭院里布满了鹅卵石，石子蒙着一层看来像油的光泽。她们爬上歪扭的门廊时，琳妮看到上头破了个大洞，屋檐下有个鸟巢。

琳妮揿下门铃。

“要我握住你的手吗？”凯特低语。

琳妮摇头表示不用。

她听到缓慢拖地的步伐。脚步走到门口，门却没打开。

“谁啊？”是个老人，语调很不耐烦。

“我们想找史墨克斯。”琳妮说。

“谁？”

“葛兰·柯林斯。”凯特说。

“他不在这里。”

“有人跟我们说他住这个地址。”凯特说。

“他住在这个郡里面的每个酒吧。”

凯特望望琳妮。

“一直都是吗？”琳妮问。

“他想啥时回来，妈的随他高兴啦。”

“我们应该等等看吗？”凯特问。

对方发出笑声：“你们为什么想等他？”

“他欠我们东西。”琳妮说。

凯特颇为折服地望着她。

“你们看到他的可能性很小。”

“他什么时候会回来?”凯特问。

“现在跟明天之间的任何时候。你们想等,就随你们吧。”

“我们可以到里面等吗?”凯特问,“外头蛮冷的。”

“要我跟他打交道就已经够惨的了,你们少来烦我。”

她们听到拖地的脚步离开门边,接着传来电视的声响。

“我们到车里等吧,”凯特说,“还有几个小时才必须踏上回程。”

她们坐在前座,暖气开着。凯特提议要放她的录音带,可是琳妮现在并不想听。“我们聊天就好。”她说。

“好吧,”凯特含笑回答,“跟我说说,你平常都怎么打发时间?”

琳妮告诉了她,难得不用担心自己说话的步调或发音。她提到友善的公车司机戴尔,他行驶的路线能载着她从森伯里郊外的团体家屋到城里的桥梁路,那是一栋与主街相隔两个街区的红砖建筑物。她谈起负责办公室营运的莎拉与达斯丁,他们跟家人住在独栋房子里。她也讲到打进办公室的电话,还有她负责引导到会议室的访客们。她聊到每周二晚上的保龄球活动,还有每周六都会搭文斯的巴士到朵玲的公寓去看录影带。

“你在家的时候呢? 你喜欢吗?”

“还可以啦,我就待在房间里画画啊。有时候我的室友不是很好,而且看护换个不停。习惯了某个人以后,他们又会离开。”

凯特叹了口气:“所以,你虽然不在学校了,生活状况还是有待改进啰。”

“已经比以前好了。”

“说得也是。”

“而且你会寄卡片来。”

“现在开始我会寄得更勤。”

“好啊。”

“你知道吗，有些人自己住哦。桥梁路有没有独立居住的计划呢？”

“我不想自己住，朵玲就很寂寞。”

“是吗？她没说过啊。”

“她不想让你知道。她整天都到商店里打发时间，跟那里的员工瞎混，直到他们需要办事为止。然后她就会去买东西。她有好多录影带、海报、亮晶晶的珠宝跟小摆饰，把她住的地方都占满了。到了晚上，她就晃来晃去，边吃东西边看着自己的收获，一面打电话给我。”

“你们会一起去打保龄球，到了周六你还去看她，真不错。”

“那还是不够，她独处的时间太久了，我不想要那样。”

“那你想要什么呢？”

琳妮垂下目光：“我想跟巴弟，还有我女儿在一起。”

凯特点点头。

“我们会查出她的状况，对吧？”

“对。我用电话联络到的那个女人依娃，今天晚上会到哈里斯堡跟我们碰面。可是我本来就知道一些。”

琳妮的心猛然跃起：“你知道什么？”

凯特露出哀伤的笑容：“老妇人按照你的要求去做了，她把她藏了起来。”

琳妮的心扩散至整个胸膛。

“琳妮，她想尽心尽力完成你的托付，所以隔天就把宝宝带走了。她们……到处搬迁，从一个地方移到下一个地方，免得被人找到。”

“老妇人那样做？”

“前后有好几年，她觉得那样做才对。”

琳妮逗弄着靠在大腿上的手指：“有些人知道怎么分辨对错。”

“我想，分辨对错不一定都那么简单，琳妮，但是她的确可以。”

“宝宝叫什么？”

“茱莉亚。”

“茱莉亚。”琳妮垂眼望着羽毛项链，“那个名字很美。”

“有好长时间，她们在麻州安顿下来。茱莉亚去上学——上一般的学校。她们过的是一般的生活。”

琳妮望出挡风玻璃，天空灰蒙蒙的，房舍残破。这世界上有那么多丑陋的东西。可是，瞧，有只蓝鲣鸟往房子飞去。它俯冲到门廊顶盖下，挤入巢窝。

“老妇人那样做，真是好心。”

“我还是无法置信，琳妮。”

“那巴弟呢？”

凯特往上望着车顶，咬紧嘴唇，眼眸来回闪动。然后她握起琳妮的双手，仿佛准备倾诉什么。最后却抿起双唇，摇了摇头。

“朵玲叫我忘了他，可是他还在努力要回到我身边。”琳妮说。

“你那样想啊？”

“我就是知道。他‘终究’——”这就是她得下功夫才会讲的词，“——会回来。”

凯特点点头，摆弄皮包的扣拴：“那我也知道他会回来。”

“看，”琳妮说，瞥见后视镜里有了动静，“有人来了。”

有人绕过街区远端的角落，琳妮转身望出车尾窗。他穿着棕色连帽上衣，松垮的深蓝运动长裤，走路踉踉跄跄，为了稳住自己，频频攀住畸形树木以及隔开房子与道路的钢丝篱笆。琳妮之所以认出他来，不是透过视觉，而是透过内在涌现的仓促感；仿佛必须快速呼吸，才能得到足够的空气。她想象自己的胸膛里有一百个颚骨开开合合，齿牙往下猛咬，众声喧哗呐喊。她再次浮现以前身边有人哭泣时的感觉，只是更加糟糕。她晓得自己不能扑倒在地，边踢边尖叫。相反地，她的呼吸愈来愈沉重，最后戛然而止。她觉得自己好像被布料噎住了。

她把双手贴在脖子上。

“这个点子太糟糕了。”凯特说，连忙换挡启动车子。

琳妮扯着外套的衣领。

“你还好吗？”凯特匆匆把车掉头时说。

琳妮用手推挤自己的胸膛，试着把困住的空气挤出去。

“这个做法真蠢。”凯特把车拉直，“我马上就把你从这里弄出去。”

她们现在正对着他。他在几栋房子之外，倚着电话线杆，弯身咳嗽，似乎没有注意到她们。

琳妮试着吸进空气，但是办不到。她试了又试，却吸不到东西。

“不应该让你看到这种场面的。”凯特说，朝着弯折的身子驶去。她往旁边座位伸手。“别看了。”她用手掩住琳妮的双眼。

“不用！”琳妮说，原本困住的空气一股脑儿蹿了出来，她吸进新鲜的气息，“我想看！”

“会让你难过的。”

“不会，”琳妮再次说，“看看他，放慢速度。看。”

凯特一脸恐惧与震惊，就在和摇摇晃晃的男人相隔四栋房子的距离时，她慢下车子。男人放开电话线杆，往前踏出一步，接着身子瘫软，直接跌进一池泥泞。

“停。”琳妮对凯特说。

“你确定——”

“对。”

凯特停住车子，她们望出挡风玻璃。此时她们就在他面前，可是他没看见她们。侧躺着的他，脸有一半泡在泥泞里。

“他乱成一团。”琳妮说。

“你说得没错。”

“他是酒鬼。”

“这一点你可能也说对了。”

“真要命。”

“你还好吗？”

呛窒的感觉消失了，呼吸容易了起来。她碰碰胸膛，摸摸自己的项链。

“你想怎么做，琳妮？”

她想起自己看过人们会做的那些事。她看过一个电视节目，里头一帮小鬼在公园巧遇一位游民，往他身上倒满饮料，呵呵笑着踢他。她看过一个女人对着公车司机大吵大闹，不仅骂他难听的话，还往他脚上大啐口水。她看过史墨克斯对付劳务小子，用扫把柄猛敲对方的脑袋。

那些手段她全想拿来对付他。她想跳出车外去咬他，可是她再也不咬人了，而且她想猛踢什么人泄愤，甚至是踢眼前这一位。她不确定自己是否还会怕他，还是只是懒得再受他影响了。

“走吧。”她说。

凯特踩下油门：“我们可以直接开到警察局。我们知道他住哪里了。”

“不要。”

“拜托，琳妮，你可以负责指认他。他应该付出代价。”

“我不想去找警察。”

“为什么不想？”

“因为……”

“因为什么？”

她们现在路过他身旁，愈来愈靠近转角。

“你能帮我说一个词吗？”琳妮问。

凯特转向她：“当然。你来起头，我帮你收尾。”

“因为他可……可……悲……极了。”

凯特露出微笑：“你根本不用我帮忙嘛。”

“但是你知道吗，凯特？我并不可悲。”琳妮说。

“没错，”凯特说，“你不可悲。”

琳妮想在座位上转身看他最后一眼，但是面向前方的感觉实在太美妙了。

三点钟回到国会大厦，琳妮在即将举行听证会的大房间里坐定，房间前方有个男人站起身来：“我们今天举行的听证会，重点在于联邦里仅剩的几所收容机构也许将会关闭。我们要来听取各社区成员的建议。”

琳妮的朋友们轮番走到房间前方的座位，陈述自己的案例。琳妮几乎无法静下心来听，她一直用双手卷动自己的画作。

“琳妮·戈德堡。”终于轮到了她。

她站起身，对凯特闪现一抹微笑，然后折至房间前方。她在大木椅上坐定，面向国会议员。

“我是琳妮·戈德堡。”她小心翼翼地说出每个字，“从一九五七到一九八〇年，我住在宾州学校。我想把我的故事告诉你们，我带了东西来帮我。”她把自己的图画展开，把第一张拿高：“这就是我爸妈带我到学校去时，学校在我眼里看起来的模样。我那时候很害怕，不知道那是什么。那里发生过不好的事情，我不会把全部都告诉你们，可是会跟你们讲一些。”

她通过自己的艺术作品来展现给他们看。认识东妮特。在交谊厅里拖地。被怒气冲冲的院民推来搡去。吃烂糊成团的餐点。折叠衣物。如厕时要跨过地板上的脏水滩。把她的艺术作品藏在档案柜里。害怕带狗的看护。

她没提到巴弟……也没提到茱莉亚。她没说的是，直到现在，她每晚都会眺望窗外，想象丈夫与孩子会在杯子与羽毛星辰之下的哪个地方。

国会议员们表情肃穆地倾听着。有个妇女双眼濡湿，一个男士握拳抵住下巴。

“这就是为什么那种收容机构必须要全部关闭。”琳妮以这句话替演说画上句点。

她站起来，意识到其他倡议者都在替她鼓掌。她对他们粲然一笑，她终于找到替自己（以及许多其他人）发声的勇气，这让她如释重负。

“我办到了，凯特！”她们冲出电梯，奔入圆形大厅。她抓住凯特的手，脚步迅速。

“你办到了。”凯特说，任由自己被往前拉，“公开演说呢，琳妮。你的艺术作品变得**好棒**！真高兴你邀请我来这里。”

人们在圆形大厅里漫游闲逛，琳妮在他们之间穿梭，最后她与凯特走到了中央。“真是特别的日子啊。”凯特说，声音轻柔归轻柔，但感觉仍会往上飞腾。

“最棒的日子之一。”琳妮音量稍大，声音飞得更高。

接着她往后仰头，望向远远高于她脑袋的圆顶，然后轻声吐出她想了好几个钟头的词。在听证会期间让她保持坚强的，就是这个词：“茱莉亚。”它一离开她的嘴巴，就马上展翅飞翔，升入空中。它一面绕圈一面升高，最后穿过玻璃消失无踪。它一定会在肉眼不见的状态下继续翱翔，越过这个州、这个世界，往下俯望大地，然后寻着她。

尘　灰

侯蒙

一九九五年

“照地图来看，”撒玛放慢厢型车的车速说，“我们已经到学校了。”

不过，侯蒙早已看到那些石墙，不用转身看向后座里的珍，等她把撒玛的话翻译成手语。景致已经有所转变（马路现在已经拓宽为公路，对面绵延了好几英亩的新房舍），他迅速换用美国手语之后，内心也产生了许多转变（他与撒玛在**独立生活中心**的同事们变成了朋友，还上过好些课程），但这些都不足以让他分心忘形。过去几年他学了好多事物：如何把印刷出来的鸟类足迹转换成字母，然后变成字词，接着成为可以载着他飞跃书本纸页的字群；怎么看懂地图、怎么使用金钱、驾驶有哪些规则。不过，他还是立刻就认出那些墙壁了。

漆黑高大的栅门还在，顶端的长钉有如尖矛。墙壁后方的高塔耸立于山丘上，钟面已经替换成“荣民医学中心”这些字。撒玛（侯蒙现在晓得对方其实叫作泰伦斯，不过对他来说永远会是撒玛）把厢型车停靠在路肩，即使呼啸而过的休旅车与十八轮大卡车打断了侯蒙的视野，那幅景象马上就让嫌恶感——与渴望——在他的血脉里蹿流。

他原本就料到会发生这种事。一等沟通的窗户开启，他就对刺痒失去了兴趣；他愈是阅读与学习，就愈是因为学校这么轻易让他失踪而觉得反感。让他相当满意的是，他跟国王与王后谈妥了一桩不错的协议（一份像样的收入**加上**他们佛教隐修地原本就包含的食宿），对自己的天赋（开始替朋友改装床铺、厢型车与轮椅当作副业）也愈来愈有把握。他立定高远的目标（才刚申请就读工程学），不过还是希望能够痛打当初睥睨他的人，以及像公鸡一样四处大摇大摆的守卫。可是同时，他也开始好奇学校——还有美丽女孩与小家伙——有了什么遭遇。前一个问题耗费了大量调查才找到答案；后一个问题他无法回答。他连她们的名字都不晓得，要怎么查呢？

你自己呢？撒玛有一天问道，由手语相当流利的听力正常者珍来翻译。珍就是黄洋装，可是现在她会穿裙子与短外套，也跟撒玛步上红毯了。

你问“我自己呢”，是什么意思？

你的档案一定在某个地方吧。红头发或者某个人可能在里面放了足够的资讯，可以告诉你美丽女孩叫什么。

他们从来就不知道我是谁。

那他们都怎么叫你？

我哪儿知道！

长久以来，侯蒙会因为渴望得知她们的遭遇而愤懑地苛责自己。都过去二十七年了，美丽女孩可能早已告别人世；即使她还活着，他去想她或小家伙，又是想怎样呢？她们过着自己的人生，也许还有了自己的家庭、朋友与工作。她们的思绪里早就容不下他了。

那是基本的好奇心，有位朋友告诉他，**我们对初恋都有那种感受。**另一位还说：**是内疚的关系。**

我们有不同的理论，珍跟撒玛结婚的前夕用手语和侯蒙说，**你会一直想到她，是因为你仍然爱着——**

侯蒙走了开来，不让她把句子讲完。

接着，一个月以前，撒玛跟珍发出邀约。他们两人都要到华盛顿特区去面谈工作，于是决定开车横越国境。他们想看看优胜美地国家公园、拉什莫尔山，甚至是年轻时去过的地方。侯蒙也可以同行。

我有工作要忙。

没有你想看看的地方吗？

没有。

没有你的话，感觉就不像公路旅行了。

我都说"不"了，你们是哪里听不懂？

可是那晚他回到自己的小屋，躺在床垫上时，美丽女孩头一回在这么久之后来到他心中。梦想中的她（不是模糊的形影，而是翔实、完满又诱人的模样）爬进他身旁的床位。他转身面对她，她就在那里，在月光中定定地凝望他。不过，她的身体并未碰触到他，脸上的表情难以解读。尽管他如此渴望能将手指贴在她温暖的肌肤上，可是他忍住了。她是场梦境，只是梦境而已。然而，他举起了双手，问她这些年来都在忙些什么。她指向墙壁，壁面顿时挂满了她的图画。他瞅着它们，还来不及认出任何一幅，它们就在他眼前隐逝，渐渐转为空白。等他回头看她的时候，她已经无影无踪。

隔天，他跟国王与王后表示想要休假。隔周，他先处理他们在他离开期间需要进行的修缮工作。他离开以前也将黄椅子的底部割开，把钱拿出来，在这么久之后终于把它存进银行。

他们开的是撒玛与珍共有的厢型车。他跟撒玛轮流驾驶，由珍负责翻译。

现在他们到了这里，栅门敞开。

我们进去吧，他比出手语。

厢型车驶越栅门时，传来的气味让他无法置信。那不是明显的臭气，而是宾州乡间的味道。侯蒙卷下窗户，吸入肺腑。以前远离屋舍时就会有这种香气：草味、土味和一股干净的味道。美丽女孩以前很爱这些味道，虽然她从来没有穿越车道漫步闲晃的自由。以前警卫室需要维修时，会来这里的是他，因此给了自己的肺部远离屋舍恶臭的喘息机会。现在警卫室不见了，青草比以前规定的高度多了好几英寸。穿越这扇栅门的人，猜得出这里曾经是什么地方吗？

他们继续沿着车道行驶，映入眼帘的第一栋建筑就是闪闪发亮的五层楼医院，由红色喷砂石砌成，长杆上旗帜飘扬，入口处设有柱廊，一排排的染色窗户外没有一条铁杆。

他想不起这栋新建筑取代了原本的什么地方。车道以新的方式弯曲，他实在记不得。

他望出副驾驶座的车窗，珍正面对着他，可是他意识到自己的视线受到了吸引，越过她抛往附有高塔的行政大楼。虽然高塔很古老，模样却前所未有地美好，刚刚重新上过漆。大理石阶梯毫无裂隙，栏杆也打过蜡。

他爬过珍的身旁，猛然打开厢型车门。

他站在阶梯前方凝望高塔。石头如同他记忆中的一般灰，角落尖锐如昔。随着视线往上升起，他也忆起自己初次伫立此地的情景。那时他暴怒又恐惧，被手铐牢牢锁住，浑然不知自己身在何处。他当初走进威尔斯巴顿镇，纯粹只是想找个地方过夜。

此时他想起那一夜。他从火车上跃下，发现自己就在自治村镇里。他找寻着食物与可供安眠至隔日清晨的地方。在暗巷里，他凑巧看到某人留在院子里的夹克，然后从面包店后侧偷了条面包。他心满意足地在一间酒吧后方的巷子里蜷起身子入睡。原本只是这样。

只不过就在太阳正要升起时，他看到眼前有个盖子上下颠倒的垃圾桶。那个盖子里积了点水，他站起身子往水里一看，见到自己的映影。他浑身脏兮兮，青春期的胡茬看起来比双手摸起来杂乱得多。可是，如果有剃刀跟肥皂，他就能把自己打理得很好看，甚至相当体面；甚至可以像是能够堂堂走入火车站、被当成正常人类的那种人。

O muh，他试着大声说出自己的名字，这是多年来他第一次努力用自己的声音形塑一个词。有种颤动感进入他的喉咙，虽然他没办法判断自己听起来如何，但是他把手放在嘴唇前方去感受气流。O muh，他露出微笑。他是可以做出点成绩来的人。他不是知道怎么驾驶汽车吗？他不是在户外求生成功了吗？

Muh nuh O muh，我叫侯蒙。他猛敲车盖，Muh nuh O muh!

车灯在背后猛然亮起。

他连忙转身。

警察！他不晓得他们在场！他对自己的声音太过执着了！

为了挣脱，他拼死拼活地抵抗，可是他们紧抓住他、套上手铐，先载他到监狱去，再送到法庭。法官判定他是小偷，智商太低而无法理解人们的意思，对其他人会造成危险，于是把他送来这里。他想起当时被拖出车外，既惊恐又困惑，就在这些阶梯前方。当时他仰头瞪着时钟，暗地对自己想：**永远不准再开口发出声音**。

现在他的视线顺着高塔而下，一次一扇窗。阴暗，阴暗，阴暗。连前侧楼梯左方的那扇也是，那里是大人物（不，是路加·柯林斯的秘书）的办公室。侯蒙登上阶梯，以便看个详细。有个小标识用螺丝固定在栎木门上：**大楼关闭**。他的目光越过围篱，探入窗内。

这房间只剩墙壁与地板，现在没有他可以报复的对象了。

他转向厢型车。**你有没有看到禁止我们在这片荒地上开车逛逛的标识？**

你想逛逛吗？

不是想，是我一定得要。

所有的小屋都还留在原地，就在撒玛缓缓驶过时，侯蒙看到每扇门上都附加了**大楼关闭**的标识。那间是他认识矮冬瓜跟旋转陀螺的地方，用餐小屋是他偷走方糖的所在，洗衣间是他送一束束羽毛给她的地点。

以前在那条步道上，他有时会看到困在此地的另一位聋人，是个很爱穿制服的黑人，比画侯蒙当时以为毫无意义的手语。不过，那套手语可能跟侯蒙的不相上下，并不是空无意义的。他终于想通了，当初他学的是麦林托克斯兄弟的父亲在聋人学校里学到的方言，也就是美国手语里的某种黑人方言，是他们远在南方的学校里所使用的，白人并不知道这套东西。显然有些黑人也不晓得。

侯蒙走过如此漫长的路途，才终于弄懂这些事情。要是他当初略懂一些，那该有多好。

转往田野吧。

那座谷仓看来好可悲，藤蔓覆满侧面，有棵树贯穿了屋顶。他一直把她的海洋画作放在那座谷仓里。曾经有许多早晨，他会把那张画高高举起。冲刷着岩石的浅绿海水，以及沿着岸边高塔所激起的水沫，都让他为之入迷。他现在无法进入谷仓，但那又有什么关系？要是玉米田都变成了野生花圃，职员小舍已经从地图上抹除，那张图画肯定也早已化成尘灰。

我不懂，就在他们驶近现在几乎被蔓生野草完全掩盖的墓园时，他对珍比出手语，**他们为什么要把这些全都留在原地？**

也许是因为占地太大，一时找不到想要接手的人吧。

这趟车程带他们回到主大楼，侯蒙心想：**也许是没人想跟鬼魂打交道吧。**

回到新的医院大楼后，他们走过一连串的办公室，最后才找到对的官员。

“我知道的恐怕不多，”拉贾太太把办公椅推出来，跟他们围坐成圈，让珍方便翻译，“我知道住在这里的人后来都搬回家人身边，或是迁进比较小型的机构。有些就在附近，有些不是。我可以给你那些机构的清单。”

我们没有她的名字，侯蒙比出手语。

“她不是亲友吗？”

他顿了顿，脑海中闪现最后一夜她朝他走来时脸庞的影像，老妇人的洋装从她的双肩往下款款飘扬，还有他假装套在她指头上的戒指。

是啊。

“可是你不晓得她的名字？”

他感觉自己的脸沉了下来。**不知道。**

“先生，老实跟你说好了。我们偶尔会有你这样的人顺道过来，他们通常都是在人生很晚的阶段才知道自己以前有个亲戚住在这里，或者决定要找出失去联系很久的儿子或姐妹。我都会给他们一张机构清单，可是他们的搜寻到最后通常都是徒劳无功。这家收容所是在电脑时代之前关闭的，很多档案资料原本就不齐全。有些家庭当初只提供名字，或是假名，有些院民连名字都没有。”

撒玛望着侯蒙问道：“他们没有名字？”

“没人知道他们是谁，他们以不同方式沦落到这里。如果当初抵达的时候身上没有带着记录，也缺乏语言能力，那么就不具有身份。”

侯蒙比出手语，**档案都怎么称呼他们**？

“按照他们进入这个系统的顺序，来替他们编号。一号无名氏、二号无名氏。就像那样。”

侯蒙眺望窗外的高耸枫树，美丽女孩也不晓得他的名字。他记得她替他取的手语名字，确定那不是数字。

有只松鼠沿着树枝蹦蹦跳跳，他惊讶地意识到自己从同样的地点看过这个景象。原来拉贾太太的办公室就是红头发胖胖以前办公的地方。这栋大楼取代了职员小屋，美丽女孩画图的地方就是在这里。

他转回身子，拉贾太太站了起来。“真希望我能帮更多忙。”她说。

侯蒙启动车子，往珍一瞥时，她比出手语：**我们很遗憾**。

侯蒙把厢型车开出停车场。有双手搭在方向盘上，至少表示有什么是在他的控制之下，这样一来，他就能忘掉想要猛踢树木或是痛批自己的任何冲动。**你明明知道这样做也不会有好结果的**，他痛斥自己，一面把心思转回到过去的自己，**你为什么无论怎样都必须找到她？因为这样她就能接受你原本的样貌。那样虽然不错，可是，撒玛现在也能接受你的原貌啊。还有珍、国王、王后，那些新朋友全都可以啊。那样还不够好吗？你是因为有很深的内疚感，所以无法安于现状吗？**

撒玛用细棍轻拍他的手臂背面。

我们刚刚错过驶出坡道了，珍用手语说。

侯蒙摇摇头，再次面向马路。他错过弯道了，这条道路已经变成穿越山丘的环道。他看看两侧，原本树木林立的地方已经变成小型商店与连锁餐厅，除此之外别无一物。**唉，这不就是世界运作的方式吗？不管你想不想要，一切都会走到尽头。外头的那片大自然，没了。陷阱，消亡了。一份爱，让某个男人晕头转向与满怀浪漫，给予他从未体验过的希望与喜乐，让他勇于挑战“不可能”、几乎使它屈服告饶——连那样的爱都会走到尽头。人生只是尘归尘、土归土罢了；你是无能为力的。**

珍猛敲方向盘。

我知道你很难过，可是我们必须掉头。

你说得对。他比出手语。

他必须振作起来。他必须留意路标，看看怎么驶出环道，调头离开。不过，他们现在正在桥上，他可不打算在这里来个大回转，那是电影主角才会做的事——而他不是主角。他只是曾经爱过的男人。这男人曾经觉得自己受到某位美丽女孩百般珍视，最后成就大大超越了他原本的自我认定。一个从朋友与雇主那里（的确）得到极大接纳与尊重的男人，可是——**对自己老实承认吧**——却再也不曾体验过那么受到珍视的感觉。

过了大桥之后，道路收窄成双车道，两侧遍布着农田与树林。行过几英里，终于看到树林间有个缝隙可供回转。他打亮方向灯，接近那个缝隙时，看出那是一条土路，旁边有个标识：**河畔男童军营**。他的内心有什么翻动到位了。

那晚他就是逃来这里，为了越河而从跳台上跃下。

他就在那条路上，相同的一条路。

他在撒玛与珍作出反应以前，就比出手语：**我知道自己在哪里。我**

还有一个东西要看。他熄掉方向灯，加快车速。

他心想，是啊，这种做法很荒谬。时速达到五十英里，再是六十英里，经过慢车、农田与树林。他不可能在那里找到她的。他无法想象收容者还活着，小家伙也不可能还在农舍里。

可是他不得不这么做。如果他不这样，他的搜寻永远不会有完成的感觉。

他开到了通往另一条道路的岔道，速度远比他们在大雨滂沱的那夜快。现在他读得懂路标了，不过他晓得要继续留在原路，就在老酪农路上。那晚，他们不知所措。直直走下去是个随机的选择。**没有大计划，除此之外你还需要知道些什么？你会沿着一条道路直走，没什么特别的原因。你会注意到积水的垃圾桶盖，也没什么特别的理由。**

树林匆匆往后飞逝。他好奇自己能否认出来。

他知道他会认出来的。

那是他们差一点就想接近的白房子，可是她摇头说不，于是他们继续往前赶路。

他们还路过了其他房子，比较古旧，风化得更厉害。尽管机会渺茫，可是老妇人也许**还会**在那里。也许她会晓得他正在寻找的答案。

他开抵道路的弯处，晓得自己即将到达。房子会在道路拉直之后从左侧浮现，距离只有几百码远。

道路平直起来，原本环抱柏油路的树木都让位给房子了。好几百栋都是楼中楼的房型，在他左侧沿着坡地散布，在他右侧往地平线延伸。

他缓慢步下厢型车，盯着左侧。地面起伏的坡度符合他的记忆。他当时跟美丽女孩冲刺上坡，后来他又狂奔下坡进入树林。

这个开发区的入口就在前方，包夹于两道低矮的砖墙之中，很容易看见。厢型车驶近时，他看到墙壁前方长着修剪整齐的灌木与装饰用草地，左侧所展示的跟右侧的互相搭配，唯一的差异是右侧还呈现了镀金字体的标识：**草原山丘庄园**。

他转进开发区，主要道路相当宽广，较为狭窄的街道蜿蜒横越山坡。他停在人行道旁，打开车门走了出去。

空气闻起来有新割的草、掩盖物与瓦斯吹叶机的气味。有几位屋主正驾着除草机，或是在车道上洗车。他看到的大多是房子，却没有一间跟老妇人的相仿。当初它就矗立在这座山丘的顶端，现在却（就像美丽女孩往他口袋里放进收音机、把他搂住、两人一起款款慢舞的那间办公室一样）不见踪影。

永远不会有人知道这里曾经有过的喜乐与苦痛。

他想要久久待在原地，但很快就意识到，即使自己已经遵照计划行事，还做了计划之外的事，结果一切仍然成空。

他回到车上，把坐姿调到两位朋友都看得到的角度。

抱歉绕路了，我现在就离开。

这是哪里？珍问道。

就是……就是我最后一次看到她的地方。看到她们的地方。

这里就是？撒玛通过珍问道。

就是这个地方。

你怎么能够确定？撒玛问道。

我就是知道。

我还以为**那个地方**是农场。

原本是啊。

那个故事我们听过那么多次，珍比着手语，**实际上来到这里又是另**

外一回事。

你们没有真的来到，侯蒙回答，它已经消失了。

你说起那晚的故事时，她比出手语，说得好像美丽女孩就是晓得该往哪儿去。

她不晓得。她只是判断这里会很安全，而她的感觉没错。

直到你们被逮到为止，撒玛接腔。

不，她的感觉没错，那位老妇人对我们很和善。那种事有多少人做得到？

可是你想她为什么会挑这个地方？珍比出手语，为什么是这家？

侯蒙轮流看着这两张脸，那晚的情景在脑海里重播。他们俩在滂沱大雨里紧紧抓住对方，绕过道路的转角，看到前方的邮箱。

前方的邮箱。

附有灯塔人。

就在她的海洋图画里。

他突然打开厢型车门，奔向开发区的入口。

除了养护良好的植栽与装饰用的低矮砖墙，那里别无他物。他先往街道抛出视线，再回头看看房子。每栋房子都在路边用长杆架起邮箱，它老早、老早就已经不见了。可是记忆强过尘灰。

他使劲敞开双臂，绕起圈子，将脑袋往后一抬，一面开怀大笑，一面仰望天际。他知道自己为什么需要来到这里——也晓得现在必须怎么做了！

也许那个大艺术家需要我的程度，天空在上方频频旋转时他想着，就跟我需要他一样多。

第二种希望

琳妮

二〇〇〇年

朵玲走得很快，琳妮在殡仪馆里听着牧师说话，始终无法相信。

麻烦是从去年才开始的。某个周六，琳妮跟平日一样固定来访，准备安顿下来看看朵玲新买的录影带。朵玲说："你知道录影带在哪里吗？"她们四处寻找，最后在储放厕纸的柜子里找到了。朵玲说："真是蠢蛋一个。"这件事她们一笑置之。可是她开始忘记用巴士月票；有天离开沃尔玛超市时，竟然不记得自己身在何处。

才过一周，朵玲就声泪俱下地打电话给琳妮，说她到银行去，他们却说她只剩二十美金。琳妮跟卡门到朵玲家去，朵玲说看护很久都没过来了，"我不晓得有多久了"。卡门打了几通电话，查出原来看护把朵玲的账户诈领了个精光。

"我真希望这种事从没发生过。"她过去做笔录时，警探告诉她们。

"那我的房租怎么办？"朵玲说，"我的暖气呢？"

"我来看看能不能跳过候补名单，赶快先把你迁回桥梁路。"卡门说。

朵玲的确迁回去了，她搬到跟琳妮相隔一个镇的团体家屋，可是状况却恶化得更快。她不再出门，因为"他们把街道弄得太混乱了"。她用餐时必定会跟人爆发口角，然后就会望出窗外，说："你知道吗？那些山丘里面有钻石哦。"

每次拜访过后，琳妮都会痛哭，但她还是持续来访。卡门说：“那样真好，你是一个人可以拥有的最棒的朋友。”

那场葬礼不是琳妮参加过的第一场。她曾经参加过祖父的葬礼，就是在进入学校以前，那时有很多人前来凭吊。在墓园里，她看到某些墓碑上搁了小石子，汉娜告诉她：“妈妈说过，扫墓的时候，如果葬在这里的人是你在意的，你就放一颗石头在坟墓上面，然后大家就会知道有人怀念那个人。”琳妮参加的第二场葬礼是东妮特的，只有一小撮人参加。琳妮希望东妮特知道有人怀念她，所以找着一枚小石，把它放在坟墓上面。

在这里，朵玲的葬礼上，大部分的座位都空着。出席的只有琳妮、卡门，以及朵玲以前公寓大楼的邻居、她的巴士司机文斯与戴尔，还有三位她多年来老去拜访的销售人员。

牧师客气地说着关于朵玲的事，说她“有一颗纯真的心”、“对于所有认识她的人来说就像一口新鲜空气”，而不是风趣滑稽、坦率敢言、脾气硬拗，或者有如琳妮所知，因为家人从未来探视她而“气得跳脚”的人。牧师是在朵玲生命终点的时候才认识她，他继续讲到她现在回归主怀、找到永恒的幸福时，琳妮不再倾听。关于上帝，朵玲什么都没说过，而琳妮一点都不确定自己相不相信上帝。谈过上帝的人们(像凯特)说，他们在自己的内心深处感受到他的存在。在琳妮心中，她什么也感觉不到。如果有个上帝，为什么朵玲得等到死去才能回家？要是有个上帝，为什么朵玲的父亲愿意给她钱却从不来探访？如果有个上帝，为什么琳妮的脑海里几乎看不到巴弟与茱莉亚？

牧师讲完时，琳妮对于上帝没有新的感受，不过她对其他事情的确有了某种领悟。很久以来，她一直相信巴弟会回来。她甚至跟凯特说那种情况"终究"会发生。她还小的时候就学过那个词，当时她跟汉娜正在玩她们自己版本的捉迷藏，没有指定谁要扮"鬼"，也没有宣布什么地点是"基地"。反之，她们两个会想办法躲开妈妈、爸爸和彼此，测试自己在开始想念对方之前撑得了多久。然后她们就会想办法把对方找出来；一旦找到彼此，汉娜就会大喊"安全"，这场游戏于是**终究**结束了。

现在，朵玲的棺木被抬到外面的灵车上，一小群人尾随在后，琳妮这才意识到她跟巴弟终究可能没有团圆的机会。看看朵玲的例子就好了，要是有上帝的话，她父母当初"终究"会来探望她。可是，抢先来到的是"机会不再"。

接下来的几个星期，琳妮只要在早晨着装，就会思忖是否不该再戴红羽毛项链。自从汉娜送她这条项链以来，她就天天戴着。每当她早上把链子套过脑袋，玻璃圆圈停留在胸膛时，仿佛就会感到巴弟正把手贴在那里，感受她说话时的颤动。每当她意识到自己的呼吸使得坠盒随之起伏，就会想到天际下的某个地方，茱莉亚也在呼吸。可是现在她忖想，戴着它是不是只会让她感到悲伤。她会听到桥梁路办公室里的人在聊天，说某个同事在男友斩断情丝以后应该要"看开点"。在家里，她会看到电视上的人说"你必须继续前进"或是"面对现实吧——她已经是过去式了"。

朵玲当初说得没错：他永远不会回来。苦苦盼了三十二年，老早就该继续前进了。

所以某天晚上，朵玲过世的几个月以后，琳妮打开衣柜，抬起额外的毯子，把好几年前依娃与唐恩·罕斯贝利送她的木雕盒子拉出来。琳妮对国会议员演讲过后当晚，她就跟凯特把里面的东西看过一遍。

她和凯特坐在旅馆房间里，对着茱莉亚的照片叹息。茱莉亚真的很美。凯特当时问过琳妮要不要她解开绑住老妇人那捆信件的黄缎带，把内容大声念出来。接下来的两天，她们就待在旅馆房间，慢慢得知茱莉亚与玛莎的遭遇。让人赞叹的玛莎，就是琳妮期盼自己也能拥有、希望自己能够扮演的那种父母。那捆信的最后一封是玛莎的先生皮特所写，他写到玛莎某晚于睡梦中过世，那时茱莉亚十四岁。他写到他有多爱她们两人，承诺会按照玛莎的心愿将茱莉亚抚养长大。这么好的男人——就跟巴弟一样。凯特重新把缎带系好，琳妮当时把所有的东西都摆回盒子，然后带到团体家屋收藏起来。

那盒子很适合放那条项链。她把它搁进去，关上衣橱的门。

冬雪融去，春花纷纷绽放。夏天挟带热气降临，将青草烘成棕色。然后，某天早上汉娜来访，那时风儿扬起，将叶片从树上抖落。琳妮带着新想法醒来。许久以来，汉娜一直想要个孩子，但与丈夫约翰迟迟无法顺利得子。琳妮知道这让汉娜相当不快乐：只要看到怀孕的妇女，她就会把头别开。可是每当她们在汉娜的画廊里办展，而展览大为成功时，她就会用嘹亮快活的语气打电话给琳妮。然后还有凯特。凯特原本希望第一场婚姻能够持续下去，但是丈夫却有不同的想法。可是凯特后来认识了斯科特，结婚的时候她说："我在找到斯科特之前所经历过的困顿，都是值得的。"还有，别忘了朵玲。虽然朵玲从没得到父母的青睐，却得到了人们理想中最棒的朋友。

而且琳妮懂了，希望有两种：你无能为力的那种，以及你可以做点事情的那种；而即使你可以做点事情的那种跟你原本希望的不同，仍然值得放手一试。下雨的日子总比没有日子好，小小的快乐可以让大大的悲伤不那么沉痛。

所以琳妮为了访视(其实是跟汉娜、琳妮的所有看护一起举行的年度会议)而着装时,暗自在心里做了决定。她晓得那个决定会让房间里的每个人都很诧异,可是那是她想做的事。其实,她好久以来都一直想这么做。

她打开衣柜、拉出木盒,又把项链套回头上。

"最近怎么样啊,琳妮?"卡门问道。

他们刚刚全在会议室里就座,有卡门、雪若娜、翁端、汉娜与琳妮。大家都穿着汉娜刚刚分发的运动衫,每件上面都饰有琳妮的画作。

"比较好了。"琳妮说。

"朵玲不在身边,你比较习惯了吗?"卡门说。

琳妮知道卡门明明晓得答案,只是想催她回答而已:"是啊,会愈来愈好的。"

"那种态度很好。"翁端说,圆脸挂满笑容。他在面前的纸上做笔记。他是琳妮的个案管理人,卡门是她的住户团队协调人,雪若娜是她的直接支援专员。

汉娜说:"你的保龄球队不是刚刚三连胜吗?"

"是啊。"

"那不是很棒吗?"卡门对这群人说。她来自波多黎各,那里有沙滩与棕榈树。琳妮心想,她的嗓音听起来就像海浪。

接着他们就正式开会。朵玲还是桥梁路的成员时,一直很讨厌这种会议。琳妮不在意,即使每年都是老套:跟看护围坐在桌边,看护会拿老早就知道的事情来发问,等你乖乖回答。朵玲说过:"一般人就不用做这种事。”可是琳妮喜欢的是：她想邀请谁来参加都可以。凯特住得太远，不过汉娜总是会来，而且每次都会带饰有琳妮画作的马克杯、钥匙圈或文具过来分送大家，把这场会议变得跟派对一样。所以何不跟他们说说，每个月她从社保局那里领到多少钱，何时去看了牙医，是否记得防火演习时要怎么做。“又没什么大不了的。”琳妮跟朵玲说过。不过，她不得不承认那些会议让她觉得自己像个小孩。

翁端是负责填妥那些表格的人，所以由他来提问。

“你还在桥梁路的办公室工作吗？”

“对。”

“你喜欢那里吗？”

“喜欢。”

“你想尝试到其他地方工作吗？”

“不想。”

“你还住在道铎大道两百一十号吗？”

“对。”

“你喜欢那边吗？”

“派翠西亚一直霸占电视。洛依丝在吸尘过后，不肯让大家走过地毯。”

“你想去住别的地方吗？”

“想自己住。”

“等计划拿到补助以后，我们可以讨论一下。好了，你在空闲时都做些什么？”

就这样继续下去，琳妮如同以往一一作答，可是这次她几乎等不及要他们提出最后一题。他们耗费了一个钟头才问到那题——就是这天早晨她对自己回答过的问题。

“你今年有没有想达成的目标?”终于轮到了。

长久以来,她向来只有一个目标,可是只有凯特晓得巴弟与茱莉亚的事,而那就是琳妮无能为力的目标,因此她总是回答没有。翁端现在心里预料的一定是那样的回答,因为他的手就在琳妮档案的另一侧,准备把夹子合起来,替会议做个结束。

“有。”琳妮说。

翁端挑起眉毛。

“太好了,小鬼,”卡门说,“改变是人生的调味料。”

“我想去度假。”琳妮说。

“我从来没听你提过。”雪若娜说。

“我想带汉娜跟凯特一起去,而且我想自己支付全部的费用。”

“真好。”汉娜说,碰碰琳妮的手臂。

“花费可能会超过你现有的钱哦,”翁端说,“你想去哪里?”

“你知道我们小时候去过的那个地方吗?”琳妮对着汉娜说。

“你想回那里啊?”

“哪里?”卡门问道。

“在新泽西州的海岸,”汉娜说,“就是我们家唯一一次带……一起去度假的地方,是琳妮去那所学校以前的事。”她好奇地看着琳妮:“你为什么想去那里?”

她想告诉汉娜完整的原因,可是那么久以来,汉娜都不知情。琳妮无法想象对汉娜和盘托出时会怎么样,所以她只给了部分原因:“想玩一玩啊。”

“即使只是去海边,要替三个人支付度假的费用——”翁端说。

"我们可以在淡季的时候去。"汉娜说。

"想存到那么多钱,还是要花时间的。"

"我想自己来。"琳妮说。

"那要怎么做,琳妮?"汉娜说。

"你可以卖掉我的作品。"

"你是说真的吗?"汉娜问。

"是啊。"

"可是你以前老是说,好久以来你什么都留不住,所以现在你什么都想留在身边。"

"我想卖掉我的画,这样就可以付度假的钱。"

"你确定吗?"

琳妮点点头。

"你想要怎么进行?"卡门问,"印在运动衫上来卖吗?"

"不是,"琳妮说,"我有更好的点子。"

在伊萨卡的画廊开展那天,群众川流不息。

"我好爱你的作品哦。"戴着三角耳环的高挑女人说。

"我本来以为会是野兽派的风格,"西装夹克里放有手帕的男人补充说,"可是会让我想到霍华·派尔、N. C. 魏斯、法兰克·舒诺维①。"

"白兰地画派,"理平头的男人会意地点点头,"伟大的叙事插画家们。"

汉娜递一盘乳酪与脆饼给琳妮,对她四周的人们说:"画技真的随

① Howard Pyle、N. C. Wyeth 与 Frank E. Schoonover 这三位都是美国插画家。

时间愈来愈成熟了。”

“我原本以为界外艺术会较为粗糙，”饰有手帕的男人说道，“对我来说真是典范转移啊。”

他们说的话琳妮全都没听懂，她只晓得自己与汉娜耗费了数个月的工夫，才促成这件事。起初她们试着把琳妮愿意贩售的图画挑出来，可是当汉娜指出大多数都是叙述故事的一组组图画，说她很不想打断任何故事时，琳妮便把所有的图画都交给了她——除了汉娜不知情的那则故事之外。接着汉娜做了些安排，让琳妮的销售不致影响到她的政府补助。她们定好日期，汉娜邀请她认识的所有人。距离开幕从几周逐渐缩减至几天，琳妮看见自己的作品加框挂在墙上，关于她的报道出现在报端。此刻她们就在这里。

不过，在这些陌生人中琳妮觉得相当害羞，所以她只是看着他们四处走动、欣赏她的图画，听他们说着“想想看，汉娜坐拥宝藏这么久却保密到家”这样的话。

“还好吗?”汉娜手里握着一杯酒朝琳妮走来，带着她离开人潮。

“还不错。”

“是啊，你可能乐翻天了吧。”

“几乎啦。”

“我说，还可能比现在更好啊?”

琳妮知道但不打算说。“今天很棒啦。”她回答。

“嗯，很高兴你这样想，因为我有个问题要问你。”

琳妮猜不到她可能会说什么，于是往下望着装有乳酪的盘子。

“你做这些事情是为了送我们一份很棒的礼物，可是你知道，我去看你的时候，都会带你出去吃午饭。所以你一定明白，我跟约翰会很乐意招待你去度假的，你想跟什么人一起去都行。你可以留住你的画作，然后照样去旅行。所以为什么呢，琳妮？你这样做非常慷慨，可是我不懂是为了什么。”

“因为啊——”琳妮说，她暗暗告诉自己：**你不可以说出“希望有两种”——汉娜会问另一种是什么。你不能说你想要有安全感——你当初被藏了那么久，这个事实已经让汉娜够难过的了。可是还有另一个原因。**

“因为你回来看我，”琳妮说，“而且还一直回来。凯特也是。”

“琳妮，”汉娜说，放下酒杯后用双臂拥住妹妹，“那是别人对我说过最美好的话了。”

琳妮的视线越过汉娜的肩膀，望出画廊的大窗。室外的天空正在哭泣，就在看着水滴飘落时，她心想：**雨天真的可以是非常重要的日子。小小的希望如果能让失落的希望不那么悲伤，就不算渺小。**

迈 入 光 明

凯特

二〇〇一年

在停车场上，凯特马上看到琳妮。

从印第安纳波利斯搭清晨的班机，又沿着新泽西州的海岸坐火车到海滨城镇波塞冬，凯特本来以为自己会过度疲惫，也以为自己在偌大的停车场会遍寻不着她们。火车慢速准备停下的时候，她从座位上就看得到停车场。可是一等她踏上架高的月台，吸进一口带有咸味的空气，往下凝望停车场时，就看到绿色富豪副驾驶座的车门猛地甩开，有位高大的银发妇女跳了出来。要是凯特原本不知道自己要找的是琳妮，她是认不出琳妮的。琳妮蓄着短发，双眼需要眼镜的辅助了，体格变得微微发福，但看来相当讨喜。不过，即使琳妮都五十岁了，看到凯特还是露出很明显的亢奋，从她大力挥手与冲向月台的举动都看得出来。凯特挥手回应，然后把随身行李袋往肩上拉高。凯特都还没跨出一步，琳妮就奔越月台而来。

“你来了，你来了！”琳妮拥着她说。

“整整一个周末哦，”凯特说，“就照你的意思。”

看到琳妮那么快乐，真是太美妙了，凯特心想。她俩勾起手臂，轻快地步下月台阶梯。多年前两人同访哈里斯堡的事深深感动了凯特的灵魂深处，只要一想到，她就会涌起得意与钦佩的泪水。在那之后，凯特从两人的信件与电话往返中得知，琳妮对自己的意愿更有把握，也更有独立行动的能力。此刻，就在她们越过停车场走向汉娜时，凯特看得出琳妮在她眼前展现的信心，想到自己已经不再与琳妮共事，就觉得心一抽痛。**可是光阴飞逝**，她拥抱汉娜时在心里自我安慰，**我的人生把我愈带愈远**。凯特的同事常常调侃她，说她的付出老是超过职责范围，不过当凯特向他们提起这次旅行时，却让他们刮目相看。“那才不是职责呢，”凯特纠正他们，“琳妮后来变得就像老朋友。”她在心里追想：这位老友拥有非常悲伤的过去——因为小婴儿与善心老妇，加上琳妮自己几十年来的努力，才得到了补偿。

“我希望你不介意，”汉娜说，一面把凯特的行囊装进后车厢，“可是我们决定改变今天下午的计划。”

“气象播报员说会有暴风雨。”琳妮说。

凯特往上看。搭火车时，她为了五月底的天际如此蔚蓝而惊叹不已，当时还在想这种天气最适合打迷你高尔夫、搭乘摩天轮、来份盐水太妃糖当点心——全都是琳妮提过她们要一起做的事。天空依然看似平静无波。

“不是寻常的暴风雨，”汉娜补充说，“是东北大风暴。每年的这个时候通常不大会发生，不过，也许你知道它们有时会很猛。”

凯特现在看出第一个迹象了，东侧地平线的边缘有片低矮的云朵。

“所以我们决定今天提前行程，不等到明天。”汉娜说。

“什么行程？”

“你知道的。这样就有人替我们导览了。”琳妮说。

“用这种方式来认识景点，似乎不错。”汉娜说。

她们全都坐进车里，凯特注意到垃圾沿着柏油路骚动起来，树叶开始颤抖。“还好我们可以把行程提前到今天下午。”汉娜坐进驾驶座时说。

“暴风雨那么快就要来了吗?”

“没有理由冒险啊。”汉娜启动车子。

凯特往前侧副驾驶座望去,即使只能看到琳妮的侧面轮廓,也还是看得出她咧嘴笑开了,肯定是因为她把整个旅程安排妥当的关系。“即使整个周末都下雨,我也不在意,”凯特说,“单是能来这里就已经很好了。”

当她们把车子停靠在海洋大道的纪念品店旁,雨滴开始落下。她们的导游站在遮棚底下,从连帽雨衣下面挥着手。六十岁上下的男人,皮肤有深深的皱褶,眼眸蔚蓝晶亮。他走到汉娜的车窗前面,介绍自己是汤姆,说应该由他来开车。于是她们重新调整位置(汉娜在凯特的右边,琳妮夹在中间),然后他坐进车里。

“我们可能必须把行程缩减,”他转身对每个人说,“通常每个历史古迹我们都会进去逛逛,可是现在到处都忙着准备防灾,最后我们坐在车子里的时间可能会很多。”

“一定要这样吗?”琳妮说。

他耸耸肩:“在这样的日子,大家通常会用自己的方式让我知道能不能进去参观。我想我们到时再说吧。”

他把车子开上海洋大道。

“我记得那个。”汉娜说,他们正路过一家汉堡店,前方摆设一座金属片打造的巨型美人鱼。

“那是艾克曼,从一九二五年开始营业。”

“我们以前在那里吃过饭，”汉娜说，“你一定记得吧，琳妮。你画在其中一幅图里。”

“我记得。”

“看到那边了吗？”汤姆指向城中广场绿地，中间有座摩天轮。

“噢，琳妮！”汉娜说，“快看。”

汤米说：“以前在城镇的远端有一座广阔的游乐园。那是南泽西的热门景点之一，就跟马盖特市的锡象露西、大西洋市的木板路一样有名，原因之一就是这座旋转木马。我们蛮幸运的，因为游乐园在一九五六年烧毁时救起了这座旋转木马。几年前我们得到批准，可以把它放在镇中央，还能开放给民众乘坐。”

汤姆绕过城中的广场绿地，旋转木马在逐渐增强的风中摇晃，入口处横挂着一道绳索。“嗯，我猜是没办法搭乘了，”汤姆说，“至少你们可以看一看。”马匹、斑马、老虎与狮子（每种生物都漆着大自然里找不到的奇异色彩，只只饰有华丽的鞍座与头饰），空悬在各自的长杆上。

“马儿最棒了。”琳妮说。

“对啊，”汉娜说，“就像妈妈跟爸爸在小店里买给我的那只。”

“你把它送给我了。”

“就是你放在小袋里的那只马儿吗？”凯特问，“蓝配绿的马儿？”

琳妮转回来并点点头。

汤姆开车穿越镇上，一面提供她们更多背景资讯。波塞冬是最古老的海岸社区之一，在独立战争期间击退了英军的一场小型攻击。十九世纪初，这里演变成运输货物的忙碌港口，最后富有的货运商打造了可供全年居住的家园。后来玻璃厂开始运营，城镇又更加繁荣起来。世纪之交时，变成南泽西工人与富裕费城人的度假胜地。最为宏伟的豪宅被保留下来，有些就建在海滩上。“这是波赛冬客栈，”汤姆说，“伍德罗·威尔逊①来过这里，就是为了在前廊上吹吹凉爽的微风。听说汤玛斯·爱迪生在这里住过一晚，醒来的时候，终于想通要怎么制作灯泡。现在我得转个小弯——”他先往右转，穿越一条小路之后再往左转，开上宽广的林荫大道——“我们现在就在名气响亮的豪宅大道上。”

这个名称并不夸大，这些房子雄伟华丽，维护得一丝不苟，替街道两侧增色不少。汤姆缓缓行驶，指出谁谁谁曾经住在哪里。凯特想着琳妮是否真的在意这些历史，可是她看起来跟其他人一样，为了窗外的景象心醉神迷。走过几个街区之后，凯特才了解原因所在。

“我想那就是我们住过的地方。”汉娜指出平台屋顶的现代风格房子。

“就是那栋吗？”琳妮问。

“我蛮确定的。”

“他们有紫色的冰淇淋。”

“对啊，是黑树莓。他们的前侧大厅还有喷泉呢。”

姐妹俩笑了起来。汤姆问：“你们那时候是在波森之家吗？”

汉娜解释：“我爸妈认识的某个人邀请他们去参加派对。他们不认识波森先生本人，只是觉得能到海滩上参加派对蛮不错的。那栋房子后侧有个面海的大露台。”

“我们从另一边可以看到那栋房子，”汤姆说，“我们要往海滩去。”

他转入尽头在沙丘的小岔路。此时雨水稳定地落着，凯特差点建议她们结束行程，前往包食宿的小旅舍。接着她听到琳妮倒抽一口气。

---

① Woodrow Wilson 是美国的第二十八任总统，任期为 1913 年—1921 年。

凯特随着琳妮的视线望出挡风玻璃。她原本什么也没看见，最后为了看个清楚而低下身子，目光越过海边草丛与沙丘顶端，望进逐渐暗下的天空。

是一座灯塔。有着男人脸庞的灯塔。

“快来！”琳妮说，使劲把车门打开，跳出车外。

“你在干吗？”凯特呼喊。

汉娜呵呵笑着从自己那一侧跳出来：“她只是想再参观一次。我们小时候进去过。”

“真的吗？”凯特问。

“暴风雨的时候，我们跑到那里去。我跟她说那里会很安全，也真的是。”汉娜回头喊道。

“现在开放吗？”凯特问汤姆。

“随时都开放。”汤姆说。

凯特打开车门，站起身唤道：“琳妮，这跟邮箱上的灯塔不是很像吗？”

可是琳妮早已消失在穿越沙丘的小径上，汉娜紧紧跟在后头。

等凯特与汤姆越过沙丘时，琳妮和汉娜已经越过海滩的一半。强风从海洋猎猎吹来，翻搅海浪，将姐妹俩的夹克猛力往后推成了翅膀。可是她们还是继续奋力往前，琳妮跑得比汉娜快，汉娜在后面追赶，两人都朝着从沙地往上直直蹿起的灯塔移去。

“你看过长了人脸的灯塔吗？”汤姆说，拔高音量以便盖过风声。

“倒是真有。”凯特回答，跟着他扯高嗓门，一面用围巾包住头发。

“你以前来过这里？”

"没有。"

"嗯,它是世界上唯一的一座。"

"真的啊?"

"那是波塞冬灯塔。"

"随时都开放吗? 所以她们小时候才能溜进去?"

"**现在**是随时都开放,可是那两个还小的时候,这里被丢着不管。不过我猜她们直接就走进去了。"

"汉娜告诉她里面会很安全,"凯特说,重复刚刚听到的话,"当时起了暴风雨,她们躲进去以后就安全了。"

"是啊,那就是灯塔存在的目的。"汤姆说。

凯特恍然大悟。**这就是琳妮那晚觉得他们会很安全的原因。**

他们的确安全了。

只是后来情势有变。

她看到现在汉娜赶上了琳妮的脚步,远远在他们前方,就在高耸的白色圆锥底部。一旁是灯塔守护者的平房,窗户阒暗。另一旁她现在看出来是防波堤,海浪冲刷着乌黑的岩石,溅起了高高的水花。

琳妮向灯塔门伸手,一把拉开。

"现在不是废弃的了?"凯特向汤姆高喊。

"经过修复了。"

汉娜尾随琳妮穿过门口。

"你怎么知道可以进去?"凯特对汤姆喊道,"里面可能有人啊。"

"我倒是不会担心。"汤姆说。

"嗯,我要跟着她们走。"

接着她跟汤姆就逆着风,卖力往灯塔门口走去。

灯塔里面冷飕飕的，汤姆随手把门关上时，关门的闷响在室内嗡嗡回荡。凯特听得到脚步的回音，于是抬头仰望。黑色金属楼梯一路盘旋而上，金属上有孔洞，所以看得到琳妮与汉娜已经逼近顶端，也听得到她们俩的欢笑声。

她紧抓扶手。“就在你们后面哦。”她向她们喊道。她的声音跟在哈里斯堡的国会大厦圆顶下方产生同样的回响。当琳妮说“跟我们来，凯特”的时候，凯特希望琳妮也听出那种回响。

他们一面往上攀爬，汤姆一面告诉她该地的历史。灯塔在一八三八年建成，鼎盛时期曾经拯救许多船只，让它们免于毁灭。那个脸是用架在窗户上的金属格栅做成的；捻亮灯光的时候，从距离几英里的地方外就能看出这个特征鲜明的设计。这座灯塔有六十英尺高。据说这位设计师还在别的地方打造了另一座孪生灯塔，就在沿着东部海岸线的某个地方，可是有很多人曾经寻找过，却迟迟没找着。没人确定那个故事是不是他自己随口编的，还是说那个建筑物在风雨日晒的摧残下早已崩毁。不管怎样，这一座在一九四七年停止运作，接下来的几十年每况愈下，最后惨遭众人遗忘，不再出现于地图上。

凯特看到琳妮与汉娜在塔顶（汤姆说是“灯室”）隐去了身影。她听到汉娜高亢细声地叫道：“我们又来了！”而琳妮回答：“好酷哦！”

“既然修复了，”汤姆继续说，“这里就成了我最爱带观光客来的地方。不管天气有多糟糕，人们都会聚集在这里。大家都爱这座灯塔。”

最后凯特抵达了楼梯顶端，踏入中央设有巨灯、玻璃环绕的房间。那盏灯比凯特还高，宽度胜过三人并排贴着站在一起，是用同心的圆圈玻璃棱镜制成的。还好灯没捻亮，所以远远比不上窗户的魅力——多美妙的景色啊！在没有映射的阻碍之下，凯特、琳妮与汉娜朝着每个方向望去，只能目瞪口呆地怔怔看着。她往那对姐妹的身边走去，陪同她们一起欣赏。布满沙子的宽广海滩在一侧延展开来，豪宅紧贴着沙滩矗立。她沿着塔的周边绕行，狂浪滔滔的海洋在另一侧绵延伸展。天空感觉近在咫尺，云朵乌黑低垂，急雨簌簌狂落。暴风雨在他们四周咆哮怒吼。

“你们小时候上来过？”汤姆问，音量大得足以听见。

汉娜与琳妮没从窗边的位置挪开，不过汉娜转过身来。“我们那时候在波森家参加派对，我带琳妮去散步，结果突然起了暴风雨。这里看起来像是可以等风暴过去的地方，所以我们就来了。”

“我敢打赌以前看起来没这么好。”

“你说对了。”

“这盏灯以前就在吗？”

“我想以前是另一盏吧，那盏看起来像是玻璃蜂巢，可是那时有很多都破了。”

“这个**就是**以前那盏啊。它经过修理，是修复计划的一部分，用多重棱镜的镜片，叫作菲涅尔透镜。这个是尺寸第三级的菲涅尔透镜。以前是用煤油来点亮，不过现在靠的是电力。”他继续说，汉娜一面晃过去端详那盏灯，凯特往琳妮走去。

她正站在面对海岸线的那片玻璃之前，那个地点可以同时饱览陆海双景。沿着沙地而立的房子窗户亮起，虽然翻搅骚乱的天空几乎将海滩整个包裹起来，但凯特还是看得出窗户里头空无一人。

凯特用手臂揽住琳妮的双肩，倾靠过去，最后两人几乎颊贴颊。她用细柔到除琳妮之外无人听得见的声音说：“这就是你想走这趟旅程的原因，对吧？”

琳妮定定凝望窗外，点了点头。

“你想跟姐姐结伴回到这个地方。”

“是啊。”

“你把她逗得好开心呢。”

“我很高兴。”

“你也让我很快乐，你知道你是怎么办到的吗？”

“因为带你来这里？”

“对，琳妮。因为你带我来这里。”

琳妮看着凯特，凯特觉得自己几乎可以看到琳妮灵魂里的脆弱。她就是当初无法留在家人身边的孩儿，无力把自己的孩子留在身边的母亲，穷尽一生等待永远无法复返的男人的女性。

“以前发生过的事情，还让你很伤心吗？”凯特问。

“是啊。”接着琳妮的眼神有了转变。脆弱变成了坚定，忧伤让位于平静。“可是我挑了对的房子去。”

“是啊。”凯特说。

琳妮再次转向窗户。她伸手过去，拉起凯特的手。她们向外凝望扭动的暴风雨，凯特让两人的掌心紧紧贴在一起。

凯特听见他们的背后传来登上楼梯的急促的脚步声，她没料到会有其他观光客在这场暴风雨里奋力越过海滩。

可是当凯特转身欢迎陌生人进入幽暗的房间时，眼前却不是人群，而是形单影只的一个人。一位修长结实、满头白发的黑人男性，面容极为和善。

“琳妮。”凯特说，可是琳妮早已转向窗户。

汤姆与男人和气融融地握手，仿佛对方是个老朋友。男人接着举起手向汉娜致意，朝着菲涅尔透镜敞开双臂，仿佛要把它介绍给她。显然这是他跟汤姆做过很多次的例行公事。

男人转身走到控制杆那里，把灯猛地点亮。

光线忽地迸入房间，如此灿烂光辉，让凯特禁不住眯起眼——也促使琳妮转过身来。

就在那一刻，琳妮看到那个男人，他也看到了她。两人沐浴在灿烂夺目的光线里，端详着对方。

他们的脸庞同样露出不解的表情。男人缓缓转向汉娜，继而转往凯特，然后转身再次面对琳妮。他的目光往下落在她胸膛上的项链。

男人呼喊出声，是一种难以言喻的叫声。

他的双眼濡湿发亮，嘴唇嚅动，呼吸沉重。接着他张开嘴巴，推出一个声音："Fuh。"

琳妮使劲瞅着他。

"Fuh，"男人重复，接着补充道，"The。"

琳妮的手指飞到胸前，双眼涌现泪水。她举起双手比出手势。"羽毛。"她说。

他们各自壮起胆子往前踏出一步。他们的年岁随之飘落，将对方紧拥入怀。

外面还有多少这样的人呢？凯特自问。**还有多少人过着隐姓埋名的人生，心思却一直苦苦寻觅？有多少人愿意付出任何代价，就为了被所爱之人拥在怀里？**

在灯塔守护者的平房里，暴风雨在户外呼啸，她摇了摇头，把注意力转回汤姆与汉娜身上。他们三人全坐在客厅里，汉娜的脸庞在震惊与笑容之间变幻不定。“六年前，”汤姆说着，“这个家伙不知道从哪里冒出来，走进城里名气最大的房产中介办公室。他在一张纸上写明他是听障人士，然后写他找有人脸的灯塔找了好久，现在想把它买下来。大部分的灯塔都是不出售的，而且谁有那种闲钱啊？可是那位中介拿起电话，打给海岸防卫队。对方一查出他的来历，认为没准可以借此省下要命的维护费用。他们出了个价码，中介都还没挂掉电话，那个家伙就已经写好支票了。一眨眼，他就住到这边来啰。”

“他叫什么名字？”凯特问。

“侯蒙。侯蒙·威尔森。当初是用‘归巢飞鸽’替他命名的。”

“侯蒙。”她用甜美的语气缓缓说。

“大多时间他都在店里，就在他住家的后侧。他会制作东西，做了可以在海滩上行走的轮椅。他把这个地方整顿好以后，我就晓得这里对观光业会有帮助，所以我问他能不能带游客过来。‘随时欢迎。’他写道。还有他从来都不关门，只是要求我按铃，好让他知道我要带人上来——”

“铃？”

“就是这些灯。”他指指天花板周围，“我们上楼以前我就按了铃，你没看见吗？”

“没有，”凯特说，“我当时专心要走进灯塔，没注意到。”

“嗯，他有两条规定。一个就是我要按铃，无论是白天或晚上。”

“另一条呢？”

“要我请过来参观的每个人都在访客签到簿上签名。”

“噢？在哪里？”

“在灯室里，”汤姆说，“每个人离开以前都必须签名，不管他们是谁，也不管他们是什么时段出现的。所以有天我问他，为什么要这样？连波赛冬客栈的老板都没那么在意访客签到簿。你知道他说什么吗？”汤姆看出窗外，抬眼望向灯室。菲涅尔透镜正发出熠熠光芒，玻璃映出两个人的身体轮廓，安安稳稳地远离暴风雨。他们正拥住对方，她将脸颊贴在他的胸膛上，他的脑袋窝进她的颈项之间。两人前前后后挪动脚步，仿佛照着属于自己的节拍舞动。

汤姆摇摇头："他是这么说的：'我在等某个人。'没错。他就是说：'我在等某个人。'"

第四部

安然无恙

家 的 梦 想

美丽女孩们

二〇一一年

学童们涌进华盛顿办公大楼的大厅，柜台守卫一如既往地纳闷着，为什么他们对于眼前墙上散放光辉的玻璃镶嵌作品没有表现出更多的惊叹与佩服？观赏者从此端走到彼端时，玻璃背后的灯光会让五十英尺高的镶嵌作品一片片发出光芒。这件庞然的艺术作品从架设以来已经过了七年，他却还在幻想孩子们会无法抵挡它的魅力。他真希望老师与随团父母可以把孩童的注意力，从刚刚在国家广场买到的华盛顿纪念碑钥匙圈与林肯纪念馆 T 恤上，从咯咯发笑与收传简讯上暂时移开，好好观赏一下。

可是这天跟其他日子没什么两样：成人们领着这群孩童（六十位左右，可能是五年级生）进入优雅的大厅，他们只是忙着聊天与胡闹。几个小鬼的确注意到自己被驱赶着穿越大理石地板，往另一座地标挺进。然而有一个男孩，他满头乱蓬蓬的金色卷发，竟然在镶嵌作品前面停下了脚步。若不是他，他们就只是另一群吵闹的小鬼头。“大家面向前方，我们只有短短几分钟时间！”一位随队人员喊道。如同往常，另外几位随队人员要孩子们列队成行，如此一来他们就背对着镶嵌作品了（通过 Google，搜寻的结果会特别注明这里是很适合拍照的背景）。

学生们花了好几分钟才安顿下来。最后，除了卷发男孩之外，大家都尽责地露出笑容。这小鬼身高中等，站在中央那排的尾端，频频回头去看镶嵌作品，只有“莱恩，你也一样”的喊声，才让他面朝前方。

几台相机对着六十个笑容咔嚓按下。“好了，往外走。”某位老师吼道。

学生们马上聊起天来，往后涌向大厅门口。两位成人催赶着脱队者。

“你怎么回事啊，莱恩?”一位随队人员问。

“看看这个壁画，”莱恩说，大厅逐渐清空时，他仍然受到它的吸引，“我从没看过那样的东西，好酷哦。”

“是啊，这个艺术作品很漂亮。”随行人员表示同感，她的语气就跟她的鲍伯发型一样平滑与直率。她身穿定制的套装，是随行人员里唯一没把印有“教堂山最优秀学校”运动衫穿出来的一位。她的打扮看来就跟女主播一样无懈可击。“我们得要照着行程表走。”她说。

“我知道，可是妈——”

“不能拖慢大家的脚步。”

他发出青春期前的烦躁呻吟，不过还是任由她推着往前。守卫注意到那位母亲陪着儿子走出去时，脸上带着笑意，面容从严厉转为慈爱。自动门一打开，两人就离开了。

守卫把注意力转向桌上的安全监视器。停车场没事，电梯也没事。

只有在听到高跟鞋的咔嗒声时，他才又抬起头来。是同一个女人，但这次身边没带着儿子。

学校团体摆姿势拍过照以后，从来没人会再回来，可是她却出现了，直接路过他身边，在接近偌大的镶嵌场景时放慢了脚步。她似乎受到镶嵌作品的中央部分所吸引，那里有幅繁复的风景图，乳白色的海洋与陆地深深绵延到远方，画面上满是维多利亚式的房屋、气势如虹的火车、旋转木马、节瘤处处的林木、阳光普照的农场。接着女人游走到左方，就是染上暮霭色彩的那侧，那儿有一座银色的防波堤，以及带有男人脸孔的灯塔。

她端详灯塔人那里投射下来的光芒，摇了摇头。“就跟奶奶以前老是说到的一样……”警卫听到她静静地说。接着她朝旁边一看，显然是想找到解说牌匾，但找到的却是展示荧幕。当她凑过去时，出现一个男人的影像，以及背景口白——因为男人用的是手语。这个作品叫作“家的梦想”，是由多位才华洋溢的身心障碍艺术家合力完成的作品，他们创造的是雅俗共赏的艺术。“访客站在脚边铺有纹路的横条上，”声音说道，“就能体验视觉转换。你可以顺着横条，从这件艺术作品的一侧移向另一侧。”

女人俯视切入大理石地板的凹纹，接着望向守卫问道：“这里有人可以跟我进一步说明这件作品吗？”

“我替你拨电话给公关部门。”守卫说。

“不了，”女人说，“不是那样的。我想跟负责把这件作品引进到这里的人谈谈。”

噢，他想，她就是非得直接找最高层的那种人。“你是说馆长啊。”他说。他把名字与地址写下来，横越地板，把纸张塞入她的手里。

莱恩·肯伯在国家航太博物馆参观火箭时，茱莉亚·肯伯拨手机给他，要他继续跟全班其他人看展览，说她必须到国家广场另一侧的艺术学院拜访一下，一个钟头以后会赶到他身边。

馆长艾狄丝身材精瘦、发型尖耸，戴着新潮的红眼镜，她态度温暖地向茱莉亚致意。她们站在接待区时，她解释道，这所学院每年都会举办几次界外艺术。这件镶嵌画就是他们最知名的收藏品之一，可是尺寸大到展厅容不下，所以才放在国家广场对面的大厅。

“它在讲一个故事，对不对?”茱莉亚问。

“噢，对啊。”艾狄丝眼神一亮，“故事蛮精彩的哦。”

“是……是真实的故事吗?”

“是啊。”

“你的意思是，也真的有那座灯塔啰?”

“的确是。”

“噢。噢，哇。我从来没料到……”她清清喉咙，“你可以把那个故事告诉我吗?”

“说来话长。为了给故事一个公道，我得带你到我的办公室去。那里有东西跟故事分不开关系，可是并未对外展示。”

“但我得赶回我的参访团。”

艾狄丝莞尔一笑：“你最好通知他们你会拖延点时间。”

茱莉亚踏进的那间办公室四处摆满艺术作品。肖像、风景画、抽象画、雕刻、织品、家具与陶瓷。房间中央有一张栎木大桌，桌面埋在折纸人型、铁丝设计与手雕乐器之下。

茱莉亚徐徐步入。她向来喜爱艺术，甚至在杜克大学纳许尔美术馆的董事会任职过，不过她先生对艺术不大有耐性。事实上，她考虑在办完离婚之后，投注更多心力在艺术上面，也许把艺术史的学士学位念完。可是她从未见过这样的艺术作品。

当她试着吸收眼前的景象时，目光却落在她认得的东西上面，心里为之一惊。她在一堆鹤型台灯后面、各式纸糊圆球下方，看到了一只木盒。一只刻有花朵、动物与植物的木盒。

“那是什么?”

“啊,就是我打算拿给你看的东西。”艾狄丝诧异地说,“那个团体把镶嵌画捐赠给我们时,一起交出了这只盒子,要我们留存在档案资料里。里面有很多文件跟其他材料,它们为镶嵌画所叙述的故事提供了很有意思的背景资料。”

“我可以摸摸看吗?”

茱莉亚把盒子上方的纸糊圆球推到一旁,掀开铰链盒盖。

全都在那里。罗德尼的项圈,拼出 **luv** 的小细枝,艾娃梅与贝蒂的相片,装有她婴儿头发的信封。棕色的毛料扁帽,就是奶奶说茱莉亚的父亲曾经拥有的那顶。除了他长得俊帅以外,关于他,她也只知道这件事。

在所有的物品下面,放着一捆用黄缎带绑起的信件。

那天午后,茱莉亚坐在盒子旁边的地板上,开始阅读那些信件,赫然发觉她过去向来相信自己置身的世界(让她如此惶惑与挫折的世界),原来只是更大一幅画面里的一部分。她往回忆与领悟里愈潜愈深,得知自己从未料到的故事,渐渐涌现超乎过去想象的钦佩感。茱莉亚从来不曾把奶奶当成英雄看待,可是在这里她得知了,才一个晚上,奶奶就成了英雄。奶奶许下了承诺,自此不曾动摇,即使茱莉亚后来逐渐长成敏感的少女。不管茱莉亚有多么心烦意乱或以自我中心,奶奶仍然认真倾听。当朋友们害茱莉亚惹上麻烦,或是她钟情的男孩根本不晓得她的存在,奶奶会握着她的手给她安慰。奶奶过世之后,皮特继续担起责任,以父亲的角色提供忠告。虽然他在过世以前曾经警告她别嫁给布莱恩·肯伯，却仍然牵着她踏过红毯。

她细读每封信，情绪激动得无法抬头。她把最后一封整齐地放回那捆信里，在盒子底部看到一只资料夹。打开夹子之后，她看到杂志剪文，一定是奶奶在茱莉亚成长期间搜集的。那些文章讲到约翰·麦克·马隆的揭露报道、关闭那所学校的苦战，还有学校关闭那天杂志拍到的游行照片，两位面带笑容的女院民往空中高高举起布条。最后一张则是奶奶的讣闻。

茱莉亚咬紧嘴唇。她拿高变黄的报纸，想到有多少东西是文字没书写出来的。她用手指抚过颗粒粗糙的照片，然后把那张讣闻放回资料夹。

里面还有一样物品，是封缄的小信封，外面写着"给我深爱的茱莉亚"。是奶奶的熟悉字体，可是带着人生将尽的参差不齐的风格，奶奶护手乳液的香气随之飘进空中。

"我甜美的茱茱。"信件这样开头。看到奶奶替她取的小名时，茱莉亚听见自己叹了口气。"有天晚上，两个陌生人把一个孩子交给我，我全心全意爱着这孩子。我们俩共度的人生教导我：原来我一直不知道自己对很多事情都十分怀念。现在我才领悟到，我们的牵绊带我踏出了更深的一步：虽然长久以来，我只把自己'称作'你的奶奶，但我现在终于明白，在灵魂深处，我真的是，也永远会是你真正的奶奶。即使我过世了，你只要望着你所爱之人的脸庞，就会看到我。我永远与你同在。"

茱莉亚忍住泪水。当她好不容易抬起视线，就看到艾狄丝正要穿过房间走来。"镶嵌画是谁做的？"茱莉亚只能想到要说这个。

"是某位艺术家设计的，"艾狄丝说，"音响科技由她先生负责，然后由整个团队合力完成。”

“这位太太跟她先生——他们叫什么？”

艾狄丝往盒子垂下目光。

“男士叫侯蒙·威尔森，艺术家是琳妮·戈德堡。”

“那是我母亲，”茱莉亚忍不住呜咽地说，“所以侯蒙一定是我父亲。”

“其实，你的双亲都还健在哦，”艾狄丝说，“你要他们的地址吗？”

琳妮在晨间苏醒，如同往常吸入咸咸的海洋空气，感受着睡在身旁的侯蒙的体温。他们常常告诉对方，自己有多么喜爱这样的苏醒时刻，依偎在柔软的床被之下，一面决定要煮蛋或拿麦片当早餐，一面看着阳光抚照海洋散射在天花板上的钻石般的反光。可是他还没醒来，琳妮等待他苏醒之际，用目光扫过整个房间。每个景象都让她心生喜悦。柜子由他亲手打造，她负责上漆。她的画作装框挂在墙面，他的电脑端坐在桌上。还有那扇窗户，微风吹动了布帘，看得到灯塔的塔身。

那天晚些，当她透过前侧窗户望向海滩时，将会看到一名女子与小男孩从沙丘之间现身。他们会越过沙地，朝着灯塔守护者的房子走来，两人的卷发反射着阳光。他们会按下门铃，彩灯将会闪动起来。

可是这天是以最最平凡的早晨作为开端的。

琳妮感觉丈夫把手臂搁在她的腰间，让她晓得他已经醒来。她漾起笑容，翻身面向他。**嗨**，她比出手语。

他敞开双唇，跟着绽放笑容。**早安，美丽女孩**，他用手语回应。接着他伸出手，碰碰曾是梦境但此时就在眼前的稳固又真实的她。他摇摇头，仍然为了两人能相依相随而倍感惊奇，接着将她脸上的发丝拂开，然后如同往常一样再说道：**你能想象有什么日子会比今天更好吗？**